郭风 自然之美经典文丛

秋窗日影

郭 风——著

郑斯扬——编

海峡出版发行集团
海峡文艺出版社

图书在版编目(CIP)数据

秋窗日影/郭风著;郑斯扬编. —福州:海峡文艺
出版社,2024.8
（郭风自然之美经典文丛）
ISBN 978-7-5550-3768-2

Ⅰ.Ⅰ267

中国国家版本馆 CIP 数据核字第 2024AT 3538 号

秋窗日影

郭　风　著　郑斯扬　编	
出 版 人	林　滨
责任编辑	林可莘
出版发行	海峡文艺出版社
经　　销	福建新华发行(集团)有限责任公司
社　　址	福州市东水路 76 号 14 层
发 行 部	0591－87536797
印　　刷	上海盛通时代印刷有限公司
厂　　址	上海市金山工业区广业路 568 号
开　　本	720 毫米×1010 毫米　1/16
字　　数	190 千字
印　　张	17.75
版　　次	2024 年 8 月第 1 版
印　　次	2024 年 8 月第 1 次印刷
书　　号	ISBN 978-7-5550-3768-2
定　　价	58.00 元

如发现印装质量问题,请寄承印厂调换

郭风：永远的叶笛诗人

郭风（1918—2010），原名郭嘉桂，回族，福建莆田人，中国散文家、儿童文学家。郭风一生笔耕不辍，创作生涯历经60多年，留下大量的文学佳作。早在17岁时，他就开始文学创作，在23岁时，他首次以"郭风"之名发表散文诗《桥》，这为其进入文坛奠定了某种基调。组诗《桥》有一个敏锐的见解——平凡亦是伟大，这个见解反映了他个人的思想，也折射出他所遵循的批评观。1957年，《人民日报》3月号以显著的位置和大块篇幅，推出郭风的《散文五题》。这五篇散文：《闽南印象》《木兰溪畔一村庄》《水兵》《榕树》《叶笛》，集中描写了闽南的自然风光。诗化的闽南不仅是人物生活的背景，而且作为美好生活的象征独立了出来。独特的视角、诗意的语言和丰沛的情感为郭风赢得了"叶笛诗人"的美誉。与此同时，《文艺报》发表高风的文章《叶笛之歌》，首次提出郭风的散文就是散文诗，指明郭风散文的审美特性。这篇评论文章不但激活了郭风内心的感悟，而且也确证了其散文的艺术理性。而后，郭风又陆续发表散文诗《麦笛》《故乡的画册》《海的随笔》等作品，此时的郭风已经在文坛产生影响，他的美学风格也在叶笛与麦笛的合奏中不断吹响。

起初，人们多是通过诗化的南国散文认识郭风，但是他散文创作的重要意义在于他完好地发展了五四新文学中散文诗的创作理路。五四时期鲁迅的《野草》可谓"最为杰出的散文诗"，沈尹默、刘半农、郭沫若、郑振铎、张闻天等人译介的屠格涅夫、波特莱尔、泰戈尔等人的散文诗和研究著作对中国散文诗的产生和发展起到重要的促进作用。俞平伯的《冬夜》、冰心的《繁星》《春水》、许地山的《空山灵雨》、焦菊隐的《夜哭》《他乡》等散文诗集，是现代中国文学史上散文诗重要的起步之作，为中国散文诗文体的定型和艺术理论建设起到奠基作用。郭风是中华人民共和国成立后首开散文诗创作之风的作家。关于郭风的散文，有一个引人瞩目的特点：他把地方风物带入创作中，凸显田园牧歌的意境和情调，创造了一个充溢醇厚乡土气息的南国世界。因此，郭风的散文颇具地方特色，这种创作在现代散文诗中并不多见。郭风非常重视散文诗的结构美，他的创作追求凝练、生动、含蓄，给人以深沉的生命感、强烈的归属感、热烈的幸福感。1960 年，上海的《文汇报》发表冰心的文章说："最近，我又看到郭风的新的散文集《山溪和海岛》。它重新给我以很大的兴奋和喜悦！在这本选集里，郭风所描写的范围更广阔了，情绪和笔调更欢畅了。山溪、森林、海岛、渔村……都被迎着浩荡的东风而飘扬高举的红旗所映射，显得红光照耀，喜气洋溢。这些作品是祖国海山的颂歌，伟大的中国共产党的颂歌！"

在散文、散文诗集《英雄和花朵》《曙》中，郭风看见光明、追逐光明、描绘光明，他引领读者在曙光里看到民族的荣耀、人民的意志、英雄的诗情。具体到这些文字的传达里，也是意境新鲜、语言洗练、情感充沛。他用光影和色彩表现奔驰的火车、奔腾的长江、闪耀的海景、古老美丽的村镇，将胜利的喜悦推至山川河岳、日月星辰、花草树木以及万事万物之上，从而发展了一种更为细腻的情感，激发了内在经验，形成新的艺术意味。郭风散文集《避雨的豹》以动物与植物为故事题材，是专门写给孩子看的。《初霜》《丘鹬、溪鲫和虾……》等特别看重知识性和趣味性，具有启蒙教育作用，即便是成年人也能从中收获乐趣。在郭风的艺术理想中，自然美和艺术美之间是相通的，艺术价值从被表现的自然之美中升腾起来，不断形成积极的心理价值。写过《郭风评传》的王炳根曾说："再没有这么纯净天真透明的老人了，他的文是干净的，人也是干净的。他就是个小顽童，有一颗孩子的心……"在《我与散文诗》中郭风曾说："我有一个奢望，这便是：我想通过不懈地、持续地运用诗篇，来描绘自然风景美，以表现一个总的文学主题，即人们的内心如何在感知自然美，内心有多少对于光明、欢乐和美的渴望，不止的追求。这些，关系到人的情操和道德。因而，从某种意义上来看，这是表达一种更为宽广的、永久的政治主题。"

1981 年，《人民日报》刊发《我与散文诗》。文中，郭风回顾了个人散文创作的缘起和历程，特别指出一个作家的创作风格和创作观点的形成，与他个人所受教养、成长环境、童年生活存在重要联系，可能影响他的终生实践。长期以来，郭风对散文、散文诗的理论问题进行了许多细致的探讨，发表的文章遍及各种大小报刊。概括起来主要分为三个方面：散文诗的渊源、散文和散文诗的文体、散文的鉴赏与选本。尽管这些论述还不能自成一个完善的理论体系，但某些文论，如《有关散文创作的书简》《谈散文诗》《有关散文的对话》等已经系统回答了一系列思想性和艺术性的重要问题，为更好地继承与发展中国散文传统提供了方向性的意见和建议。1994年，郭风在《文学评论》发表了31则极富哲理意味的《散文偶记》。可以说，这是郭风又一篇散文力作，再次丰富了他的散文文体，而且还是一篇别具特色的理论文章，更重要的是郭风将他几十年来对散文之道思考的"秘密"公之于世。它综合了郭风以前在《散文诗创作答问》《格律诗和散文》《散文诗断想》以及《有关散文的评价》《关于选本》等文章中提出的思想，并对其进行系统、深入、精简、凝练的哲理性概括。郭风认为，散文中看到的某种人格境界，乃是作家学识、见识、阅历以及气质、品质之综合一体的最高艺术境界。郭风也正是如此！耄耋之年的他还在用自己的智慧和经验推进散文写作的发展，并大力帮助后辈作家们开拓散文写作空间。可以说，他的创作实践和理论建设为我国的散文繁荣和发展做出了令人瞩目的贡献。

"郭风自然之美经典文丛"共计5册，分别是《夏日寄思》《枇杷林里》《海边的早晨》《落日风景》《秋窗日影》。为了更加准确全面地呈现郭风散文创作的成就，我以作品发表、出版的时间先后为序进行选编，力求在有限的篇幅之中，展示郭风从20世纪30年代至21世纪初的创作生涯。各分册的书名直接以散文题目命名，之所以如此，是因为题目本身就是郭风情感力量下的硕果，体现了他内心世界的感受、期待和追求。那些贮满闽南风情的散文诗质朴清新、诗情画意、天趣盎然，是郭风散文创作中最具特色和魅力的部分。这些作品多集中在郭风早期的创作中，因此文丛尽可能多地选择了最具代表性的作品，构成了选集的重要内容。

文丛中以"致 E·N"为副标题的散文，实际上是郭风写给一位女性友人的信。郭风以第三人称，含蓄地道出爱与思念，表达了自己的爱慕之情，但这些信从未向友人寄出。在《郭风全集》中共有 8 篇以"致 E·N"为副标题而出现的散文，文丛选择了其中的 5 篇，从中可以感受到郭风慎重处理情感的方式与严谨的个性。

郭风成长在福建莆田，民间的、乡土的文化和艺术深深滋养着他的心灵，从小就培养起对乡土的眷恋之情，成为他最早的审美启蒙教育。他曾说："这种艺术熏陶所培育的艺术趣味，在尔后我的创作实践中，总是给我以某种提醒，某种召唤，某种启示：应该尽自己力之所及，使自己的作品——在这里，我说的是使自己所作的抒情散文、散文诗，具有浓重的乡土气息，具有民间的、乡亲的情绪。"文丛注重选择表现闽南乡间风光和具有乡土生活情景的作品，构成选集的主体，为的就是展现郭风个人的、自我的和精神方面的个性气质。

文丛的选编过程，就是文学经典化的过程——让更多的人了解郭风究竟是怎样的一个人，他一生中为什么会反复描绘自然风物，故乡为什么会成为他终身灵感的来源。这样的疑问以最自然的方式引导人们走近郭风、走近文学，进入议论和阐释之中，从而进行更新形式的传播。这才是文学经典所追求的理想。

文丛选编内容来自王炳根先生所编《郭风全集》的散文、散文诗卷。诚然，依托《郭风全集》开展选编可以最大程度上避免遗珠之憾，选编工作之所以有序顺利，那是因为我站在了巨人的肩膀上。这里要向王炳根先生致以最真挚的敬意！

在选编的过程中，我还得到郭风之女郭琼芹女士和女婿陈创业先生的支持和帮助，在此特别致谢！阅读这些美文让我收获颇多思索与启发，相信阅读这套文丛的读者，也将与我一样收获愉快与启示。

郑斯扬

2024 年夏于福州

目　录

华盛顿教堂（外两章）

这是一座教堂吗？

——在一位中国画家的笔下，它是以东方的笔墨以及西方的某一现代派的艺术感觉造成的一座梦幻世界。

在那里，有宗教的神秘感！

在那里，廊柱好像正在颤动，几棵树好像各自在作愁苦的冥想；在那里，好像有雾，又有一种黄昏的半明半暗的朦胧；

在那里，我看见几位穿着黑袍的无告者，像梦幻中的人在梦幻中祈祷，祈求天福。

树和树影

不要问我：那一棵一棵排列在那里的树正在开放2月的花朵？不要问我：它们也许是10月的枫叶？

不要问我：哪是在岸上出现的树影，哪是投在水中的树影？

我想，那其实是画家对于粉红的色彩之眷恋，对于水中的幻象的思念，那彩笔所表达的也许不是树影，也未必是树？

树和月亮

这幅画告诉我：

天上的月亮在我心中应该是很大很大的，是黄色的，好像开放在一座村庄篱笆近处的一朵安静的向日葵；

这幅画还告诉我：

我们应该从树木的枝丫间去看月亮，这样，她便和我们更加亲近了。

1995 年

（首发于《海内外作家企业家》，1995 年 12 月 8 日，收入《郭风集》）

山·海·平原

　　最初认识家乡莆田的山，是壶公山。只要立于我家祖宅的石阶上，便能见到它。在我的眼中，它有如一位顶天的老人盘坐在那里，他的长袍有时呈蓝色，有时呈灰蓝色；有时，则见到遮住山巅的若干灰暗的云，此云，或流动不定，或凝固若定，无变化。此类景象，邑人俗称为"壶公戴帽"，乃全邑将雨之兆。莆田二十四景中，称此景象曰"壶山致雨"。此山在兴化平原上拔地而起，其主峰高度约七百八十八米，说起来并非境内山之最高者。莆田所属地域内，北部山脉如青龙岭、高阳山、九华山等山脉，其高度均超过此山（在八百米以上），然而均不及壶公山之有名。除壶公山外，我自小便知其名者，有石室岩，有东岩山，有凤凰山（南山），此三山均不高，称之为丘陵可矣；但它们分别有"石室藏烟""东山晓旭"和"南山松柏"之称，均为莆田二十四景之一。此数座山，在家乡之名最著，看来有一些原因。如在城关均可见及，此一；其二，风景颇佳。东岩山居城关内西北隅，山有寺和塔，建于宋，有三教祠，建于明，有一棵古樟，传为西晋物；山上岩石错列，而古松又错列于岩石间，其景简古，若出倪瓒之笔。石室岩离城关不及五华里，从城关西望，其上神殿、佛院、古塔、林木，若氤氲于淡淡之蓝烟中间。少时以致暮年，我曾多次到此，有石级抵此山最主要风景石洞，石级两旁古树森林，时见泉水自崖间流下。此石室岩有一石悬空如屋盖，使石室岩状若石室，是处曾发现新石器时代人类的文化遗物，如石斧、山纹形陶片等。游此地，每念及此，心中会生出说不清的一种怀念之情。至于凤凰山即南山，离城关南门外不及五华里，那里有广化寺和满山松林，寺建于隋开皇年间，其山麓会冒出盐卤，说明在远古，这里是海。莆俗，春节（从农历正月初一至初五），儿童有春游之举，有些儿童骑了马到城内的梅峰寺，或到南门外的广化寺游玩。我少时也几乎每年春节必至南山一游，只是，我虽然从小爱马，却都结伴步行而去。

至于小时在家乡最早认识的山：壶公山，迟至前两三年始得一游，其时我已进入古稀之年。山上最著名的神庙曰凌云殿，佛堂曰白云院，此堂此殿，一属释教，一属道教，毗邻而居（具体地谈，几乎可说是殿和堂之墙相依靠、依附），使我觉得很有意思。世传，南宋陆秀夫携二帝南逃过境时，曾夜宿白云院；又传，民国初年黄廉（俗称"十六皇帝"）聚众举义，曾扎营于凌云殿。凌云殿西庑院中有一穴，传为火山之口；又传，山上石岩间，发现凝固其上的海蛎壳，并曾发掘出古代的船桅，等等。有关地质、考古学的考察、调查，说明吾邑此座名山是一座熄灭了的火山，它曾经沉浸于荒古的海底。三年前，我游此山时，最令我感动者，为立于山巅（现在这里有一座气象台），南望，可观兴化湾。当天晴朗，海水、天空皆呈蓝色而且明亮；天上有几片白色的闲云，而海湾中的船帆若浮于水上之白色树叶。北望，可观整个兴化平原，广阔、深远；可观与壶公山并称的木兰溪，蜿蜒于平原上的果园、田畴、村落之间。我已经老了，平时心境平静如镜，登故地的壶公山，观沧海、平原，不觉心潮起伏，不觉自己有如一位年轻人，在心中默念"故乡，故乡"不已。

　　家乡莆田境内，有山，有海，有平原。然而西北部的崇山峻岭，仅在二十世纪三十年代曾经到过。亡妇秋声祖家在山区。我们结婚的次年，抗日战争全面爆发，日寇滥炸我国城乡。为了看看秋声的祖家，以及逃避空袭，我们同往她的祖家后洋村。当时，城关与山区间没有公路。离城不数里，即行邑境北部丘陵间的山道，约行十五华里，过澳柄岭。此岭上下均有数百石级。至岭巅，路旁有数百古樟，荫下有野店及卖稀粥小铺。盖此处为通往莆田北部山区必经要道，行人至此往往休憩一番，再翻过岭下。至北面岭下，有伞店，这是因为山区出竹、出桐油，故此处制伞成为传统的、并在全邑驰名的手工艺。从此行两三里，为白沙镇，四面梯田间，杉木林间，出现一条山涧小街，有肉铺，售咸带鱼、干虾米的小摊，有农具铺。过此镇，乃登上至亡妇祖家的山岭。岭极陡峭，山径之一旁为悬崖，为深壑。是次至后洋村，居半个月以上。这座当时只有二十余户的小山村，居高山间一小盆地之间。村之四周，除梯田外，皆竹林，皆杉木林以及其他杂树古木。稍微走出村外，则可见深藏于山岩林间的深潭、小溪。至今印象犹深者，村西有一口深潭，其上悬崖间时有泉水从苔藓间滴下，潭中竟然开放野生的睡莲花。又见村外一小溪畔，有数棵野杨梅树，结着红色果实；

无数松鼠在树上跳来跳去，还有不知名的山鸟飞翔其间。更使我难忘者，是离杨梅树不太远处，溪畔草地上开放一大片的兰花。凡此等等，使我感到此小山村的自然景色，从总体看，有如一幅大山水画，极写山水树木村舍梯田之美外，尚有零星的小品画幅，写兰花、野树、野潭中的睡莲。后洋村离夹漈山不太远，但多为崎岖小山径，以致当时未能前往瞻仰夹澄草堂；那里是宋代大儒、大史学家郑樵故里。对此，我至今引为憾事。

故乡东南面为平原，水渠交错，沿岸为荔枝林。田间一年三熟，水稻、黄麻、大小麦、蚕豆以及甘蔗，产量均高。我对于故乡平原的感受，从二十世纪五十年代以来，作过包括《莆田城郊》等若干小品文，兹不赘。莆田濒海，除兴化湾外，还有湄洲湾等，海上有一百多座岛屿，其最著者为湄洲岛，那里有妈祖祖庙，驰名世界。包括欧美若干国家在内，有不少学者研究妈祖济世救人，从一位普通的海边女子被奉为神的事迹。近若干年来，至湄洲岛朝拜这位举世景仰的海上守护神的中外人士，络绎不绝。我自己写过专文，记述朝拜妈祖的心情，亦不详述了。但在这里，我仍然以最虔诚的一瓣心香，向家乡的这位崇高的女神合十膜拜。

（收入《郭风散文选集》）

黄巷·凤凰池

　　近日由黄巷迁居凤凰池。我在若干小品文中曾提及黄巷，并曾以《黄巷集》为个人晚年散文的书名。至于凤凰池，地居福州近郊，既然亦为晚年寓所所在，祈求今后亦有一种福分，能在若干拙作中谈论这个地方。本文还要对黄巷做某些记录，然后记录对于凤凰池的最初的印象。

　　黄巷为福州的古巷，在传说中，说是在晋代便有此巷。出此巷之西，为现名曰南后街的古街。以此街为一条中轴线，西侧有三条古坊，东侧有七条包括黄巷在内的古巷，这些古坊古巷，后人简称为三坊七巷。我们或可把那些古代坊巷布局的构思作为古建筑艺术来欣赏，或视为古建筑的现场或资料以作学术研究，或作为古文化的遗迹而加以珍视。有时想，从晋代衣冠南迁、即约从四世纪起即有了有关黄巷的记录，那么，如果能从有关史乘间整理出黄巷以至三坊七巷一千六百多年间的嬗变，也是很有趣味的。我是 1945 年 11 月由莆田迁居福州的，居西牙巷；是巷虽不属三坊七巷，然而距南后街近在咫尺。当时，工暇逛南后街为一种乐趣。这条古街有数家旧书肆，往往为操此行业的主人的住宅，以致其厅堂、天井、走廊间皆排列着放置线装古籍的木架，于此等书架间随意浏览，若觅得某种久已寻求之古籍，乐极了。当然，看看南后街的灯市，也是一种乐趣，这些纸灯，现在看来不如泉州的华丽，亦不如开封、洛阳所见纸灯的豪放，不过自有一种文化气质，那便是接近市民趣味的一种通俗艺术，又是一种为儿童所乐见的、近于玩具的艺术。单是书肆和灯铺所造成的一种古街的文化气氛，便十分可贵了。记得当时除逛南街外，偶然也去看看七巷中的黄巷、宫巷、郎官巷等，但见古屋以及石铺的古巷道等，的确有一种古意。至1973年夏间，从闽北一座小山村调回福州后，始寓居黄巷原清代著名学者梁章钜的故宅。初居此宅的若干情况，兹从略。我欲从本人所属工作单位于此宅另盖一座宿舍楼以来所得的若干印象，在本文内略谈一下，因为这是渐入暮年之境，而又对于地方文物以及有关文献资料开始逐渐感到趣味之时。比如，原来只约略得知黄巷内曾居住若干文人，随后时断时续地读了陈寿祺的《福建通志》，读了郭柏苍的《闽产异录》等著；至于梁章钜，其著述之丰，更难以尽阅，但读了他的《浪迹丛谈》及其《续谈》《三谈》和《退庵随笔》《归田琐记》以及《读渔洋诗随笔》《读随园诗话随笔》等，深感古人学深识博，又有个人卓见，这且不必多谈；但我要说，我觉得与此等感觉和印象随之而来的，有一种自认为很重要的想法，即像黄巷这样的古巷，它不仅与像南后街这样具有独特的古文化气质的古街联系，更因为寓居于此巷之文人的著述，和从其著述间出现的有关历史、文学、科学见解所引发出来的古文化气息有关联；而此等文化气息，目不能见，得以心智来感受。

像黄巷这样的古巷，眼下尚得以保存下来的文化遗迹，主要为若干古宅和古树。以我曾寓居其间的梁章钜故宅而言，梁氏晚年所筑园林黄楼，为道光年间物，而其花厅、假山、池、桥等尚能见其原貌，殊可喜。暇时间或至此处游憩，但见花厅的斗拱、梁等的若干木雕，若云彩、花卉等的造型、线条俱见简洁、清丽，似具有明代雕刻与清代雕刻（屋宇木雕）的艺术之得到灵活的融化运用之美，值得注意。至于假山，外观平淡，然若沿其深藏于假山内部的小径、石阶行走，就会感觉这座假山内部有一种奇趣。黄楼似无古树留下来。但其东邻陈寿祺故宅尚保存三棵古树，我在《东邻和三棵树》一文中，曾提及这三棵树中，有一棵杧果树，一棵不知名的、树冠有如某一天文台的半圆形绿色屋顶的高树，可能是百余年前从东南亚的某一国度引进而来的，兹不赘。这里欲顺便谈一下衣锦坊。是坊隔南后街与黄巷相对，其实也是一条古巷。我未退休之前，往往从黄巷过文儒坊，漫步至工作单位上班。文儒坊有一棵古树，其树从高墙间伸出树冠，冬季树叶尽脱，约在仲春时节，忽地全树开出白色小花，颇似梨花；花期约一周，随即花瓣纷落入小巷，如雪铺地，随即又似在一夜之间发出嫩绿。我觉得此树虽老，而生之欲念所引发的生机，永久不衰，极可喜。另一使我觉得要注意的是，行尽衣锦坊，乃出现福州的古护城河（城墙已不可见矣），我上班时要过两道古石桥，其中之一曰驿前桥。这也算是一种风景吧？当然也是一种古文化的遗迹。我离开黄巷而迁凤凰池了，我记录以上的一些印象，并借此机会说一点"赠言和别意"：祈愿三坊七巷（包括黄巷、衣锦坊）的古文化遗迹及其所引发出来的美丽的古文化品质能尽量得到保护，作为一份精神遗物留给后人。我要说黄巷已久留在心中了。

福州出美石，即寿山石，名满天下。以寿山石做印章，做各种雕刻艺术品，出名师，出艺术大家，并且出不同艺术流派，誉驰海内外。在寿山石雕艺术流派中，其著者有东门派和西门派。而西门派的民间艺人和艺术大师林清卿等即聚居于凤凰池一带农村间，那么，我有时想，这种从乡间散发出来的一种具有艺术史上特殊性质的文化、艺术气息，也许与黄巷所具有的古文化气息，不尽相同，亦必得以自己的心灵来感受。

凤凰池闻已属市区管辖。若干大厦（包括宾馆、商品房）以及相适应的超级市场、农贸市场乃至所谓美容厅等亦已在四近出现。我总感到若干乡间以及郊野和大自然的情意，只要有心仍然随时可以感受得到，这很可喜。以我们的宿舍楼而言，"可喜的"是至宿舍楼之前，必经过一棵古榕。比起泉州开元寺中的那几棵古榕来，此棵古榕更见强壮、高大。作为一种文化或宗教景象，我借此机会略记此古榕上曾经供奉神祇的印象。二十世纪八十年代初，我因事来到凤凰池，看到这棵古榕围可四人合抱的主干上有一神龛，黄帏低垂，香火鼎盛，不知供奉的是否为玄天大帝；当时心想，把神祇供奉于树上，既是对于神的敬重，也是对于树的尊崇吧。随后不久，我出访东欧某国。这是一个多数群众信奉天主教的国度，若干城市尚保有筑于十四世纪的天主教堂，农村里更有不少小教堂。一日，我们路过一农村的一片大森林时，停车稍事休息。我竟然在一棵大橡树上，看见其枝间有供奉圣母的神龛。这似乎是一例证，把对于神灵的笃信和对于树的崇拜相联系的宗教思想，既朴素，也很有趣，值得研究。那么，我应该说，凤凰池尚有一棵大古榕，它在一条村间小径的路口。这条小径内又尚留二三旧年代郊区农舍的木屋，我以为它们实际上保存的是某种文化遗迹，以后可能看不到了。我迁居凤凰池以后，也许由于在郊外，由于有古树、有山冈，以致时或能够听见鸟声。早上天刚亮，便有多种鸟声传来，但我一时尚不知道是什么禽鸟。有时午间或傍晚也能听到鸟声。更为可喜的是，前两天早上，我竟然听到鹧鸪的呼唤声，这种鸟声，我是熟悉的，因为我和家人 1970 年冬旅居闽北一小山村期间，便常常听见鹧鸪的鸣声。大约我的有生之年将寓居于此了吧？他日如有感受或可喜的事，当再作文，以博高明之一笑。

（首发于《散文天地》1996 年第 4 期，收入《郭风集》）

窗及其他

窗

我至今记得那扇小窗。我想，它的窗口本来是木格的，不知什么时候装上玻璃的。这个窗，使我童年时代居住和读书的小屋显得明亮，而且在我的心中留下美好的印象和记忆。

想起这个窗，就想起每日凌晨，自己便坐在窗下的桌前读书的情景。我六岁时上私塾，对着窗口照来的曙光，朗读塾师授我的黄庭坚的作品《夏日》：

四顾山光接水光，
凭栏十里麦荷香。
清月明月无人管，
并作南来一味凉。

我并不能了解作品中的诗情画意，但觉读来声调铿锵，有一种音乐般的动人之处，便学着塾师的声调朗读起来。我大约便是这样，在不知不觉之间从小被培养出一种对于我国古典文学的兴趣，逐渐加深了对祖国语言之美的认识和热爱。

想起这个窗，便想起自己小时与一些小鸟、昆虫发生的"情谊"。窗外是一个庭院，院中正对着窗口有一棵老龙眼树。我记得常有白头翁、黄鹂在树上鸣叫，声音美丽得有如唱歌，在不知不觉之间，我喜欢起这些小鸟来。有时，看见有一只红豆般的甲虫或是瓢虫从窗口飞进来，我的心中总有一种说不出的欢喜。有时，有一两只黄蜂从窗口飞进来，我会呆呆地看着它们在我的室内飞来飞去，接着又从窗口飞出去……

有时，我很早便坐在窗前读书。月光从窗口投射进来。我抬起头来，从龙眼树的枝叶间望见天上有一枚下弦月，有几颗晨星。这时，小小的心中感到月亮和星多么美丽！

我家的这口窗户，为我留下许多幼年的美丽的印象和记忆。

庭院

我家的门前，说得准确一些，我家石阶的前面是一个庭院。坐在石阶上，可以望见四叔公家的屋顶。

忆及我的童年生活时，便往往想起这个庭院，以至想起四叔公家的屋顶。

庭院和我家及四叔公家的住屋一样，已经够古老的了。铺在地上的砖、石，都破裂了，缝隙间有的会长出一点青草。庭院里有一棵老龙眼树，有一个花坛。小时，总感到这里是美丽的地方。花坛上种着茉莉、南天竹以及月季，也种着豌豆、丝瓜和蚕豆。这样，在我的印象中，庭院是一个花的世界，也是一个昆虫的世界；在我的印象中，这些花和树，仿佛互相约定好了，轮流在庭院中开花。最早是月季、南天竹开花，随着龙眼树开花了。这时，它们的枝叶间全是花，整个庭院飘动着花香，蜜蜂成群在花间采蜜，嗡嗡地鸣叫，不住地飞来飞去，使我感到它们是多么喜悦、兴奋，多么忙碌！不知怎的，现在想来，我小时最喜欢的还是豌豆和丝瓜。丝瓜大约在龙眼树开花时，它的蔓叶便攀上瓜棚了，慢慢地铺满整个瓜棚，有的蔓条还伸到对门四叔公的屋顶上。而它开花的时候，恰好是我放暑假的时候。我常常拿一只小竹椅，坐在瓜棚下读《爱丽丝漫游奇境记》，读安徒生或者格林童话；当然，也做暑假作业。这时候，我觉得自己好像在一个美妙的世界中读书。因为，这时候，庭院中有很多昆虫飞来了，蚱蜢、纺织娘、胡蜂、黄蜂、小蝴蝶以及红豆般的甲虫、穿着花衣裳的瓢虫，还有螳螂，都飞来了。它们在丝瓜的蔓叶间爬来爬去，在丝瓜的花朵间飞来飞去。有时，一只蚱蜢会飞到我的肩上来，一只瓢虫会掉到我的书本上；它们和我都是多么亲近……

豌豆在春季过后便开花了，随后又结豆荚了。可以说，它是我最喜欢的一种植物。也许因为我读了安徒生的童话，例如他的《豌豆公主》，我有时会站在豌豆畦前，想着那豆荚好像一只绿色小床，里面住着四位或者五位豌豆公主。说也奇怪，到了二十世纪四十年代，我二十多岁时，便把童年时对豌豆的一些感受和幻想，写成了童话诗《豌豆的小床》以及中篇童话《豌豆仙子》。

庭院中，又是一个禽鸟的世界。我慢慢地认识了鸟类。白头翁、黄鹂胆子较大，对小孩子们比较放心，它们的鸟巢就筑在庭院的老龙眼树上 (顺便说一下，野蜂也在龙眼树上造巢)。它们会在庭院中飞来飞去和唱歌。我坐在石阶上，望着对门四叔公家的屋顶，则时常会看到八哥飞来了，斑鸠飞来了，喜鹊飞来了。最使我欢喜的是，屋脊上有时也会停住一只老鹰我是多么喜欢老鹰啊。我小时，老爱站在庭院里，或在上学途中，看老鹰在很高的天空中盘旋。当我看见老鹰停在房脊上时，我便仔细地观看。我看到它的眼睛很圆很亮，它的嘴喙好像一把钢钩，它的爪很有力……

在四叔公家的屋顶的屋脊上，有时也会停住一只猫头鹰，那往往是在我放学的时候，或在我吃过晚饭到庭院中玩耍的时候。

果园

我家的住处，有一个古老的地名：书仓巷，在县城之东南隅。据传，在明、清年间，这里有许多书坊。又据传说，在宋代，这里居住过一位藏书颇富的儒生，此巷所以得名。我不时听到这种传说，一再追寻、采访，怎么也找不到书坊或藏书楼的遗迹。书仓巷的四近，直到县城的古老的城墙之前，许多古老的房屋，都掩映在一座又一座的龙眼树园之间。我有时想，这里的哪一座果园，在几百年前，说不定便是雕刻印书木版的作坊的原址，或者，曾经有一座藏书的木楼立在其间……

果园四面筑着土墙。这些土墙，在我的印象中，是很古老的了，同时又觉得它们是很美丽的。墙上留下很多雨水冲刷的痕迹；墙基上生着青苔。至今还使我念念不忘的是，墙头上有许多狗尾草，它们在风中摇来摇去，我觉得很有趣（那时，我大概才刚刚进入小学不久吧）。常常见到一些白蝴蝶在那里飞来飞去，看到几只麻雀在那里跳来跳去，喟啾地雀叫。有许多龙眼树的树枝——有的已经长得像树干了，从园内伸到墙外来。那树枝上长着青苔，有的还生着蕨草。不知怎的，小时，我觉得这种伸出墙外的龙眼树枝特别好看。有一次，我看见一只松鼠在树干般的树枝上跳来跳去，我记得很清楚，当时我有一个奇怪的联想，觉得那树枝好像是松鼠的桥，它正走在桥上向墙外看风景。

果园的木门经常关闭着。只有采摘龙眼和修枝、剪花（注：这是一种传统而又科学的管理技术，每年龙眼开花时，把一部分树枝和花穗剪下，以保证营养集中输送到留下的花穗中去，使以后的果实饱满）的时候，果园的木门才打开。但是，我小时不喜欢这时候走进果园里去玩，我至今说不出这是什么道理。果园的土墙大概由于风雨侵蚀，往往有一两个小洞。我喜欢（啊，顶喜欢）站在墙外从洞里观看园内的风景。我经过一些果园时，便把眼睛凑近墙洞向园内观看。我看到几只喜鹊在树间和地上飞来飞去；我看到白头翁（至少有十数只）在树间高声地鸣叫，它们好像不知道我在墙外正从洞孔里观看它们。我看到果园的地上有一丛丛的野菊，开着白色、黄色或者是蓝色的花；也看到野绣球花和蒲公英。我看到白蝴蝶、花蝴蝶、黄蝴蝶、野蜂和细腰蜂，各种甲虫和瓢虫在这些野花间飞来飞去，看得简直入迷了。

儿时果园土墙的洞孔里所看到的昆虫、禽鸟以及野花的生活，留在我的心中很久、很久。到我晚年时，这些情景经常像童话一般浮现于我的眼前，我居然于 1980 年写了童话《从果园里看到的……》。

屋顶上的鸟

我在家乡莆田的故宅，是一座明末清初的民居古建筑，号称五进。我家住在最后一进的三间居室内，中间隔一大厅，另有三间居室为堂兄弟家所有。这最后一进的居屋前隔着长方形的庭院，与第四进的居屋相对，庭院中有两座颇大的、也是长方形的花坛，除种上花卉外，还各种上一棵龙眼树。

我小时喜欢站在我家门前的石阶上，看对面 (即故宅第四进) 的屋顶。那屋顶上的瓦片经过很长很长的岁月的风雨的侵蚀，暗红中透露着暗灰。屋脊以及一些瓦片的空隙间长出一些瓦松、狗尾草。而最使我感兴趣、至今还常常怀念的是，我会看见各种禽鸟飞到屋顶上来。

先谈喜鹊。这是家乡老人、儿童都喜欢的禽鸟。

喜鹊的白色的羽毛上，又套上暗蓝色的羽毛，好像在白衬衣上套了一件蓝背心。记得每天一早，便有两三只，或是一大群喜鹊飞到屋顶上，"鹊！鹊！鹊！"地互相呼唤；这时候，记得我的祖母和住在对门屋内的四婶妈便都对着喜鹊喊道："好呵！好呵！"

　　祖母和四婶妈都曾经告诉我，喜鹊是来报喜的。八哥和斑鸠也常飞到屋顶上来。八哥有黑缎般发亮的羽毛，羽冠也很美丽，能唱美丽的歌。故宅内有一条通向本宅侧门的小巷。小时，我看见八哥在这小巷的土墙的小洞内造巢，听说巢内的鸟蛋是淡绿色的，很美丽。至于斑鸠，羽毛是暗褐色的，颈间有白色的圆形斑点，好像系着珍珠的项链。斑鸠在屋顶上呼唤时，记得我曾听祖母说过，很快便会降下雨来，那当然是在春天时节。

　　有时，还会看见老鹰从高空中飞到屋脊上来。我记得老鹰飞下来后，总是静静地站在屋脊上，还记得阵风会吹动它的翅膀上的羽毛，那羽毛看来很轻很轻。它有时嚯嚯地引颈鸣叫，祖母曾告诉我，老鹰鸣叫，不久会有大风吹来。我还记得，黄昏时分，有时会有猫头鹰飞来，静静站在屋脊上，好像在打盹。记得祖母告诉过我，到了人们睡觉的时候，猫头鹰会抓老鼠，也会抓老蛇。当时我听了，感到猫头鹰是很有趣味的禽鸟。

　　我还想说一下白头翁。白头翁很少飞到屋顶上去。小时，从我的卧室的窗里，可以看到庭院花坛上的一棵老龙眼树。白头翁在树上造巢、生蛋，孵出雏鸟。但记得白头翁并不是每年都到这棵龙眼树上来造巢。不过，我至今有时还会想到小时看到的白头翁。

瓜棚间的蜜蜂……

　　我小时，我家庭院中，每年都搭起瓜棚，种了丝瓜以及家乡人所称的花豆或状元豆 (我至今不知它的学名) 来。这瓜棚很大，一边搭在对门四婶家的屋顶上，一边搭在我家门楣之上的一根长长的横木上。当丝瓜和花豆的藤、叶铺满了棚顶时，整个庭院便覆盖在一片暗绿的凉荫之下，是夏天乘凉的处所。顺便说一下，这丝瓜、花豆于每年 3、4 月间下种。当它们的幼苗慢慢地长大、延伸，慢慢地沿着草绳攀到棚顶上去时，花坛上的一些花木，譬如南天竹、蔷薇、含笑等正在开花，金银花也沿着草绳攀上屋檐，在那里，早晨开着许多白色的灯芯草一般的花朵，到了黄昏，又都变化成黄色的灯芯草一般的花朵了。正当金银花盛开的时候，花坛上一棵古老的龙眼树中间也不知不觉地开放一穗一穗米黄的花朵了。

这样，我们的庭院里，3、4 月间便开始散发各种花朵的香味，引来许多蛱蝶、蜜蜂。不过，记得我们的庭院里当时最使我，还有我的堂兄弟、姐妹感到快乐的，还是丝瓜、花豆在棚上开花而又陆陆续续结着瓜、豆的时分，这从快要放暑假，直到秋季开学以后，有很长的一段时间。

丝瓜在棚上一清早便开放一大朵一大朵金黄的花朵，花豆也一清早便在棚上开放白色的小花。这样，每天一清早便引来了细腰蜂啦，蜜蜂啦，还有一种家乡人称它为胡芦蜂的蜂，体很大，全身好像披着发亮的蓝绒的外衣，采花粉时，发出响亮的鸣声 (鼓翅的声音)。至于蝴蝶，有白蝴蝶、浅蓝的小蛱蝶、凤蝶等。还有很多甲虫也飞来了，有的甲虫只有绿豆那么小，有的甲虫全身紫红而又有黑斑点。有时看到蚱蜢、螳螂也飞来了。最使我们喜欢的，还是有月光的夜晚。晚饭后，我们一些小孩子便跑到瓜棚下乘凉，做游戏。这时候，我们便会看见在从瓜棚上下垂的许多丝瓜、豆荚间，有许多萤火虫在上下飞舞。小时，我们都说萤火虫是会飞的小灯，记得我们的一位堂姐，她比我才大一岁，会折小纸匣，还会抓萤火虫，把它们放在小纸匣中。我的这位堂姐和我很要好，有一天晚上，她抓了五六只萤火虫，放在小纸匣中，然后送给我呢。

1995 年

（收入《郭风儿童文学文集》）

儿童画·木雕面具

　　曾在苏府的客厅里，看见所悬挂的两帧儿童画和一副木雕面具。这已经是一年前的事了，有趣的是，至今还时或念及那两幅儿童画和那副面具。那儿童画闻为一五龄女孩所作，署名苏笛。其中一幅画：在宣纸上出现一只黄色小猫、一只淡红小猫。它们笑眯眯并排而坐。另一幅：宣纸上出现一只很长很长的丝瓜从棚上垂下来，一位穿着短裤的小女孩一直笑眯眯地望着丝瓜。写到此，我不免有些不安。儿童画的画意难道可以如此无味地传达出来，而且，真的能以我的文笔传达出来？只是，我确是颇爱此两幅儿童画。在想念它们时，往往在心间出现某种感受，甚至乃是某种启示。比如，画中的小猫、小女孩以及丝瓜等，我看莫不是表达小小画家自己的感觉。那色彩、那线条和轮廓，那丝瓜何以生得那么长那么长，那小女孩何以笑着又盯着那丝瓜，那两只小猫何以都会笑，等等，莫不是表达一种感觉，一种儿童的感觉。这种感觉使画面出现一种儿童性情的趣味，一种童话的趣味，使我看见了会发笑，会感到快乐。又比如，这种诉诸感觉的儿童画，绝对地自由自在，不受拘束，特别是从"技法"上看来，当是如此的，从而出现了不合理中的合理，无法度中的法度。至于上面提及的面具，我思忖，可能出自非洲某一"土著"的雕刻家之手。此等木雕面具，依我看来，其线条其造型，皆服从雕刻家的意志，只求其神似，线条粗放，在无刀法中出现刀法；鼻部、下颌、颧骨，任意夸张。此等艺术品所出现的一种无章法中的章法，往往引人入胜。

今年，在我的七十八岁生辰，近晚六时左右，我一听见叩门声，便知道是外孙越越，由他的妈妈从幼儿园带回来了。越越才四岁，看见我开了门，便抱住我的双腿，说："外公，生日好！"

接着，又把他在幼儿园画的三张彩笔画塞在我的手中，说："这是妈妈让我送给你的……"一边说着，就跳到客厅里了。我的女儿随着他一起进了客厅，说："越越，怎么不说这三幅画是你送给外公的生日礼物……"

我坐在藤沙发上，把越越的三幅彩笔画看了又看。其中一幅画的是三只棕色的海龟，在蓝蓝的海水以及绿色的海草之间游泳；一幅画的是好几条鱼在海中游泳，这些鱼，有大有小，有红色、有绿色和蓝色的，还会吹泡泡……我指着那三只海龟，问越越："这三只海龟在海中干什么啊？"

越越说："外公，你还不知道吗？它们在比赛谁跑得快……"

接着，我又指着那幅画了许多鱼的画，问："越越，那这些鱼在干什么啊，你说……"

越越说："外公，你还不知道吗！那是鱼妈妈向鱼宝宝讲故事呢……"

我问越越："你怎么知道？"

他说："外公，你还不知道？你看见鱼妈妈嘴里吹出泡泡，就是在讲故事呢……"

"呵！呵！是这样的吗？"

我一边说，一边在心中想，这些海龟呵，大鱼小鱼呵，应当都是越越看电视里的《动物世界》节目所留下的印象！这彩笔画所表达的印象中，可真的不仅具有童话的色彩、趣味，而且还有一个只有越越自己才说得出来的童话世界呢。随后，我看他所画的一幅小白兔的彩笔画，只见小白兔两腮上各长出三根胡子。我指着画问越越："小白兔的胡子，怎么长在腮边上来了……"

越越说："动画片上是这么画的……"

我问："真的？"

越越想了一下，又说："小白兔生气了，胡子就从嘴唇上跑到腮边上来了……"

我的女儿听了，从餐室里走过来，问："越越，你怎么知道呢？"

越越想了一下，说："我自己想出来的……"

这更使我想到，在儿童画所传达的儿童性情和童话趣味中间，其实还有很丰富的儿童的想象力和对于外界的认识和理解，而如此等等，只有儿童自己才能够说得出来。本文开始时提及的，我在苏府客厅中所见的两幅儿童画，如果能有机会和这位小小画家对话，必会得到画中更多很有意思的趣味和启示。只是，我一直没有见到这位小小画家。

末了，我想顺便提及，今年，在我七十八岁生辰之后若干天，有从贵阳来的一位友人，他送给我几只傩戏面具。傩戏由若干千年前贵州少数民族傩族的舞蹈演变而来，演员均戴面具。此历史悠久的傩族艺术家所做的木雕面具，亦以线条豪放、夸张，从而传达某一特定的传说人物的情感，与上面所提及的非洲木雕面具似有异曲同工的艺术妙趣。不知我的此等感觉确切否？

（收入《郭风儿童文学文集》）

浅谈树叶

　　近日忽生一念，即作一则小品文，浅浅地谈论一下树叶兼及草叶。我想，还是先谈谈所谓"小花小草"之叶吧，比如，谈谈狗尾巴草、蒲公英乃至蕨草之类吧。说来自觉有点趣味，又有点古怪。在自然界中，最初为我所认识或使我感到趣味的植物，似乎就是小草狗尾巴草、蒲公英等。估计当在五岁或四岁时吧，对于周围的其他树木花草只有一种模糊感觉时，而对于狗尾巴草似乎已有一种明确的、清晰的认识（当然，这还不过是一种幼儿的认识）。在祖籍莆田故宅的长形庭院中，有一道古墙，墙东是一口古井。记得不过四五岁时，爱坐于屋前的石阶上，看墙上生出的狗尾巴草，竟会感到狗尾巴草的叶子在风中上下摆动，有如小泥人在招手。这种幼童的心理现象又竟会一直沉淀下来，直至二十世纪四十年代，我练习写作童话诗时，这种沉淀又浮泛起来，"狗尾巴草哥哥"竟会成为拙作中的主人公呢。至于蒲公英，估计也在四五岁或稍大一点时认识的。上面提及的古井，其左近的泥土及墙基间，会长出苔藓、地衣来，也长出蒲公英来。记得那时我喜欢到井边去看望地衣、苔藓等，更喜欢把蒲公英的叶子掀开来。这时，便会看见叶子下面有小小的水蜈蚣、蚯蚓在蠕动，看见一些蚂蚁在那里爬行，有时还会看见一只青蛙从蒲公英的叶丛间跳出来。这些幼童时的印象竟会一直沉淀于心间，直到二十世纪四十年代，我练习童话诗的写作时，"蒲公英弟弟"竟然也会在拙作中出现。坦率地说，我对于小草蒲公英之情感，可谓至老不衰，二十世纪八十年代一些拙作中，还时或出现蒲公英的形象。

至于蕨草，我在何时开始对于这种美丽的草有所认识，已记不清了；也许是在年纪稍长（比如十多岁）时，而且可能是逐渐对之有所认识时。我想，也许最早是在一棵什么高树上，看见其枝间生长一丛蕨草，又也许最早是在故宅附近的果园里，看见树荫下满是蕨草，从而引起我对它们的喜爱？不过，我记得清楚，大量地看见蕨草，并愈益给我以深刻印象的是在山区，包括二十世纪三十年代，我至亡妻的祖籍地——莆田西北隅一山村时，所见丛生于山道两旁的蕨草；四十年代在永安、南平山区就读时，所见丛生于山谷阴湿处的蕨草；当然，也包括五十年代以后，我常至闽北一些山区以及闽江口若干海岛的多石的丘冈上所见的蕨草；另外，应提及的，是八十年代，我在国外，比如在菲律宾时，从马尼拉至碧瑶的途中，在穿过某一处热带森林的两旁，也见及丛生于树上以及林地上的蕨草，在波兰某镇郊区的森林里亦见及蕨草，等等。如以上所提到的，在较长的各个时期内，或者夸大地说，自年轻至年老的岁月里所见的蕨草所积累下来的印象，使我感到这种"野草"，分布甚广，生命力甚强，品类甚是繁多。然而，不论生于何地，属于什么品种，都有美丽的叶子，这倒可以用植物学专有名词说出来，即羽状复叶。蕨草作为裸子植物，不会开花，只是它们的每片叶片的背面或叶缘上，缀着点点黄色的孢子囊，很美丽，而这附在叶子上的孢子囊，一如其他植物的种子或果实中的核，具有传递后代的生命的神圣而又奥秘的使命。

据我从平日所随意浏览的一些书籍中偶然得知，现代生活于地球上的真蕨植物，有一万多品种。而最早出现于地球上的蕨草的"始祖"曰原始蕨。它出现于古生代的早泥盆纪，距今三亿多年。于此遥远而又遥远的、漫长而又漫长的各地质年代的过程中，由原始蕨而逐渐演化、发展成为现代具有一万多种的真蕨，成为一种植物类群，这种生命的发展和存在，实在美妙之至，值得吾人永远加以尊重。我想顺便提及，《野草》《草叶集》之为文学巨人作为著述的书名，似有深意存焉，殊堪玩味。

关于树叶的美丽，似乎人们较为关注的是秋叶。"停车坐爱枫林晚，霜叶红于二月花"之所以流传下来，可能适应了人们的这种心理，或曰适应了这种比较普遍的审美趣味？所谓加拿大枫叶、北京香山红叶，举世闻名。那块北美的美丽国土，我无缘身临其地，只曾在若干记游文字中约略领受其美景。香山去过一次，可惜那时霜叶尽脱，只见满坡枯叶，其在风中从地上掀起的动态，以及所作的秋声，亦颇可人。另外，就我个人而言，因霜叶而出现的灿烂的秋景，于今难忘者有二。首先是二十世纪八十年代初，某年11月至江苏金山，其后游扬州以及位于镇江东北长江中的焦山。至扬州，乃从金山渡江而抵岸，同行者称，是处江岸，或许就是欧阳修诗中所曾提及的瓜州渡旧址，或许就是鉴真和尚东渡日本登舟之遗迹所在，这且不去管了。我只想说，登岸后，车行不久即见扬州郊区的道上，有若干古银杏，其秋叶或作橙黄或作玫瑰红，此等以银杏的秋叶造成的秋色，颇为可观。再说焦山，它雄峙于长江中，闻因东汉焦光隐居山中而得名，山间树木苍郁，有六朝柏、宋槐、明银杏等。记得当时曾在银杏林间漫行，只感到置身于色彩斑斓的树叶构造的天地间，偶尔有一二叶落在肩上，仿佛有一二浅黄的发亮的蝴蝶飞至肩上，其情景以及我的感觉，殆难以言状。其次，约略提一下，二十世纪七十年代初旅居于闽北一小山村时所见的秋色。此小山村，可谓环村皆山也，不过有山溪流经村间。深山霜重，在这四面以针叶树、阔叶树以及竹林所构成的混合林覆盖的山峦上，经霜的乌桕树、枫树等一一成为灿烂的树木，锦似的随意点缀于大片常绿树之间；有时山风乍起，那霜叶真像彩色的蝴蝶漫山飞舞，有的霜叶落于溪中，随溪水流出村外，不知到何处去，此等情景亦颇可人。

不过，我个人以为树叶的美丽，表现在很多方面，有的方面表现为一种深刻的理趣，或曰一种独特的图案美。我想以舍下的东邻一家庭院中的古树为例，以说明我的感受。从我所居卧室前的阳台上，隔一墙可见那古树为杧果树、玉兰树及一株不知名的树木。这株不知名的树木高可三十余米，略低于杧果树，依我之见，此二树可能均是由东南亚某国移植的热带树木，树龄亦均在百年以上。那株不知名的树木，其叶呈扁长圆形，五瓣一组，从网状的无数树枝的枝梢辐射开来，并拼成圆形图案；而正是由无数此等图案构造为看来极为繁密的半球形树冠，树相至美。至于那株杧果树，其干大可合围，主干之上又分出三四支干，并辐射开来和生出无数枝丫；这些枝丫错落地生出若干叶丛，每丛由六片扁长的树叶组成一个图案；而正是无数此等图案构成稠密的树荫，招来斑鸠、黄鹂以及其他不知名的禽鸟在其间歌唱。

我手头有一册范道伦编选的《爱默森文选》(张爱玲译)，其中选入爱默森所作《梭罗》一文，这和爱默森的其他散文一样，洋溢哲学趣味和议论风生，而在字里行间流动着对梭罗的景仰之情。在《梭罗》的文末，爱默森引录了从梭罗从未发表过的原稿上摘录的若干格言、警句。兹转引一则："羊齿草纯是叶子，大自然制造它，是为了要给我们看它能造出多么好的叶子。"作为哲学家、散文家，梭罗的这句话，亦富于哲学思考的趣味，但在我看来，又是一种赞美草叶的诗句。我手头有一册《芬奇论绘画》(戴勉编译)，这是一册十分精彩的书。其中第九篇《树木与草地》，谈论芬奇对于树木、树叶的观察和研究，其科学性、哲学趣味，令人叹绝。顺便摘二三有关叶子的文句："叶子的正面朝向天空，以便吸取夜间露水的滋养。""叶子是来年先长的树枝或果实的奶头甚至乳房。""枝条总从叶子的起点处之上抽枝，果实亦然。"这实在是文艺复兴盛期一位大画家对于树叶的朴实而又深情的赞美。我想，芬奇和梭罗的议论，也许对于我们认识草叶、树叶有些裨益。

(首发于《散文》1996 年 10 月号)

天空

蓝色的天空呵，无边地广阔，那样地深远——

白天出现太阳。晚上出现星星和月亮。鸟从那里飞过。风追着行云从那里吹过。雨点曾经从那里滴落下来。

吹着南风的日子，蒲公英带着白绒毛的种子，好像雪花在那里飞扬。

节日里，我们放出气球，一个一个向天顶升上，红的、玫瑰红的、绿的、柠檬黄的和紫的气球，带着我们的欢呼，在那里浮游，在那里翱翔。

1957 年

（收入《蒲公英和虹》）

试写凤凰池

树·鸟

1996 年 5 月间，我从黄巷迁居凤凰池后，曾作小品文《黄巷·凤凰池》，记述对于黄巷惜别之情和对于凤凰池的印象；对我而言，这只能从人文领域或者从文化景象中表达感情；而凤凰池原来是近郊的农村，这里不免留有某些自然景观，所以文中也约略提及榕树、鸟声等。作本文时，居凤凰池将近半载，即从暮春经炎夏以至秋分，我想将这一段时间内，有关树、鸟等的感受，记录下来。

在我的寓所附近，其属于古树者，眼下只见两棵榕树。《黄巷·凤凰池》一文中，我谈论这两棵古榕。在这一篇里，我似乎有另外一些话要说一说。一如其他古树，这两棵榕树各有自己的回忆和历史。比如，它们各自经历了数百年春天和冬天，此等历史，不仅仅显示它们成长的生命力和抗拒祸难（例如台风或者干旱）的力量，更值得注意的：它们的存在，显示了其所处环境的各种不同含义之文明的消长和嬗变。所有这些，我想即使年代长久了，仍是可以感受到。首先，由于其长寿、强壮，民间乃视为祥瑞之气象而予以尊崇，此等对于古树的尊崇，

有时甚或发展为某种宗教般的虔诚，鄙意此乃人性善良的一种
表现，同时也是一种美德。这样的天性及美德，当然应在当代
文化意识和科学思想的引发下，取得新的含义和发展，这就不
在话下了。由于城市的区域向村野拓展，所引发的某些生态环
境的变化，比如，噪声侵扰，以及包括二氧化碳在内的废气的
侵袭，这两棵古榕（一如其他树木），正在调整生命的某种力
量，进行抗拒和排斥，它们的这段经历，也许以后会成为难忘
的回忆。呵，我对于树的此等"感知"，不免古怪。

几乎每日均可听见禽鸟的鸣声。居于黄巷时，那里为市区，
出巷便为闹市，然而邻居有包括杧果、玉兰等三棵高大的古树，
从阳台上又见远处有榕树。大概为此之故，常听见有斑鸠甚至
画眉鸟及其他鸣禽的歌声。至于现今在凤凰池寓所所听见的鸟
鸣声，最大的遗憾是，对于这些禽鸟其名为何，一时尚不得而
知。大约有两种歌声甚美的鸣禽，居于寓所屋后的树林中间。
我有开窗就寝的习惯，每日拂晓，便听见此两种鸣禽之轮唱声
从窗外传来。其中一种禽鸟的鸣声，在我听来，略近童音，有
点稚气，另一种禽鸟的鸣声听来，似从一位少女的歌喉间唱出
来，有一种纯洁的期待，一种纯洁的倾慕。有趣的是，此两种
禽鸟都选择我的寓所对面一座六层大楼的屋顶平台，作为它们
轮唱的场所。天稍亮，附近市声四起，它们便飞开了。我曾立
于寓所的阳台上，用望远镜来眺望它们：只见这两种禽鸟体小，
羽毛均不华美，均呈灰白色，间以些许的褐色斑点，只是其中
一种禽鸟有灰白小羽冠而已，否则可能视为同种鸣禽。它们飞
回林中的路线也颇相似，即均是飞越过我的寓所的屋后数家农

民的双层楼屋以及变电所的高压电线，然后消失于山冈上的树林间。

我初来凤凰池时，便曾听到鹧鸪的鸣声，自此之后，近半年时间内，又曾有三四次在晨间听到鹧鸪的鸣声。它们的鸣声似从屋后山冈的很深的林中传来，隐隐约约的，但仍然清晰可闻。据我的"预测"，寒舍后面山冈上，新的屋宇会不断地延伸、拓展，而树林的占有面积（或云覆盖面积），相对地缩小或向更深处和更僻远处发展。为此，我有一个怪想，诸如鹧鸪之类的禽鸟，如果不像上面所提及的那两种（一时尚不知其学名、俗名，待查）鸣禽，竟然每晨来高楼上唱歌，也即能适应新的环境，那么，只好随着树林之新的延伸方向，向更僻远处寻求自己的领地。

城市？乡村？

我对其感觉一时尚不明确。说是乡村城市化，即以此似具有政治学的概括语言加以表达，未尝不可；说是城市向乡村延伸过来，亦无不可；还有其他足以更准确地表述其品格或其中的趣味的概括性语言，我一时尚无力加以组织。现在我的工作单位（应说是退休以前的）办公大楼及其宿舍大楼（我住第四层的一个单元，自称寓所或寒舍）的所在之处，近日，我始知原名凤里村，村中有两口池塘，故俗称凤凰池。约在二十世纪八十年代初期，我在另一则小品文中提及，我曾来过凤凰池。其时两口池塘尚在，近处皆为福州近郊乃至诸如洪塘、徐家村等远郊之传统的木结构农舍，北面为山冈，余皆稻田。当然，我记得还有剃头店以及杂货店等小铺。简言之，在我的印象中，是近郊的乡村。今年我自市区名曰黄巷的古巷迁居至此，初时的印象或可说是：此间具备城市的某种品质，不过，我仍然说不清楚，或者只可说，这是一种变化。

有一种变化。这里出现某种繁华，而消失某种清静；出现某种现代方便、娱乐，而同时出现某种"污秽"。我随意猜测，如二氧化碳等废气，由各色小轿车排放出来者，其量当不至太少。迁居以来，往往于"双休"，由女儿陪同，至西禅寺、金山寺礼佛，至洪山桥附近的树林中漫游。出工作单位大门，在路边稍候，即可招一出租的士前往欲去之处。我还得约略提一下，我刚才所说的"路边"，指的只是从市区西门通往远郊洪塘镇的狭窄的旧公路西洪路；凤凰池左近较为现代化的公路有二，即近年扩建的杨桥路和不久前全线通车的二环路。此二者，使我感受得到凤凰池趋向商品经济更加成熟以及消费水平日益升高的状态。我有时还漫无目标地闲逛至附近的杨桥路（西段）或二环路，不仅过路的出租的士如鲫，各色"豪华"的小轿车更是不间断地奔驰而过；不管如何，这种繁荣和变化，我珍视其存在以及走向完善。这是主要的方面，亦为我要说的主要的话。

有一种变化，在凤凰池。算是我个人的发现？这便是，在此等变化中有两种文化现象同时存在。我们工作单位的办公大楼遮掩在一棵大榕树后面。过此古榕，出大门，对面便是所谓农贸市场。此市场的楼上，为歌舞厅等娱乐场所，而与市场相对，有一比道路高半米多的平台（石砌），原来，我不知其为何物，以后，始知此乃居民所筑的露天戏台。今年 7 月底至 8 月间，连续约二十天演出闽剧、评话。人称是为了敬神。始近黄昏，戏台前已摆满观众各从家中搬来的坐椅乃至长凳。观众多为老妪乃至中年以上的妇女以及儿童。这些妇女穿戴的几乎都是二十世纪三四十年代的服饰。恕我不费笔墨描绘此等服饰，我想说，她们至今赞赏此等服饰吧？我又感觉，她们更是多么赞赏闽剧以及评话艺术，此等颇饶民俗趣味的地域性艺术，也许在她们的少女时代便在心中种下了爱的种子。也许和戏曲艺术有关，也许与其人生的某种的际会，某种隐秘的情感或思念有关？或与上述种种一概没有关联，她们不过为了寻求一种适合于老者的娱乐。

有一天，由女儿陪同，我登上凤凰池北面的丘冈，它俗称将军山。这当是由于奉祀协惠将军的庙宇而得名，所以也可以说为了谒将军庙而登山。这座庙宇四近均已筑上原来村民的楼屋，此外尚有若干幢颇具规模的商品房。庙内香火鼎盛，有村民在此烧香，亦有远道至此朝拜者。我还要说，山上的不少村屋前均有一片不小的开垦地，种植、培育每日送至市场出售的鲜花。我听一位同事说过，有一位村民不仅在原来的开垦地种花、种观赏草木，且已在他处租用不少土地经营有关花卉的种植事宜。当然，这是商业活动，这位村民的种花业务，不仅涉及花卉业本身的一系列业务范围，更涉及商业活动的一系列业务范围。对此，我不作"纪实文学"的，我无力也缺乏兴趣来叙事。不过，据云这位村民业已致富，家置三辆小轿车，这一点似应加以"交代"的。这则小品文，只欲写点个人感受或印象，从而约略记录下凤凰池的某种变化，某种存在。我想，既然寓居于此地了，便生一种意念，想把对此地的印象和感情记录下来，如此而已。

（首发于《散文天地》1997 年第 1 期）

蜗牛·蚂蚁

　　蜗牛、蚂蚁可能是最早与我相识的小动物，一如狗尾草大概是与我较早相识的小草。有关认识狗尾草的情况，记得曾在某一拙作中提及，兹不赘。我在三岁或是四岁时，反正是稚年时，即我尚未在私塾就读之前的年月里，开始认识蜗牛以及蚂蚁的吧。最先我是在故宅的台阶前，故宅大天井的一口古井附近，或是在一座祖遗的小园林"芳坚馆"中的假山、竹丛间，古树下的小草间，与它们相识。又在何时得知它们之中，此名曰蜗牛、彼名曰蚂蚁的呢？——都说不清，记不起来了。情况往往如此（譬如，就我自己而言）：幼童对周围事物的观察力、感觉以及接受事物的吸引力，可能受其心理发育程度乃至可能是与生俱来的个人气质的制约和影响，所以不免是一种幼稚的直觉、一种没有意识抑或是本能的直觉。但是，这种直觉看来是格外深刻的。我至今记得住但又说不清看见蜗牛背着螺壳在蠕蠕漫行以及蚂蚁结队游行时的愉悦。此等愉悦，也许不带有任何功利性质，也许格外单纯、幼稚和说不清楚，而就我而言，其深刻性在于及至暮年，我偶尔尚能念及当年的愉悦情绪。西班牙作家希门内斯（1881—1958年，曾获诺贝尔奖1958年文学奖）有一篇小品文，题目《11月的园诗》，文中称蜗牛"背着屋壳"。蜗牛所背一只螺形薄壳，颇易引人联想为那是它的居室或小屋。当然，我当时，即我稚年时不可能有此等联想力。但以现在的认识来说，蜗牛所背的螺形薄壳，有某种趣味。蜗牛从薄壳中伸出其软体和一对触角，随意蠕蠕而行，以及如果它发现可能被视为危险物的出现，乃使其全身以及触角，收缩入壳中，有如藏入小屋，这些或许也均是一种趣味？或者换一个说法，即蜗牛的此等体态及其生活形态的趣味，能够呼唤幼儿的天真所生的感应，并且化成天真的愉快。对于幼儿看见蚂蚁的某种生活形态（如上面所提及的"结队游行"）之所以感到愉悦，大概也可以作如上的"认识"。此外，我还有一个"见解"，以为若蜗牛若蚂蚁等小生物、小生命的体态和它们各自的生活活动方式，或可谓之为自然（或者，用宗教的语言道之，即神）给儿童所赠予的一种读物，所描绘的一种童话世界。为孩子（例如幼年时的本人）所爱，是理所当然的吧。

1997 年 7 月 29 日，八旬斋

（首发于《莆田政协报》1997 年 8 月 25 日）

长乐三岩小记

　　长乐从其地理形势观之，可称之为闽江和东海所环绕的一座半岛，也可视之为福建东部三面临江临海的突出地区。正是由于地理地位的优异和相关人文景观的深远历史意义，长乐的许多古迹和胜地，向来引人瞩目。

　　最近，我对位于长乐北约五公里的猴屿岩、鳌峰岩、晦翁岩，有了一次愉快的游览。猴屿岩何以得名，不知其详。此岩和处在闽江口的琅岐岛隔江相望，为一座屹立于江岸上的丘冈。冈上遍布古榕和相思树，形成亚热带林木别具一格的景象，这便是天然的兴旺和深沉的生命力。这片胜地，自山麓就开始有了石级，直通岩顶的古刹。这些石级平缓而又因势稍见曲折地从林荫掩映间上升；更由于年代久远，这些石级具有某种古意，登山时使我感到自己置身于一种中国画所追求的古朴而深邃的艺术境界之间。行至中途时，不想石级之侧出现一座石砌城墙。城墙作曲尺形的巨大长廊，两边有雉堞。在一个风景区内出现此等古迹是罕见的。鳌峰岩、晦翁岩均为潭头镇所辖。这是一座临江面海的古镇，有不少文物、古迹、名胜。此等文化积淀往往与当地历代出现的名人、与其他流寓过往的外界历史名人有关；其中若干古迹名胜与当地一些在外艰辛创业的侨胞有关，从而其文化内涵具有较为深厚而又特殊的含量。以鳌峰岩而言，我注意到将登山门之前，路上有一座两侧各置一头石狮的拱形石桥（桥下为小湖），桥前立一碑，上镌"胜景系乡情"五个字。此语显然表达着一种侨胞思乡爱乡的情意。鳌峰岩早先为明代吏部尚书钱肃乐读书讲学之处，设鳌峰书院。其旧址附近，现在可见者为一座佛寺。此寺山门两旁设置石砌台座，居台座上者，一为寿星立像，一为济公坐像。让道教人物和佛门人物共守山门，此等景象为我在他处所未见。山门内的所有宗教建筑物，包括大雄宝殿、东西两廊以及山顶掩映于树荫间的观音阁等，则均按传统格局设置。大雄宝殿右侧，隔一长廊有一栅门，门外开辟一条山径，直通一座可容数十人的重檐亭阁：览胜亭。坐亭中，可观与闽江交汇的大海，可观海天相接处的岛屿和船影，等等。视野极为空阔。这里的寺院和亭，均为当地侨眷和海外侨胞的资助。称为"胜景系乡情"，实非虚言。

至于晦翁岩，则因朱熹曾于此岩讲学授徒而得名。明初郑和下西洋，其庞大的船队多次停泊长乐避风，曾留下不少有关历史遗迹，如长乐至今还保留郑和设立的"天妃灵应之记"石碑等。郑和慕朱熹之名，曾上山膜拜并修葺讲学遗址。故此岩亦称"三宝岩"。现在，山上至今尚留存纪念朱熹的"读书处"的摩崖石刻一方。尚有一法堂，内供奉郑和石雕坐像一尊。由于朱熹在此讲学，所收门徒中有刘砺、刘砥者，后来均登进士，以致此岩所在地的潭头镇有一村，自古称为二刘村，以纪念二刘和刘氏其他几位先贤，激励后进。晦翁岩上有一岩洞，岩壁上出现一石，状如龟，人称是龟化石。这座山岩不仅以风光取胜，更以其具有深远的历史文化为世人所珍视。

　　长乐的胜景、文物、古迹的确不少。即以潭头镇而言，尚有德成岩以及诸如与明代状元马铎有关的"母梦井"，与郑和下西洋有关的龙山寺等未及造访。对此，他日总有再次前来的机会。我以为，方便时出访名胜，寻访文物古迹，可作为休闲的一种较佳选择，似亦不失为修身和开拓心智的一种途径。

　　（收入《八旬斋文札》）

闲话无名山水

1978 年 8 月和 9 月间，福建创办《榕树》文学丛刊，曾向施蛰存先生约稿。承施老惠寄《在福建游山玩水》。是文发于《榕树》创刊号（也是散文专号）上，记得并不写福建的名山名水或其他名胜古迹。二十世纪四十年代初期，若干大专院校迁入内地山区办学。施蛰存先生先后在永安、长汀等地执教。大概课余之暇，他往往在附近若干无名小山、小水之间随意漫行。四十余年之后，应约撰文，始把当时留下的印象记下来。《在福建游山玩水》现收入《施蛰存散文选集》（百花文艺出版社版），至今重读，犹感是一上乘之作：盖文中所记无名山水之景色，皆于无意间得之，殊觉可喜。我想起古来记叙有关对于山水的感觉之作，往往传世，但不见得所记叙者皆名山名水。如柳宗元的《钴鉧潭西小丘记》《小石城山记》等，所记者不外是柳公谪贬于今湖南省零陵县时那些穷乡僻壤的景物。当然，这些古文，不论其写石头，写水和树、竹以及发议论和抒胸中不平之意，皆具有古代散文大家的风度。但我读柳公这类散文，有时尤喜文中若干笔墨，写其无意间对于某些景物的发现。如《小石城山记》中云："……无土壤而生嘉树美箭，益奇而坚，其疏数偃仰，类智者所施设也。"则山之奇和所具有的异趣，透出纸背矣。苏东坡写山水之文，恕我武断地说，如前后《赤壁赋》以及《石钟山记》等固佳，但若收入《志林》等中的《天籁》《栖贤谷》《曲江舟中》《临城道中》以及眼下已颇为世人所传颂的《记承天寺夜游》等小品，则写得更是自由自在，文中所记景物，往往只寥寥二三语，然皆无意间的所得，读之使人与作家共同感到一种自适的快乐。至于《徐霞客游记》，我个人始终以为作者为千古奇人。文章为千古奇文，是书中早期的作品，若记黄山、雁荡、武夷等之游固佳，而他晚期（其实徐霞客不过活了五十余岁）有关滇、贵之作，不仅对于地理学、地质学以及少数民族的风俗习惯的研究、记录，具有极高的科学价值，对于西南那些鲜为外人所知的山川林木花卉及鸟兽的奇美奇趣，其所记者更是令人叹为观止。

上面提及施蛰存先生于二十世纪四十年代初期曾在福建永安执教；这所学校校址在离县城五公里左右的一座小山村，村名霞岭。1941 年夏，学校改名为福建省立师范专科学校，我正于此时考入此校就读，但施先生却应聘至当时迁至长汀的厦门大学就教去了。霞岭四面环山，燕溪从村前流过。我在霞岭约一年。次年夏，校址迁往南平的一座山村，是村名后谷，亦四面环山，富屯溪从村前流过。我在后谷为时两年。在永安、南平两地小山村里就读的三年间，看来当时还说不上有所谓游山玩水的某种思想要求，只不外有时偶然兴来，乃至附近的山水间随意漫行，兴尽乃归。现在记得还很清楚的是，某一秋日，从学校附近一小草径漫行至山中一小溪畔，不意看见前面有一大片古木杂树形成的秋林，经霜的枫树、槭树、榆树等出现灿烂的柠檬黄、玫瑰红等色彩。我走进此林，在一块石头上闲坐，有的落叶竟掉在我的怀中，记得还在林中看到许多松鼠在树上跳来跳去。我正要归去时，竟然见到一只路过林中的刺猬，遇见我，居然停下来，毫无戒心地（甚至是善意地）向我打喷，然后遁入林后的深山中去。在霞岭时，至今留下印象的是浮桥和水磨坊。所谓浮桥，现在已很难见及；它是以粗大的竹缆将一只又一只的木船在两岸间接连起来，以代一般桥梁的作用，有一种古意，有一种野趣。这年寒假，霞岭大雪，学校前面燕溪上的浮桥的每一只船都覆盖着白雪，与溪边那些覆盖白雪的林木、草莽以及附近的山峦村舍相陪衬、相托映，此等雪景别具一格；我有时念及，感到此等景色实乃平生偶然一遇，有点难得。当时从霞岭至永安县城，除陆路外，可乘小木舟至县城的古城墙下的小码头上岸。这行驶于燕溪的小舟，舟体颇狭，只可容两位乘客，由一位船工撑着竹竿行驶。当时竟发兴致坐此等小舟至县城。舟从霞岭出发，行燕溪中，时或见及巨礁，水流湍急，看来这条水路颇为艰险。但船工对航道甚是熟悉，临险境如过平地，记得当时小舟颠荡不已，我的心却很平静。那是初春时节，两岸嘉树美竹以及早发的野花，举目随处可见。至今难忘的是，五公里多水程间，一路见到多处设在岸边的水磨坊，在树上长满羊齿类植物的巨大古樟的掩映下，大木轮不停地旋转着又旋转着，其状颇见佳趣。至于学校迁至南平后谷后，有时也至附近山水间漫无目的地游玩。记得有一次沿着一条铺着竹片的小山径漫行，此径止处，竟然看到几处当年以手工开采的石灰石矿的遗址，——如露天的黄土岩穴，穴中有蝙蝠在飞来飞去（顺便记一下，那以竹片铺成的山径，可能是当年以小车运石灰石的车道的遗迹）。又记得有一次，沿着附近一条草径往山间漫行，不觉行至此径转弯处，竟出现一座林间的小土地庙；此庙建筑颇见独特，既祀土地公公，又若一座避雨亭。当时，我较喜欢西班牙作家阿左林（现译阿索林）的小品文，口袋中常放一册卞之琳先生所译的《阿左林小集》，记得当时坐在庙前林中一块岩石上，读了几则他的作品，记得有我最喜欢的《叶克拉》以及《上书院去的语》等。

在若干无名山水间随意游玩所得的快乐和感受，在我此生中有两次印象可以记录，但在本文中只想简单地择其一二写下来。一是 1937 年间，我与亡妇秋声结婚的次年，曾和她同往她的娘家探亲，她的娘家在莆田县西北隅深山间的一座小山村里。一日，我在附近山林间漫游，见到一座斜坡下，有一大片正在开放近千箭的兰花；又在另一处见到悬崖下的一口深潭，潭上开放野生的睡莲。此等事，我在二十世纪五十年代写入两篇儿童散文中，兹不赘。二是 1971 年，我举家旅居于闽北浦城杉坊村，从 1973 年调回福州工作至今，我陆续写了数量颇为可观的有关杉坊村以及四近山水花卉树木鸟兽的散文，甚至把自己在旅居杉坊村的某些感受并以那里的风景为背景，写了诸如《白雪公主》《孙悟空和他的外国朋友哈尔马》《孙悟空在我们村里》等童话散文。本文想写一件在那里的小小见闻。一日，我沿着村前一条小涧边的山径向土名西源垄的山谷走去，据云这条小涧源出西源垄。沿途所见山树以及涧中岩石之美，则不去说了。大约行两公里，果然看到此小涧的源头：这所谓源头其实像一座小潭，潭中有大如砥石的巨石，日影落在石上，当时我见到一只青虾静静地停在石上，似在享受日光。说也奇怪，此等微末的印象，居然深记心中，若干年不衰。写至此，我只想说明一个意思，若干无名山水间的某些风物，在偶然间得之，于无意中得之，个人以为往往可贵可喜。

1994 年 3 月 18 日

（收入《汗颜斋文札》）

七十六岁生辰漫笔

　　记得在六十七八岁以及七十岁生辰时，曾作小品文，以记叙个人在此等特殊时辰的情怀。其中《七秩生辰琐记》一文稍长，其余不上千字，就字数言，真的不过是小品文罢了。1988年2月4日（夏历丁卯年十二月十七日），即我七十岁生辰那天我在香港，整日在中文大学，参观中国文化研究所和所属的文史馆，参观该校的图书馆以及校园。和我同至香港访问以及在港友人，均不知是日竟是我的七秩生辰。但在午餐会上，我记得虽然谈论一些诸如周作人早期散文等文学问题，心中却暗自设想：这西式的午餐，似乎具有某种巧合，即在无意中具有祝贺我的七秩生辰的巧合？是晚回到英皇道的临时寓所时，一位定居香港的闽籍友人来访，带来一盒蛋糕，我又在心中暗自设想，以为这也在无意中具有对我的生辰的祝贺之意？这种设想，不免有些古怪；但也许正是进入高龄的老人在一定情况下出现的一种特有心态？

　　七十六岁生辰，我忽然念及自幼至老（除外出就读等外），几乎都在家庭气氛颇浓间，免不了吃一碗带有家乡民俗趣味的"生日面"中过自己的生日。这种"生日面"除金针菜、香菇、冬笋以及家乡民众均喜食用的芥蓝菜外，必有两个煎蛋，年年如此，但这一天的家庭气氛间，总隐隐出现一种祥和以及对于生命的祝福之意。每年"生日面"，都是先母亲自料理、亲自端至桌前给我吃的。生母年轻守寡，极其艰辛地抚养我长大。我似乎从小感情内向和具有某种敏感，从生母的日常操劳，抑或从她的某一不经意的眼神间，领受到她对我的期望和一位旧年代的善良女性的母爱。结婚后，生日面往往由秋声料理；我非常清楚，这中间除祝福之意，更表达她对我的恩爱之情。1993年8月间，我在香港《华侨日报》的副刊上发表一则题为《说笋·香菇……》的小品文，我禁不住要引录其中一段有关我定居福州后过三十岁生辰的文字。"1948年农历十二月十七日，我三十岁生辰之日。当时我和秋声在福州西牙巷一座旧的木楼上租住了两间小房，厨房在楼下的过道里。那天秋声为我的生日尽情忙了一个上午，然后把几道菜摆在楼上'后房'的长桌上。她真是'计算'周到，我下班回来，正好是她把几道菜摆好之际。当时儿女均未出生，母亲还在莆田守家，所以只有我们夫妇两人对坐而食。那天她所做的几道菜可以说很有意思，记得有福州鱼丸、福州燕丸，这都算是省会风味菜肴，尚有几道菜则是家乡菜，有醋熘黄瓜鱼、焖豆腐、冬笋炒香菇……秋声平日似乎并不擅长烹调，那天看来却能发挥她在这方面的才情，几道菜均可口。"引文中"尽情"也可写成"尽心"。用最浅白的话来说，那天她是尽心尽意地要使我的三十岁生辰过得快乐。记得罗曼·罗兰尝言：母亲和妻子是一位作家塑造女性形象最主要的泉源。我未必能完全理解此句的深刻含义。但从个人的生活经历中，我感受母亲的恩爱、妻子的恩爱是一种人间最真挚、纯洁的感情。

七十六岁的生辰，我觉得还是过得快乐的。这天也是在一种颇浓的家庭气氛中度过的。中午，女儿提早下班返家。我为她开门时，只听她说："爸爸，生日快乐！"

随着，她把一束鲜花送到我的手中。这些鲜花包括康乃馨、非洲菊、箭兰、满天星和用以衬托的绿色蕨草等。这类鲜花是近些年来始在国内若干城市大酒家的餐厅和家庭的客厅中出现的。街上出现出售这类鲜花的花店。它们是从国外引进的花卉。由于我从小便接受某种东方文化和美学趣味的影响，颇喜梅花、兰花等中国传统花卉，在我的感觉中，此等花卉清雅、高洁，其情趣为我国某些古典文学作品和书画所尊崇，像我这样的老人，不能不受其影响，至于像康乃馨、非洲菊之类的花卉，似乎过于鲜艳，一时在感情上接受不了。但近些年来，在平常日子里，女儿有时也带回一些此等花卉插在瓶中，不觉间我已逐渐有些喜欢了，何况是生日，女儿带回这些花卉以表达祝福之意，以致她把这束鲜花从我手中接回并插在客厅的花瓶中时，我深深感到喜悦。这天中午按照我的嘱咐，女儿煮一碗家乡传统的生日面作为我的午餐，这种按传统过生日的民俗趣味，对我而言，深深以为越是进入老年越能感到它的美妙和具有一种人生真味。

在睡前我忽然有一种联想，即我自幼至老的家庭生活和个人的感情、思想中的某些因素，均带有儒家思想的影响或色彩。我并未受过儒学的系统教育，青年以后，特别是到了晚年，读书极杂，包括西方的若干思潮的哲学著作。但我感到，特别是儒家思想中有关伦理道德方面的某些部分（某些主张），很有道理且合乎人情。譬如，关于家庭问题，儒家提出"齐家"之说，这是著名的"修身、齐家、治国、平天下"的有关经世大业的组成部分。所谓"齐家"，不必去考查某些经典笺注的解释，以个人的理解而言，认为不外提倡建立和谐的家庭而已。而欲达此目的，儒家认为家庭成员必须"修身"，并提出所谓"孝、悌"等伦理观念，即事亲孝，视兄弟如手足和夫妇间的恩爱，等等。我看，此等有关家庭和人伦观念，颇见合理合情，并不高深，也不迂腐。我记得罗素曾著一文，也谈及家庭生活的和谐问题。日本文化受我国传统文化影响至深，我记得明治维新时期，有一位思想家名福泽谕吉者，他被誉为日本的伏尔泰，此公所著一些哲学随笔中，多评述我国儒家的伦理思想，譬如忠孝之道，譬如夫妇之道等。对于儒家的某些伦理观念（特别被某些后人所歪曲、所随意引申的伦理观念）也持不同看法，但对于诸如我国传统道德中所提倡的"百年偕老"、夫妇互敬等，则大为宣扬。以上所述种种，当然在平日也有所思考，七十六岁生辰的晚晌，在入睡之前，忽地又想起来了，但并不用心深思，于是很快便睡着了，其时大概还不到晚间的八点钟吧。

1994 年 2 月 8 日

（收入《汗颜斋文札》）

书兴化水果

近日忽生一念，拟试作笔记体散文，以记譬如风土、民俗、遗闻、轶事乃至物产等。此等散文，有时对于其所记者，可作某种考证。我想，这类作品，写得好，其受惠于读者以至后人，或许不亚于某些抒情散文。

——手记

下郑村

莆田、仙游两县昔日同属兴化府，有时莆田亦称作兴化。我早想写若干篇笔记，漫记兴化水果。莆田城关西北古城墙逶迤，少时登城北望，但见远处有一条蓝色的、明亮的溪流，两岸林木翁郁。那溪流曰下延寿溪。林木掩映中间有一村，曰下郑村；少时，便听说那里全是果树，也可以说是一座大果园，心向往之。但是，那溪流、那村庄及其果树，离城虽然不及二三公里，当时却不曾到过。

1937 年抗日战争全面爆发。当时我在家乡清田一所学校教书。有一段时间，学校迁至下郑村，以其林深可避日寇空袭。当时师生早出晚归，除上课外，并在村中用午膳。下郑村因此给我留下许多印象。于此，我只想记下有关果树的一些印象。记得从城关出发，行至真武坛（路名），已见四近全为龙眼树园（直到二十世纪三十年代，整个莆田城关，除了文峰宫路、鼓楼前路等闹市外，民屋皆掩映于龙眼树之间）。出城之西关，则自安福村以及龙桥镇，一路除见到挑杉木的山民外，所见皆为果园及守园人。这里的果园，除龙眼外，已见到枇杷、余甘、阳桃等果树。下郑村和龙桥镇位于延寿溪的东、西两岸，过龙桥镇，向西又行过筑在延寿溪上的古坝，便进入下郑村。现在，我尚能记得清楚，村前有水渠，而且种的都是高大的杧果树、橄榄树。进村后，只见村屋一一掩映于果树间。时间稍久，我便知道这里除大量种植枇杷外，又有成片成片的阳桃、余甘、柑树、柚树、橘树、荔枝、龙眼、桃树、李树、佛手、杨梅和少量的葡萄、波罗蜜、番石榴等。有一个至今难忘的印象是：下郑村有一个尼姑庵，庵的四周全是高大的柿树，庵的大门前两旁，又种几棵佛手树。我们的学校迁至下郑村。正当秋冬之间，那柿树园中正结着硕大的柿子，佛手树上结着如拳的黄色果实。

据地方志和当地传说，宋代词人刘克庄（号后村）当年曾在延寿溪和附近的果园咏唱。我想这是可能的，因为，少时我就曾在东岳山之麓，见到一块上镌"后村故里"的石碑。东岳山离延寿溪和下郑村约三公里，我们的这位同乡先贤来此一带吟唱、酬酢是可能的。只是其遗迹犹如逝去的烟云，已不可追寻。

荔枝

蔡襄《荔枝谱》所记荔枝名种，大半都出于兴化。在宋代，闽中唯四郡，即福州、兴化和泉、漳出产荔枝。蔡襄生于仙游枫亭，长于莆田蔡垞，曾任福州、泉州知府、漳州军事判官，其足迹遍及四郡。他以为荔枝"福州最多，而兴化军最为奇特"。蔡襄所称"奇特"者，抑或为名种迭出之意？《荔枝谱·第七》所列"陈紫以下十二品""虎皮以下二十品"共三十二品，其中名列第一的"陈紫"亦出于莆田。对于陈紫，在《荔枝谱·第二》中有颇见详尽的记述和描绘：

> 兴化军风俗，园池胜处，唯种荔枝。当其熟时，虽有他果，不复见省。尤重陈紫，富室大家，岁或不尝，虽别品千计，不为满意。陈氏欲采摘，必先闭户，隔墙入钱，度钱与之，得者自以为幸，不敢较其值之多少也。

这一段记录，传达一个消息，即当时富室大家，争购陈紫，以示身份。蔡襄又称：

> ……其树晚熟，其实广，上而圆，下大可径寸有五分，香气清远，色泽鲜紫，壳薄而平，瓤厚而莹，膜如桃花红，核如丁香母，剥之凝如水精，食之消如绛雪，其味之至，不可得而状也。荔枝以甘为味，虽有百千树莫有同者。过

甘与淡，失味之中，唯陈紫之于色香味，自状其类，此所以为天下第一也。

这一段话，鄙意胜白乐天之文笔。盖蔡忠惠亲啖陈紫，情动于衷，而发于笔端也。至于宋代所称誉的陈紫，目前是否仍流传于世，不得而知。《荔枝谱》中所提及的"宋家香"，至今犹存。此树，"或云陈紫种出，宋氏世传其树已三百岁"。据推算，此树当植于唐天宝年间，距今一千二百余年。我每次回乡必去看这株树。1989年9月12日黄昏，又趁归乡之机去看它。暮霭中但见树影婆娑。陪同者言，它至今每年结籽。念及生养我之故土，生出如此祥瑞之物，感怀不已。

近年来，爱读诸如《梦溪笔谈》，以为这是很有价值的散文遗产，可能是古代的"俗散文"，至今不甚为世人所广泛注意，更很少被认作文学作品，对此，我颇不以为然。这暂且按下不表，待他日有暇，当作一短文，专谈鄙见。这里，想摘录一些有关荔枝的古人笔记，并发一点小见解。周亮工《闽小记》卷四，有若干则有关荔枝的笔记，其中包括荔枝诗话；又有《荔枝拾遗》，记录不少兴化有关荔枝的风俗，甚有趣味。下引属于荔枝品种之记录：

……余乡黄十华先生，讳起雒，尝过枫亭，其友人贻以鲜荔枝满千，中有一匣，独贮白者十数枚。先生开匣睨视，香竟室中；问以何名，则曰："此品因不常有，未得名也。至有，则常以六月十五月圆时方熟，乡人或疑为明月之胎。"先生莞尔而笑曰："是即名也。"

文笔委婉可喜，且有小情节，若小小说然，此或为古代俗散文之一范文？而笔记中称白色的荔枝为明月之胎，蔡襄的《荔枝谱》未论及，估计此公虽出生枫亭，而终生未见及此异种。这大概也是珍稀名种，可惜我也至今未尝见及。

施鸿保《闽杂记》卷十，有若干则记录荔枝的笔记。其中《祖树》称：

> 仙游赤湖留居道故宅，有荔枝四株，俗称祖树。相传闽中初无荔枝，留氏自安南遗归种之，为闽中诸荔之祖也。自初本十八株，国初犹存七株，今只余四株矣。

按，施鸿保，浙江钱塘人，生年不详，同治辛未（1871 年）卒于福州，年七十余。此人居闽中十余年，据其自述，除永春、台湾外，足迹几遍全闽。《闽杂记》中留下许多有价值的闽俗和物产的记录。但此则《祖树》，似不足信。"留氏自安南遗归种之"，或许可作为一个线索，即荔枝或自安南移植福建？《荔枝谱》称"东京交趾七郡贡生（鲜）荔枝"，已提及当时的南荒与中土的关系。

龙眼

一如荔枝，龙眼亦为兴化佳果。仅就莆田城关而言，几乎到处可见龙眼树园；每宅之庭院内及舍前舍后，亦往往种植两三株龙眼树；民间种植龙眼盛于荔枝。譬如，在二十世纪三十年代，我少时的居室窗外便有两株龙眼树，白头翁筑巢于树间，松鼠在枝上嬉戏，果熟时则自由自在地在那里摘食龙眼。这些情景，记得曾写入我的若干散文中，兹不赘。

蔡襄既作《茶录》《荔枝谱》，对于龙眼则似乎未留下记录文字，此我所不解者。为我所感到遗憾的，亦未见吾乡其他先贤有诸如《龙眼谱》之著述，以致对于龙眼的品种和它的传统栽培、管理方法、鲜果贮存措施等，无法如《荔枝谱》一样，从中得到较为系统、切实而古老的资料。不过，好在其他笔记也能读到若干有关资料和有关记述。譬如，在《闽小记》卷一，有《接龙眼》一则，记述嫁接以及改良品种的古代民间方法：

> 去闽会二十里东南隅，多龙眼树。树三接者为顶圆。核之初种，经十五年始实；实甚小，俗呼为胡椒眼。觅善接者，锯木之半，去大实之幼枝接之；至四五年，又锯其半，接如前。若此者三数次，其实满溢，倍于常种。若一二接即止者，形小味薄，不足尚也。

我小时便见莆田居民对于龙眼的嫁接、压枝和果园管理有一套完善的传统方法。这中间包括施肥和采花、疏果等促进实大的措施。我意，凡此等等，如能以朴实、简短的文字加以记录，以惠后人，其文价值当不下于某种抒情散文。

珍稀品种

荔枝、龙眼品种颇繁，甚至有一个品种仅一两株树者。《荔枝谱》中所称"江绿""游家紫""方家红"以及蔡襄盛赞不已的"陈紫"，俱以姓冠，一如洛阳牡丹之以姚、魏冠。而这可说明，某姓某家所种荔枝品种之特异或名贵也。近读《闽小记·水晶丸》，内称：

> 荔枝种类最繁。予在闽中，尽饱尝之，当以莆中宋家香为第一；肉肥核小固足尚，蒂实作旃檀香，尤足异也。水晶丸较诸荔最小而味最甘，实而不核，闽人岁以数十枚遗予，然终不令予知其产处……

此周亮工所不知产地的"水晶丸"，谅为一珍稀品种，盖焦核（闽中呼小核曰焦核）荔枝，常所闻见，而无核荔枝（如"水晶丸"），则未尝闻见。

至于龙眼，有一品种，莆人俗称"红核仔"者，晚出、实小、核红，而味最甘；比之其他诸龙眼，一如"水晶丸"比之其他诸荔，特点明显。但种之者颇多，已不稀罕，而可称珍贵。不久前返莆，有亲戚赠我数十枚龙眼，不知其名，其味中和，壳黄，核小而呈白色，这就稀罕了。亲戚云，此种以前在市（莆田现改制为市）党校门口有一株，他家也只此一株，系从市党校门口那株母树上"压枝"而得，种于家园中。经多年培植，

57

近年始结籽。我戏称此种龙眼为白焦核龙眼，或呼之为林家黄。亲戚林姓，为先母娘家。

东坡之见

从《荔枝谱》以及《闽小记》等作中，可知古人重荔枝之风。苏东坡对此有所觉察，曾作《荔枝龙眼说》，对重荔枝而轻龙眼之风表示不以为然。其文不长，也颇有趣味，不妨全录如下：

> 闽越人高荔子而下龙眼，吾为评之：荔子如食蝤蛑大蟹，斫雪流膏，一啖可饱；龙眼如食彭越石蟹，嚼啮久之，了无所得。然酒阑口爽，餍饱之余，则咂啄之味，石蟹有时胜蝤蛑也。戏书此纸，为饮流一笑。

苏公此文，或另寓深意，如事物之贱者，有时大显长处，等等。我意，对于荔枝、龙眼欲高定，欲下之，听人自便，不必太多计较。盖人各有志也。至于我自己，觉得两者都为佳果，均为我所好，夏啖荔枝，秋嚼龙眼，这是大自然赐给吾乡的天福，实在应该感谢不尽的。

苏文中的蝤蛑，闽人呼之曰啰，不同于螃蟹及㕭，生于淡咸水交汇处，为席上珍品。至于彭越石蟹，则为海滨滩上乱爬的小蟹也，往往被腌，旧社会中，为贫民食品。我从苏公此文中，不知怎的，有一古怪联想，或云无端的奇想，即他称赞彭越石蟹，好似骨子中有一种平民意识？故其为官有惠政，亦几遭贬谪。

枇杷

莆田有一俗谬："枇杷吃四季露。"此谚颇富情趣。其意谓：枇杷秋冬间结蕊、开花，春夏间结籽、成熟；申言之，枇杷之实，自开花至成熟，接受自然四季雨露之滋润。在此中间依我意，似乎还可领会所含的又一层深意，即枇杷之实得天独厚，其为佳品乃自然之事理。枇杷为故乡一年间最早出现的水果佳品，往往是妈祖诞辰便开始成熟了，性中和，其味甘而淡远，这实在使我感念不已。

以莆田而言，枇杷之最佳者出于华亭镇、龙桥镇和下郑村一带。前者位于木兰溪畔，后二者居延寿溪畔。这两条溪流各自给予两岸的枇杷林以某种微妙的、难以言说的影响。兴化位于北纬二十五度左右、东经一百一十八度左右，居中亚热带与南亚热带的过渡地带，是荔枝、龙眼以及枇杷等诸多果树居留的王国。而各种果树又各自需要相宜的土地和其他特殊环境。枇杷欲居溪畔，而荔枝欲留在池塘、水渠等的水畔坡地，龙眼喜居丘陵和通水较好的平地，等等。

阳桃·余甘·橄榄

在莆田城关西北郊以及东南隅华亭镇附近的丘陵地带，原来（二十世纪二三十年代），闻随地可见阳桃树、余甘树、橄榄树和杨梅树繁衍其间。这些果树都是高大的灌木或乔木，树相很美丽。就地理环境而言，这类果树亦生长于木兰溪或延寿溪流域，只是不若荔枝、龙眼、枇杷等繁殖之君临溪岸。阳桃、橄榄、余甘也有良种。譬如，华亭镇附近，仙游、莆田两县接壤的走马亭出产的橄榄，以其味美驰名遐迩。但这几种水果，一般味苦涩，甚至剧酸；尽管嚼后有淡远的甘味，人们仍称之为杂果，有贱视之意。

在我童年时候，市场上尚流通铜钱。记得当时一个铜板可换十个铜钱，一角小银圆可换二十以至二十五个铜板。当时，在一些小街小巷，往往有老太婆经营的小摊，专售杨梅干、小光饼、花生和鲜余甘、橄榄、阳桃等；顾客多为附近私塾里的童生。记得一个铜钱可买七八颗余甘，三四颗橄榄，其售价之贱，可知。

这些味涩或味酸的水果，如果进行蜜渍，或其他即使还很粗糙的加工（譬如，加糖，煮一下），便可能成佳品。旧历三月二十三日妈祖诞辰，和城隍、社公、土地公或其他菩萨佛祖神明的诞辰，和某大户富室喜庆之日，必演兴化戏；戏棚附近必有两种小商担，即"扁食担""橄榄担"。此橄榄担出售一串串的阳桃、橄榄、余甘；皆加工：蜜渍、糖煮，或和以甘草，或与生姜一起捣，等等。这种橄榄担前，必围观一群儿童。我记得一串橄榄不过一个铜钱，价亦贱。现在想来，这中间当然有一个有关经济学的问题，一个有关某种资源（例如水果）的合理开发、利用等问题吧？

1992 年

（收入《汗颜斋文札》）

茶小记

　　袁鹰兄受中外文化出版公司之托，主编一册有关专写茶文化的散文集《清风集》。他的征稿信是一篇饶有我国小品文传统趣味的妙文。百年之后，或可成为有关茶文化的文献，也未可知。这且不细表。我想引录其中的几句话：

　　　　自古以来，茶，与柴米油盐酱醋并列，成为"开门七件事"之一，生活中可以无酒，不可无茶……

　　从中可以看出，袁鹰兄尊崇者，似为茶君子，而非酒君子？不过，以上云云，只是个人读了征稿信之后，偶然想到而已；这种个人的无端联想，或许与茶文化毫无相关；只是我既想到，不妨写下来。

随意

　　我不会喝酒。说句不怕见笑的话，我连啤酒都喝不来，实在是一位毫无酒瘾的君子，或者说是一位不知酒为何物，醉有何情味的君子。至于茶，至今还是每日泡一壶茶；可是，则未必是一位茶君子。福建产茶，出名茶。我却什么茶都能泡一壶，斟入茶盅中，喝得津津有味。看来，我是一位平庸的老人，不论穿衣、住屋，均不知讲究，在喝茶方面，似乎亦如此。看来，我似乎总想在随意中，求得生活的平安，并借此减少无谓的苦恼？

幼年喝茶

我的喝茶历史，可追溯至幼年喝茶，恐怕也只有那么一次而已，但却是至今难忘的一次喝茶。记得一日夜间，因天寒，家门已闭。其时，母亲尚在如豆的煤油灯下做女红。我是在酣睡中被叫醒的。因母亲扶我起身，并要我围着棉被坐在床上，随着一盅茶递到我面前说："五叔公给我们送来一杯铁观音！"

当时，五叔公是我们大家庭（虽已分房）里威望仅次于族长的前辈，清末拔贡。当时，我们大家庭里有一座祖遗的小花园，内有假山、池、阁、花木。孩子们喜欢到园中玩耍，但往往是躲着五叔公，暗中来到这座小花园。因为孩子们如果遇见他，往往遭到训斥（他可能担心我们毁坏花木）。但他又常常买些糕点，通过各户的家长，分发给孩子们。以致我们敬畏他，又觉得他是一位仁慈的老人。

我从母亲手中接过茶杯。只觉得茶是热的，杯中散发一种我从未闻过的淡香，出现一种为我未曾见过的、透明的、流动的琥珀色。我一口喝下茶，只感到有点苦味，有点清爽，又出现一点甜味……这种幼年初次喝茶所得的幼稚的感觉，至今想起来，仿佛还能在我的诸感觉器官间重新出现。

我家和祖遗的小花园相邻近。记得，那天晚上，我还听见五叔公和他的一些朋友在园中吟诗。当时，我六岁。

虎跑喝茶

晚年喝茶，印象较深者，当推一次在虎跑喝茶。二十世纪八十年代初期，有一次路过杭州。当地两三作家友人，约我同游西湖，包括访断桥和苏堤、白堤，访放鹤亭、西泠印社车花港观鱼。起初游兴甚浓。其后又访灵隐寺、岳王庙，已感疲乏，游兴锐减。最后到了虎跑，坐在座位上时，更觉全身无力，甚至暗中心生悔恨之意。及至服务员端来茶具，并在我座位前斟了满满一杯龙井时，我竟不假思索，一口饮下；随即自斟第二杯，第三杯，更是旁若无人，一口饮下。龙井为名茶，虎跑出名泉。本来，似乎应该细细啜饮，细细品尝。却不料我可能单纯因为生理上的需要，竟一如酒徒之于酒，只顾牛饮，而不知从容而喝下来。至今想起来，当时竟不知所饮茶其色如何，其味如何，但觉饮后，渐渐地，口中津津然，渴意无有；又慢慢地，四肢爽然，如有所释然，劳顿无有。这一次喝茶，也可以如是说：最主要的印象，看来是它的药物作用，以及它对生理上的一种积极效应。

东坡曾在虎跑喝茶，有诗云："道人不惜阶前水，借与匏樽自在尝。"一种出尘自在的清境之感受，余不能言，无从说出来。

野人饮

二十世纪七十年代初，挈妇将雏，旅居于闽北一小山村。得自留地一小块。乃协助夫人种四季豆、菠菜和苦瓜等。此自留地在一小山溪畔，原来垒以石头；年久，石头上生出苔藓、地衣；石隙间生出一小树，高六七十厘米，其状古拙。我不知它是什么野树，随便问了夫人。她幼年时曾在莆田山区故家住过一段日子，乃告我："茶树！"记得它还曾著花若干朵，若白酒杯，使我惊喜不已。后来，我才知道旅居所处的西源垄山崖间，尽生野茶树。西源垄有一独户山民，夫妇自采茶，自焙茶，并养鸡。因为我的夫人曾向他们买过鸡蛋和茶叶，所以相识。记得当时一元人民币，可买得十四粒鸡蛋，两元人民币则得半公斤茶叶。他们把所得人民币，用以在供销社换取盐、火柴等日用品。客居屋后有泉自崖上流下，我的夫人煮泉为我泡茶，其色浅绿，饮时啜现涩味，又有青草的香味。有时参加田间劳动，归后沐于山泉之下，沐毕，取出茶壶，自壶口直把茶水灌入肚子内，颇解渴，自嘲曰作野人饮。

一日，在大队供销社门口，偶然遇见西源垄那位独户山民，向他问及还有茶叶卖给我否。他一时显得有些惶恐的样子，向我摇手，又用手掌做菜刀状，在屁股后做切刀状，又一再摇手。我向他微笑，做不在意状。他的哑语，我能领会，即叫我不要声张。因为当时自山间采野茶，自制茶叶卖给客地人，乃是生了资本主义尾巴的表现，大队干部要过问的。

茶洞·"大红袍"

二十世纪七十年代初期，某年初冬，访崇安县，顺道游武夷山。从桂林大队一古道入山，先访水帘洞、鹰嘴岩等，又沿九曲溪岸上，陆行，以观武夷水，以观大王、玉女、天游诸峰。其时，四妖仍在横行霸道，民不堪其扰，山中几无游人，坐竹筏沿九曲溪下放，从水上观水观山的传统而独特的游览方式，不免停用。陆上所经山径古道，往往蔓草侵胫，所以山间颇见凄清。不知怎的，我和陪我同游的一位刘姓年轻人，抱着一部从县文化馆借来的《武夷山志》，按着志上木刻地图所示，执意要去看一看茶洞和名茶"大红袍"的所在地。茶洞不过是武夷山西面的一个岩隙，我们到时，只见洞内幽明，有野竹、野树、有泉；闻宋明均有名士卜居于此。它之所以称为茶洞，因传闻武夷之第一棵茶树，长于此。我们到时，见不到茶树，但隐约可见古人筑屋于此的遗址。至于大红袍，则是三棵古茶树，长于古御茶园北面一座山岩的近半山外。奇在于古，奇在于全山仅有此三树；奇在于它们既长于半山处，有山泉断续滴落其间，有山雾时或飘游其间，有山风时或经过东面的岩隙吹来。这三棵古茶，年产若干两（一两为五十克），历代皆为贡品。有若干玄乎其玄的传说，譬如说，只在茶杯内放一叶大红袍茶，泡开后，把一粒饭送入杯中，立时消化，等等。以其珍贵无与伦比，天下人谁能尝此名种？无从对证、核实，所以此传说仍然流传。我们来时，只见岩前搭一小寨，上住民兵，我们只远远看了那三棵古茶树一下子，自度其不可久停，乃折返。

擂茶

二十世纪八十年代初，某年暮秋，访将乐县。将乐，因玉华洞以及为杨龟山先生故里而闻于世。将乐的友人好客，约我到他家中喝茶。擂茶者，看来是民间（特别是山区民间）的一种古老的家庭饮料，原料主要是芝麻，我没有看到制作的全过程。只见友人家里的妇女们，当日都穿上整洁的衣服，在客厅后面的厨房里制作这种饮料。友人为了使我更多了解情况，特地请他的嫂嫂取出制作的器具，并当场操作一小会儿。我才知道：把芝麻等放在一个小石臼内，然后用一木棒不停地在臼内捣，并加水，芝麻捣成糜浆。捣，当地称为擂。那木棒是由茶树的茎做的。捣时，或者说擂时，茶茎也同时被捣出（擂出）细末，渗入成为糜浆的芝麻内。就把臼内这芝麻和茶茎的细末所融化的浓汁放进茶炊内煮开，便可饮用了。

我在将乐友人家中喝擂茶时，座前还摆上几碟传统的糕点。如此，随意品尝擂茶，吃糕点，闲谈。据友人云，擂茶是山民款待客人的珍重礼品，其实也是山民的一种防治疾病乃至保健的传统饮料，不知已有多久历史了。他还具体说明，饮擂茶，可治瘴毒、痢疾。至于我，当日似乎还在友人家中，感受到一种民俗文化的源远流长的遗风的气氛，既亲切又别有趣味。

1984年初秋，有湘西北之旅。其间主要至张家界。归途中，记武陵之桃源洞。庙中道人飨我以擂茶和传统茶点。道人告诉我，擂茶可防治山地瘴气之毒。

1990 年

（收入《汗颜斋文札》）

莆田风物小记

在作品中注入民俗趣味。民俗趣味是于不知不觉间进入民心的生活情调……

——手记

稀饭和地瓜

稀饭当为一种通俗称谓？在我的故乡莆田，称稀饭曰"ān méi"（方言记音）；偶尔也称粥。福州则一般均称之曰粥。粥为稀饭之古称，一如箸为筷子之古称。我猜测，大约先民知种稻黍之时，便知食用稀饭的吧？闲时爱查有关资料、读杂著，得知《汲冢周书》中便有"黄帝始烹谷为粥"之记载。我无端地想，这类记载也不过是一种猜想吧？又据称，"粥"字原来写作"鬻"，以后去"鬲"而简化成为"粥"。鬲和鼎一样，乃先民的一种炊器。把米放在鬲内煮它个糜烂，便成粥，所以稀饭在古时亦称糜。吾乡方言 ān méi 中的méi音，即糜或烂之意。ān 则意为米汤。那么，称 ān méi 者，盖亦含有古意了？

吾乡居民，一日三餐均用稀饭（一般如此）。外人耻之，或对此不习惯。我对于所谓考证一窍不通，何以在本文一开始，便以外行人说一段有关稀饭的"考证"？食用稀饭，"自古有之"，意在为乡人整日三顿用稀饭一事张目？值得一笑。

　　不论如何，我自己是挺喜欢吃稀饭的。我曾在《关于豆腐》一文中云："……豆腐之成为我的嗜好，一如我的嗜食稀饭，大概是自幼为家乡一般居民的生活习惯所养成。"这是一个方面，另外，家乡百姓家煮饭的情景乃至吃稀饭的情景，好像具有某种民俗趣味，至今回忆起来，还觉得很有意思。在莆田城关（我说的是二十世纪二十年代至四十年代之间的情况），各居民的居屋必有一间厨房，且颇宽敞。厨房内供灶公灶妈，有一大灶，两口，放置两大铁鼎（莆田人称锅用古称）。灶下堆柴薪。就我个人的情况来说，值得怀念的是煮早饭的情景。记得小时，家母总是拂晓即起，我也因此之故，至今有早起的习惯。她起床后，在微明中，先到厨房前面的庭院中，在那口古井里汲水，然后淘米，然后放米下"鼎"，并且在灶口内燃起薪火来。到这时，天还未大亮，我伴着家母坐在灶口前，把薪草一把又一把送进灶膛内，一边对着火温书。约二十分钟后，鼎内大沸，蒸汽能把木制鼎盖推开。至此，便不必坐在灶下加薪，只让余烬的热气继续把鼎内的饭煮熟。我还记得，此时，我对塾师所授的功课，譬如《论语》或《孟子》的某一段落，也能背熟了，便走到庭院中，为母亲所种的丝瓜或"香菇豆"浇水；此时，只见对门四婶妈、二嫂家的屋顶上也炊烟袅袅，屋脊上时有喜鹊、斑鸠以及八哥在鸣叫，天也于不知不觉间大亮了。

　　家乡居民早餐的稀饭，均用"海盆"盛。在平常日子，在中等家庭里，佐饭多半为豆腐和酱菜以及炒紫菜、炒花生等。

如遇见重要客人或家有喜事，桌上则有以家乡特殊手艺做出的切片鲜羊肉以及蒸海虾、蒸小黄瓜鱼等。这且不必多讲了。我想稍见详尽地说一下豆腐和酱菜。先说佐饭的豆腐，有两种吃法。一是把豆腐洗净放在煮稀饭的鼎内，和米一起煮开后，捞起放在碟内，蘸着酱油吃；二是鲜豆腐用开水烫后放在碟上，上放麻油、酱油，用以佐饭。两种吃法，各有千秋，均为我所喜。再说酱菜，品种颇多，有酱笋、酱苣荬、酱姜、酱瓜等，均佳。小时，在城厢闹市文峰宫街有酱油店曰"珍源"，所售酱菜，尤优。家乡酱菜一如豆腐，往往令我怀念，盖因此等酱菜有传统口味、价廉，寻常老百姓均买得起，亦为寻常老百姓家常便菜，这实在是很可贵的。

在农村里，我看见农民用稀饭的习惯，颇有趣。抗日战争全面爆发初期，我曾在离城约五公里的南箕村和离城二三公里的下郑村各住过一段时间。前者距内海甚近，有海堤，又有围绕村庄和田野的小沟（水利设施，沟可撑小船），沟畔种很多荔枝，有的已是古荔。那是夏天，只见水牛一早便浸在荔枝树荫下的水沟中"泡凉"。村民们，大半是中、壮年人，也有小孩，也一早便就所好，爬在荔枝树伸入沟面的横枝上，或蹲在沟岸上吃稀饭。只见他们那长年劳动的、粗糙的右手掌上，既托着一大"海盆"的稀饭，掌边还托着一小碟酱菜，或炒豆，或腌豆腐，边吃边闲谈，讲笑话。至于下郑村，位于延寿溪畔，全村居屋掩映于果树之中。村民则往往从室内搬出矮木桌，在露天下用稀饭，佐饭者亦多为传统食品：豆腐、酱菜以及当地果农特有的腌杨梅等。我住在下郑村时，记得正当龙眼、荔枝先后开花的季节，枇杷成熟的季节，即初夏期间。只觉和村民一起在露天用稀饭，但闻四近送来花香、果香以及蜂声、鸟声。以上所记情景，当时不觉得怎么样，老来想起，却觉得有一种说不上来的趣味。

到了晚年或稍早些许，自己的社会交游和游旅之地稍见广阔。在一些地方，偶尔听到所谓"鱼粥""鸡丁粥""什锦稀饭"和所谓什么"海参粥""海阱粥"等，盖在稀饭中掺和以珍贵食物和精心设计的调料，但我对之总觉不合口味。对此，我也说不出道理来，只觉自己有点古怪，也许这与个人偏见有关？我的确认为，凡物，顺乎自然为好，"加工"太过，用心太过，反而欠佳？食物亦然。此外，又也许与个人癖好不无关系。我喜清淡。家乡的稀饭，就是清淡。唉，晨起，喝一碗稀饭，佐以豆腐、酱菜，实在是可喜的一件乐事。

在福州乌石山上有一祠，曰先薯祠，已毁。1987年10月间，曾陪同菲律宾华人作家游乌石山，只见有一亭，曰念薯亭。这是我特地为客人安排的一个旅游点。现在我国南方诸地区，特别是沿海丘陵地带，均为黄土旱地，宜种地瓜，即番薯。而此种粮食作物乃从菲律宾引进的。大约在二十世纪五十年代，我曾在《福建日报》副刊上读到我国版本专家萨兆寅先生所作有关《番薯传习录》的笔记体散文，极为欣喜。可惜我没有剪报、搜集保存资料的习惯，所读报章文章即使是好作品，往往也随时弃置；事后，也往往失悔不已。萨先生已作古多年，子嗣是否保留先人遗作？幸好手头有刘湘如同志所著笔记体散文《榕荫漫话》一书，内有《金秋时节话金薯》及《咏番薯的诗集》二文，对番薯之引入，记述甚详。兹引一段于下：

> 提起番薯，有一个生动的来历。明朝万历年间，我（福建）省长鳀县商人陈振龙，在吕宋（即菲律宾）发现一种种植容易、培育方便、产量很高的薯类，想把它引进祖国。但当时统治吕宋的西班牙殖民主义者，严禁薯类外传。于是，陈振龙一面暗自学习种植番薯的技术，一面寻找机会把薯种带回祖国。在万历二十一年（1593年）农历五月下旬，经过七天七夜的海上航行，他终于把薯种带到福州。接着，陈振龙在福州郊外试种，当年获得高产。广大农民纷纷庆贺，争相引种。

以后，陈振龙的后代陈世元写了《番薯传习录》，记述陈振龙推广地瓜即番薯的情况，这在上面引录的文字中大体说到了。更重要的是，陈氏后代还到河北、山东、河南等地推广番薯的事。在刘湘如同志的《咏番薯的诗集》一文中，介绍南安（福建）人吴增于1937年编的一册《番薯杂咏》，收一百九十七首咏番薯的诗。兹引录一首如下：

> 米价日高可奈何，薯根咬得日能过。
> 台湾刈去粟仓破，无汝日将饿死多。

以诗咏叹日本帝国主义割去台湾期间，闽省人民以番薯度日之情况。

知道这么一些有关历史和情况，就我个人来说，这似乎大有好处。1965 年夏秋至"文革"兴起，我先后在莆田埭头和何寨等村镇工作。这是家乡的沿海地区。这里在历史上，长时间里一直是贫困地区。其地群众，除出海捕鱼外，尚种旱地。他们没有大本钱，只能以小船在近海捕小鱼。至于旱地，那都是沿海的丘陵黄土地，当时虽然大兴水利，但是县里最大水库也没法引水来灌溉，只能在少数地段，即水可引到之地改造为水田。为此，这些旱地，只能种地瓜。那个时候，强调"三共同"，即与当地农民群众同吃同住同劳动，所以我才分别住在埭头村和何寨村村民家里。埭头为一小镇，有大米出售，但附近农村里的居民的粮食主要为地瓜；何寨更是如此。平日，他们甚至吃地瓜干、地瓜米（地瓜切丝，晒干，曰地瓜米），一年之间，极少吃米饭。如能吃到"红薯饭"，即地瓜与米掺杂煮成的稀饭便是了不起的事。记得我所住村民家中的厨房的地上，几乎大半用以放置用沙覆盖的鲜地瓜。所见其他村民家里情况亦然。当时，我深切地感觉到，地瓜之于沿海居民，毫无夸大地说，实乃有关民生之至大者；也许有此种其实也很普遍、浅近的感性认识，以致我对于乌石山之立先薯祠或念薯亭以及《番薯杂咏》的编印，认为颇见切实，且含有深意。

记得在埭头、何寨吃地瓜和地瓜稀饭若干天，便曾感觉胃口不能适应，如会吐酸等。当地村民告诉我，若以咸小鱼、酱石蟹佐地瓜饭，则可消解此病。这真是含有天助之意！上面已说过，沿海地区村民多业渔，但当时往往只在内海作业，如果捕到诸如黄瓜鱼、马鲛鱼、鲳鱼等名贵的鱼，皆出售，自己剩下小鱼，则盐腌晒干，用以佐饭。至于石蟹，则是凡有海滩之处，退潮后，到处爬行的小蟹。这种小蟹，肉、膏均少，但腌后，细嚼则颇有味。没有想到，腌过或晒干的小鱼小蟹，沿海贫困地区的家常小菜，却能治因久吃地瓜或地瓜稀饭而出现的生理上的病症。对于此等事，现在想来，仍然欲赞无词，只好重复一句：这中间仿佛暗中寓有"天助"之意；或者云，这真是巧合！一笑。

戏棚兜的饮食担

戏棚兜这句话是家乡莆田的方言，戏棚即戏台，"兜"大体含有"附近一带"之意，故乡的戏棚是活动的，即其柱、其梁和台上的木板，可以拆下，演戏时则把这些柱、梁、板等搭起来。这种戏棚，有的相当考究，髹上各种色彩的图案、绘图等，还有戏联，所以比一般的所谓草台来，当然显得高一等或者说高贵一些。至于妈祖庙、城隍庙的戏台，则是固定的。莆田城关里的城隍庙，一如孔庙叫府庙，若用现代言语来说，是属于府一级的，所以不仅庙宇建筑恢宏，戏台也很堂皇。不论是戏棚兜还是妈祖庙、城隍庙的戏台前，每遇演戏，便集中了不少的饮食担，这包括扁食、烧卖、煎包、汤丸和焖豆腐、炒兴化米粉等的饮食担，还有一些卖蜜饯阳桃、橄榄等的小担。我记得城隍庙的戏台前是一广阔的、用长方形的石板铺成的广场，即拜庭。拜庭两旁的回廊之前又有数棵古荔，绿荫匝地。这是当年看戏和摆饮食担的好所在。每年夏历六月，城隍诞辰，演戏竟月。城关许多有名的饮食担、摊，都汇集到这里来，拜庭两边的荔枝树下以及回廊的石阶旁，摆满了饮食小担、小摊。

我的故宅离城隍庙较远，小时很少到那里看戏。母亲娘家与之相距颇近，遇到城隍庙演戏，舅母（其时外婆已故世）有时便请母亲和我回娘家住两天，到城隍庙观一两次戏。当年城隍庙附近的居民家中都备有高脚的长凳，这都是妇女、儿童坐的，至于男人，则站在戏台前观戏。那时，城关里还没有影院、戏场，城隍庙的演戏，可以说是当地最盛大的。一种传统的露天剧场演出，牵动全城关乃至郊区不少男女老少的心。我那时还小，跟母亲、舅母来，似乎不是为了看戏，主要还是有一种赶热闹的儿童心理引得我兴高采烈；另外，便是可以吃到好吃的东西。一年，戏看到一半时，舅母和母亲争着给我和表兄各两枚铜钱，让我们到饮食担前去吃点心。表兄带我到各饮食担前走了一圈，只见不论哪个摊担，都围着人，都使人觉得那一定是好吃的。可我的表兄却带我挤到一担售烧卖的小担前来。打开的蒸笼里，热气腾腾，只见那露出馅的烧卖，有切碎的虾皮、虾干、猪油渍、笋等，引人口馋。我们一人买了一个，放在口中一咬，只觉得那粉丝与虾皮、虾干、冬笋、猪油渍的味道一起上口；这味道至今还能追忆得起来。这次在城隍庙戏台前吃的烧卖，可能成为我一生中印象深刻的一种好吃的食物了。

我小时，据云，莆田有数十个兴化戏班子。其中著名者如"赛春园""筱共和""赛天仙"等，它们之所以有名，用现代的话来讲：出了名演员。而这当然也是当时兴化戏发达的一个原因。还有一个原因，当时的迎神赛会、神诞等必演戏。加上一些居民的喜庆日子，如结婚、做寿等，这样，我的故宅所在地书仓巷这种僻静的古巷内，一年也演几次戏。再说，在我的记忆里，如土地公公、社公诞辰，还有关公诞辰，分别都在夏历五月至六月和十一月至十二月间。这时候，城关内各处都先后演戏。又，一般喜庆往往在十一月至十二月间选择吉日，这样，演戏的日子多在五月至六月和十一月至十二月间。也许与季节有关，以致戏棚兜的饮食担，出现一些变化。小时喜欢甜食，土地公公诞辰时，总是等到戏演到近一半时，便到汤丸担前吃一碗汤丸。此兴化汤丸，皮薄，用一点桂花饴做馅，小时也知其味爽口而香，而更重要的是，五月六月天暑，汤丸好吃，而汤解渴。至于社公诞辰演戏，戏棚兜便有两三担卖花生汤的饮食担。只见师傅站在担子后，用小勺敲着小瓷碗，叮叮响得很有节奏，很诱人。我至今还觉得家乡花生汤很好吃。只见碗面浮着两颗红枣，以及用地瓜粉做成的粉条，有白糖汤的、有赤糖汤的，均适口，香甜有味。

我似乎应该提到扁食。戏棚兜的扁食担有两种。一种扁食的馅，是捣烂的精肉、虾干。这不多说了。另一种是用香豆腐干做馅的，莆田人叫它素扁食，顾客多是老人。这种扁食担往往最后散场，因为老人们喜欢在戏散后吃这种点心。写到此，我想起一位老师来。是的，我至今还记得在小学就读时的一位美术老师黄先生。据云他是杭州或上海美专毕业，曾受业于潘天寿。他自己善画八哥、梅花。在课堂里，他便曾当场画了八哥送给同学们。我的这位美术老师黄先生，又是全城有名的喜欢看戏的人，或曰戏迷。人家曾给他一个善意的诨名，叫"扁食担"。这是因为，在戏棚兜，最后散场的是扁食担，而黄先生观剧，也往往是最后散场的少数人之一。这还得稍为解释一下。兴化戏除演出本戏外，每场最后必加演一折"小丑戏"，打诨插科，嬉笑怒骂，很有趣。黄先生便喜欢看"小丑戏"。这样他总是最后散场，一如扁食担。我在福州定居后，在二十世纪四十年代初期，尚因私事偶尔与黄先生通过信，问过好。"文革"中，黄先生辞世，悲夫。

说莆田焖豆腐

焖豆腐是莆田的一种传统佳肴。一般宴会上有此一道菜，平常家居时，餐桌上亦往往有此一道菜。此一道菜于何时流传下来，已不可考。直到现今，它仍然作为当地的一种风味菜肴成为席上珍。不久前，我与几位同乡应邀到石狮市的永宁参观闽南黄金海岸度假村，回程时应友人之约在莆田吃午饭，这其实是一席莆田风味小吃的小宴会，席间便有焖豆腐。

从《莆田风味饮食集锦·风味菜肴》中得知，焖豆腐所用的原料颇有讲究。不妨照录："嫩豆腐六百克，瘦猪肉一百克，虾肉二十五克，水发香菇二十五克，净冬笋三十克，芹菜五十克，蒜头十克，姜五克，葱十克，鸭蛋一个，酱油二十克，精盐五克，味精五克，骨汤七百五十克，花生仁二十克，花生油一百克。"这看来是"规范化"了的有关原料的规定，体现其用料的考究。但依我看来，实际操作，未必要照此规定而为之。什么行当弄得太刻板了，似乎未必对事有补。以焖豆腐而言，依我之见，大体采用这些原料就是，可以有所增盈，有所减削。

我以为，焖豆腐之为人所好，主要由于它是一道有关豆腐的菜。我可以武断地说，凡知味者均嗜食豆腐；再则，豆腐价廉、清洁，以莆田而言，豆腐铺遍及城乡，此物因此也易为普通人所接受。当然，焖豆腐烹调之独特和得法，也是它为人所喜之又一原因。其具体做法是：先把嫩豆腐挤出豆水，捏成豆腐泥，备用；再用旺火把放在砂锅内的生油烧至四成熟，然后把调料（包括姜、蒜等）在锅中稍为炒几下，随即将豆腐泥放入锅内与调料搅匀，接着把锅盖住，文火焖约半小时，大体上就做成这道菜了。这样烹调，可能使调料之味道充分渗入豆腐内，而豆腐经此烹调，显得嫩而又脆。

我想，关键还在于豆腐本身。二十世纪三十年代末期，记得是我与秋声结婚的次年，我们两人相偕至位于莆田西北隅深山中一小村（村名后洋）看望岳母。岳母格外高兴。在山区，过节或遇喜庆之日，村人往往相助做豆腐。我们的到来，岳母居然也在邻居帮忙下，做了豆腐。这些豆腐，除了做炸豆腐和腌豆腐外，曾多次做了焖豆腐为我们佐饭。记得我曾告诉岳母，我很喜欢吃焖豆腐，但不爱食肉，所以调料中不必用上肉了。其实，岳母为人颇"灵活"，她早知我的若干性情，所以不讲，她大概也不会用上猪肉的。此外，她做的焖豆腐，调料居然用上山采来的鲜红菇，加上山区的豆腐一向比城关所出者有名，因为，质地好（莆田山区做豆腐所用的豆浆浓，成豆腐时用的是盐卤而非石膏），为此，我在岳母家中吃到的焖豆腐特别有味，以致有时会念及这件往事，这真是叫作说也奇怪。

说莆田的红团、红薯起

福建人民出版社年前出版了《莆仙风味饮食集锦》，是书在"风味俗食"项目下，有"绿豆红团"这一条目。

我国幅员广阔，历史悠久，从饮食而言，确有许多全国性的俗食习惯。譬如，春节吃春卷，端午节吃粽子，等等，几乎全国的民间皆然，而且源远流长（据传，唐代以前民间已形成于春节或立春吃春卷之俗；又据《续齐谐记》称，屈原于五月五日投汨罗江而死，随后楚人每于此日，以竹筒贮米祭之，是最早的粽子）。此外，各地又往往出现本地独有的俗食习惯。譬如，扬州于过年和春节时吃蜂糖糕，泰安一带民间于端午节吃薄饼卷鸡蛋，等等。我有时作如是想：如果有某一行家，将国内某一节日的俗食习惯，包括各地共有以及某地独有者，就其渊源以及轶事传闻作文加以记叙，人们读来必将感到有趣。

红团是莆田独有的一种俗食习惯。对此，我想偷懒一下，转引上面已提及的《莆仙风味饮食集锦·绿豆红团》的记载：

在莆（田）仙（游）民俗中，红昀是象征喜庆和团圆的，故适用范围很广。其中最普及的是"做岁昀"，至今农村中家家户户均有制作。其次是"成人昀"。莆俗称男子结婚为"成人"，要分红昀给亲族；同时还要给女方送去红昀、菜丸、索面、米粉（仙游是白糕）等"起轿脚"的礼品，俗称"排四粉"。"做岁昀"和"成人昀"的区别是：前者个

小，昫馅有绿豆、秫米（甜咸均可）和地瓜干等，昫印的
图案也有多种；后者个特大（俗有十二两昫之称），须包甜
的绿豆馅和用双孩儿图案的昫印，衬底，必须用蘘荷把两
个红昫连在一起，象征成双成对。

引文中所称"做岁团"，即为过年（除夕）和过春节所制作的红
团。家乡民间称过除夕曰"做岁"。这种节日的俗食习惯，在我
幼年乃至青年时期，即从二十世纪二十年代至四十年代末期，
据我所知，城乡皆然，不止农村之为甚。不过，在我的印象中，
为了"做岁"（即过年），各家各户，特别是一些家庭主妇可谓
忙得不亦乐乎，而我感到，这中间制作"做岁团"最是费时费
事。红团的皮是用糯米、晚（稻）米春成的细末做成的，所以
在除夕以前若干天，各户便忙于在石臼内把用清水浸过的糯米、
晚米春成细末，用细竹筛筛出细粉，并把细粉放入大竹箩，在
向阳处晒干或晾干，然后存入大陶瓷内，备用。大约在除夕前
两三天，便开始制作红团了。先是"做馅"，一大锅一大锅地用
热火做红糖绿豆馅、甜糯米馅、咸糯米馅、地瓜干丝馅以及萝
卜丝馅，等等（馅做好了，一一装入瓷小缸内，备用）。次是用
热火烧一大锅沸水，开始以此沸水在大瓷缸内调制那以糯米混
合晚米春成的细粉，以备作红团皮之用。随着，把一只大竹箩
用两只长凳在厨房里搭起来，于是全家围坐在竹箩四围，有的
擀团皮，有的捏团馅，并给团皮擦上和以五香的"洋红"，有的
用团印（即有花纹图案的木模）打印出一个个的红团来。现在想
起来，这做红团的每一个"工序"，其实都需要某种相适应的技

巧。大概由于年年岁岁做红团，从小参加此项民间俗食的制作，熟能生巧，由经验生出悟性了吧？大概由于各家对于红团的馅、调味各有专长，我记得在家乡莆田故宅居住在一起的二十余户郭姓族亲，所做红团各有独特味道，往往互相交换品尝，这也是很有趣的事。

莆田风俗，除过大年、过春节以及男人结婚成年送礼时，做红团以示喜庆外，其实清明或冬至扫墓时，也做红团到祖坟上祭祖，似乎有的人家做寿或小儿满月时也做红团。此等民俗的食品，制作起来，费时费事，但一直为民间所乐为，这也许由于此物好吃、富于乡土趣味，并能给人们带来祥瑞的气氛，与民间的某种文化心理相适应吧。

所谓"红薯起"，可以说是颇具家乡莆田民俗趣味的一种糕饼。其名又颇具方言趣味。略为详细一点讲，这种糕饼之名，可谓纯属兴化方言。据有关笔记记载，红薯是明万历年间从菲律宾传入福建的。明代科学家徐光启《甘薯疏序》曾详述他从莆田把薯移植上海的经过。从中可知，古籍中的甘薯，莆田民间则以当地特有的称谓呼之，除此之外，通常亦呼之曰"番薯"，盖莆田民间称域外曰"番"，这种称谓就更具地域性的趣味了。至于"起"，是莆田方言"起母"的省称；"起母"是发酵的民间方言称谓。总而言之，"红薯起"实在是饶有民俗和方言趣味的一种地域性的糕饼之名。提及红团，一定会念及"红薯起"，莆田人每逢过年以及过清明、冬至节和喜庆之日，几乎都"做红团"，此处应该加以补充（这是很必要的），即同时必定做"红薯起"。这样，似乎更显出一种节日的祥瑞而富裕的气氛。至于"红薯起"是怎么会问世的呢？《莆仙风味饮食集锦》一书中，有一段文字记录，我以为颇得体，兹引录如下："由于莆（田）仙（游）沿海地区的沙质土不宜种水稻，故红薯就是过去沿海人的主粮。每逢过年做岁，他们只好用红薯和少量米粉加上糖、曲发酵（莆语叫'起母'）后，印成模拟的红团，俗称'红薯起'。"如上所述，"做红团"颇能增强节日的吉祥气氛，我此刻还想，它甚至是吉祥的一种象征。但当年沿海地带缺乏稻米，人们乃将红薯加工一下，印成"模拟的红团"。我以为其中潜藏着人们追求吉利、祥瑞的文化心理。

原本仅仅出现于沿海地带的"红薯起"，随后不知从何时起，竟与红团一样，成为普及于包括城关在内的民间的节日食品、节日供品。这实在是有趣味的事。按我的想法是，这是因为"红薯起"很好吃；而在这中间，重要的并值得认真一想的是，起先不知是哪一位沿海地带的乡亲，竟能设想把煮熟的红薯加糖和少量的米粉，予以发酵——也就是说，制作时有这么一点设想，有这么一点聪明和想象力是很重要的。因此，就使得"红薯起"吃起来既香甜又酥松，滋味很好。我想，此物至今仍是流传于莆田民间的一种俗食，宜哉。

故乡的海味

家乡莆田，临兴化湾、湄洲湾、平海湾，有三大溪流流经境内，然后注入海湾。溪流两岸冲积为平原。但西北面则为层峦叠嶂。总说一句，莆田有海、平原和山，而又地处北纬二十五度左右，故物产丰富。我曾作《书兴化水果》和《水果和稀饭》等小品文，分别刊于《十月》和《光明日报》，谈论莆田的水果；现在颇想谈谈莆田的海味，以寄托晚年寓居客地的思乡之情。

莆田城关有古谯楼一座，这座古谯楼附近一带，当年为闹市。古老的、巨石砌成的楼墙前面，当年除牛杂和焖豆腐等小吃摊位外，主要是鱼摊。在我的记忆中，好像有四至五个鱼摊，其摊位设置固定的竹棚，早晚均有鱼市。现在想起来，当年莆田古谯楼前的鱼市，就鱼类品种的繁多而言，可能不亚于福州当前的一些农贸市场上所出售的鱼。这里所谓的"当年"，指的是二十世纪三四十年代，记得当年那些鱼摊的大竹箕上，满放着诸如马鲛、黄瓜鱼、鲳等名鱼和鲈鱼、鲶鱼、海鳗、鲤鱼、带鱼和乌贼、章鱼、"锁尾"（一种小乌贼）等，当然，还有鲜虾和诸如银鱼等各种小鱼。我小时，家母有时也让我到古谯楼前去买菜、买鱼，其中给我留下最深的印象之一是，那些卖鱼的师傅有一种本领，譬如，你要买哪种鱼若干两，师傅立即把鱼放在大樟木的刀砧上，用刀一切，用秤一称，果然就是你所要的斤两，然后用笋壳包好，放在你的篮子里，一边笑笑地收下钱。这些卖鱼师傅，往往具有本行业之熟练的操作技能。

其实，这可以说是渔民采取特殊（或独特）做法用以保鲜并便利顾客早餐之用的风味海鲜。我还想，这可能是历史相沿甚久的一种传统的、经过加工出售的熟食海鲜。渔民把诸如海虾、丁香、乌贼、小黄瓜鱼、鲨鱼以及某些我至今不知其名的小鱼，就地及时施以适量盐分、蒸熟，然后装入小竹筐，于早市之前便运至各鱼摊出售。这类就地加工的熟食海味，其味之鲜美，很难名状。其中有一个原因，即除了加工技艺之娴熟、独特以外，便是那些被加工的鱼呵、虾呵、乌贼呵等，均是刚刚捕捞所得者，最是鲜活。这里，要顺便谈及冬季有关海螃蟹的加工。冬季，是带鱼和海蟹大发海的季节。大概主要为了保鲜，对于海螃蟹的处理，凡捕捞所得，一是立即蒸熟，其壳呈灰红色，其膏呈深红色，其肉雪白，其味鲜香，一些酒徒用以下酒，普通市民亦喜食之。另外一种处理（加工）方法，即以盐腌之，这大概需要经验和技术。腌过的海螃蟹，其壳鲜绿，其膏呈胶状的深红色，其肉鲜白中略透鲜绿，其味淡咸中略透某种难言的香味。这种食物，除夕夜围炉时，与鲫鱼一样，作为吉祥物摆在席上。上述熟食或腌食的种种海味，在他乡似未曾见及，实在是莆田的一种独特的风味食物。

家乡莆田的各种海生的螺类，亦颇令我思念。其中最常见的，主要在夏季出现的螺类有花螺、麦螺、塔螺等。现在想起来，家乡莆田出产的一些螺类，与马鲛、鲳鱼等名鱼和海虾等相比，另有一种趣味。首先，这些螺类产量多。大概由于在海边或近海小岛附近均可捡拾得到，故价廉，市镇里，普通居民均买得起。其次，我以为上举那些螺类，在海味中另具一种趣味，嚼时似乎显得清淡、平淡，但又感到有一种难言的滋味。汉语中有成语曰"耐人寻味"。家乡的花螺等物，在我的追忆中，似能出现此等境界；不过自己何以有如此感觉或联想，想想又觉得有点古怪。

莆田的早市

记述家乡莆田的早市。按照我的认识，这首先要写一下豆腐店。在城关大小街巷，几乎都有豆腐店，说明豆腐为吾乡居民嗜食之物。而这些豆腐店是全城关每日最先开市的店铺，从那里最早出现早市的市声。每日黎明，便有一些顾客到店内喝豆浆，然后顺便买几块嫩豆腐回家，作为一家早餐佐饭之用。城关内有一座古谯楼，城关主要商铺皆集中此一带，但鱼摊、肉铺（包括羊肉、牛杂摊）和饮食摊等却一一集中于古谯楼前面的空场上。这古谯楼是一座颇似北京天安门的古建筑，而那些鱼肉摊搭起的布棚、竹棚，现在想起来，有如《清明上河图》中出现的市肆。总之，古香古色，富于民间民俗色彩。在我的印象中，鼓楼前街最热闹或云有特点的早市，要数鱼市吧？那鱼摊的大竹笭上面，摊满各种海鲜，黄瓜鱼、带鱼、马鲛、鲳、海鳗以及乌贼、章鱼、咔等，不一而足。至于淡水鱼，如鲫鱼、黄鳝、鳗等，则养在大木盆中，让它们在水中游来游去。不论是海鲜还是淡水鱼摊前，一早总是围着人。我在这里想记下早年对莆田鱼市的两个印象。一是对于跳跳鱼的印象。这是生长于淡咸水交汇的泥滩上的一种鱼类，体近一食指长，细鳞，头扁，两只突出的鱼眼长在头顶，往往出现于夏季。青少年时代，有时曾代母亲到鱼市买鱼，母亲总吩咐买半斤（即二百五十克）跳跳鱼，以便午膳时做鱼汤喝。跳跳鱼的鱼肉、鱼汤均清鲜可口。还有一个印象是，清早到鱼市时，往往会遇见一二老渔人，背着鱼篓，鱼竿上挑着两三条用柳条串在鱼口上的鲈鱼。这老渔人一到古谯楼下，才歇下，便被买者围住。鲈鱼连同鱼篓中的鲜虾，一会儿便卖光。这种对于老渔人在早市中卖鲈鱼的印象，有时想起来，不知怎的，会同时想到郑板桥的道情，黄慎的人物画。

家乡莆田早市中的肉市，也有两个印象一直留在我的记忆之中。鼓楼前街昔有一燔肉摊，又有一牛杂摊，两摊并排。在我的青年时代，这两摊的师傅已是老者了。我还记得二老在夏天，穿的都是麻布对襟背心，冬天不穿棉袄，都只穿一件对襟粗布夹衣，腰间系着蓝粗布围裙，精神矍铄，在砧板上运刀，显得格外熟练、顺心。卖燔肉的师傅可能排行第二，大家都呼他燔肉二，有时也戏呼他为猪头二，因为他的燔肉摊上出售的猪头肉最佳。我的叔祖父很喜欢猪头二的猪头肉，每有客至，早餐席上必有一碟此猪头肉，其皮脆而嫩，其肉切成薄片，色白，香而不腻，的确是佐稀饭之上等佳肴。至于卖牛肉杂的师傅，大家呼他曰阿球，这可能还是他的乳名呢。他的牛杂摊所售的牛杂，特别是牛肚（胃），几乎为全城关人所称道。他所做的牛筋、牛肺、牛肝、牛肠、牛肚等，老人也嚼得动。年轻时，我有时也向他买一些牛杂，的确可口。这些年来常回莆田，经过古谯楼下时，已不见牛杂摊、燔肉摊，不觉很怀念当年的二老，阿球和燔肉二。

也许到了七点至八点，谯楼前面的十字街两旁，在那些明代的石碑坊之下，会出现一个市场，一如现在的农贸市场。从郊区以及县境西北部山地来的农民便在那里摆出了番薯、芋头、花生、木炭乃至南瓜、冬笋、菜种、药材，还有大米等农副产品和山货的临时小摊。这种也可以说是临时市集，到午前便散了。如果当日的货品顺利脱手，赶市的农民便会聚集到谯楼下的饮食摊前，去吃一顿煎包，或者炒兴化米粉、焖豆腐，或者"蛏猴""蛎猴"，当然，也会到阿球的牛杂摊前去吃一碗牛杂汤，那汤里滴了麻油。

水果和稀饭

故乡莆田盛产各种水果，阳桃、橄榄、凤梨、杧果、柚等，约数十种。而其中尤以荔枝、龙眼和枇杷为最佳，驰名海内外。有这么多品类的水果，就地理的原因或条件而言，适宜于它们的生长、繁衍以及开花结果。若就小范围的地理环境视之，是由于县境内有三大溪流流经其间，并从此注入兴化湾，这三大溪流曰木兰溪、延寿溪和荻芦溪。三条溪流之上均有著名的古代水利建筑工程和桥梁，如建于宋代的木兰陂、泗华陂以及宁海桥、延寿桥等。而临溪流的平野或者丘冈，则几乎均是果树园。我曾在位于木兰溪畔的华亭镇及附近的乡村里住过，那里的丘冈绵延十几平方公里，种植的几乎全是龙眼和枇杷树。我还在延寿溪畔的下郑村住过。我记得进村时，便见到一行二十余棵的高大橄榄树，仪仗队似的排列在村前。全村所种果树，除枇杷、龙眼等外，有柿、番石榴等三十余种。两年前，我从福州回到莆田探问亲友，其间曾去看看延寿桥。此桥石造，长约一百米，十三孔，桥北有邑人、宋龙图直学干陈宓所书桥名的石碣一块，苍劲古朴，已完整地保存至今，为时八百余年，殊觉可贵。就在此古桥的南北两岸，是绵延不尽的果树林。正当采摘橄榄的时节，我看到林中有一棵橄榄树，干可数围，采摘时要在树上连接三部竹梯（人体系在竹梯上），始可摘下高处的橄榄。我问一位果农说："这棵橄榄有多大了？"

那果农答道："我的祖母今年已经九十六岁了。她曾说，她小时看到这棵橄榄，已经是这个模样……"

在我的印象中，莆田的水果种植，有两个特点。一是出现了若干著名的古果树。特别诸如荔枝、龙眼、橄榄等果树是如此。上举的那棵橄榄树，据估算至少已二百余年。至于荔枝，宋代蔡襄《荔枝谱》中提及的"宋家香"，即一棵唐代的荔枝，至今犹存，枝叶婆娑，每年均能结果。我每次回莆田，都抽空去看望这棵古荔。前几年，我还在处于莆田南郊的渠桥乡，看到一棵宋代的荔枝。这棵称为"状元红"的古荔，是宋熙宁九年（1076年）中进士的莆田人徐铎所种。它有十三米高，主干周长六米，长出十七条支干，虬根盘枝，状极庄严。同行者告诉我，此树大年产量一千多公斤，平均粒重二十五克，比普通荔枝重三至五克。除了出现水果中的古树以外，另一特点是，不仅沿着三大溪流的两岸是不尽的果树园，城关内的许多居民区也掩映在果树之中。我的故宅所在地便到处是果园，每户的屋前屋后也往往种着龙眼或枇杷。由于果树多，城关内到处可看到各种禽鸟，常见的有八哥、斑鸠、黄鹂、喜鹊和白头翁等。

在谈到家乡的水果时，好似是自然而然地，我总是念及家乡的稀饭。在莆田，也许成为一种民俗以及饮食习惯，早晚两餐，几乎家家户户都用的是稀饭，有不少人家几乎连午饭也用的是稀饭。最美妙的是荔枝、龙眼成熟时节，每日早餐几乎不用小菜，都用荔枝或龙眼配饭。农历五月、六月大小暑节气期间，荔枝成熟；隔了不久，处暑、白露节气即农历七月至八月间，龙眼成熟。在这些日子里，家乡的大地上，包括城关地区，似乎随处飘浮着荔香、龙眼香。每日晨间，一家人各自剥着果皮，把果肉放在碗底，然后舀了稀饭盖在上面，最后把消融的果肉喝下。我至今感到，这种家乡特有的早餐，实乃一种天赐的口福！家乡出产的水果，如阳桃、梅子、橄榄和杨梅等，做成民间的、传统的蜜饯，也是早餐时的一种佐饭食物，我有时也念及。

（收入《汗颜斋文札》）

兴化米粉及其他

兴化米粉

我国幅员大。我说不上曾经走南闯北，所到有限。但不知何故，竟敢自以为：说到线面，其细者当推福州线面；如说米粉，当推兴化米粉。关于福州线面，小时便吃过。大概十一岁，有亲戚自福州来，送了两包福州线面。那种传统的包装（包装外面贴上的商号，用红纸印上民间木刻字，面头处用染红的麻线缚住），印象甚深。但是否好吃，已说不清了。真正觉得福州线面好吃，是在二十世纪四十年代中期我到福州工作以后不久的事。一天，有一同事邀我去尝福州小吃，在南台一家小饮食店里吃到羊肉汤线面，感到鲜美可口，且有一点酒香。

原来要谈家乡的兴化米粉，不觉想到福州线面。说起兴化米粉，虽然做工精好，其细如线，但看来它之令人怀念处，首先是平民化的、吃来既方便又好吃的食品。记得小时在家乡，清晨往往到故宅附近一条小街斜对面的塔寺前的豆腐店里去喝豆浆，常见一些老人用豆浆烫米粉当早餐。还记得鼓楼前街的牛杂摊前，那滚沸的锅中的牛杂汤，最是烫兴化米粉的好料。所谓价廉物美，牛杂摊前的烫米粉，当年曾吸引多少四乡民众，于此一饱口福。这种在豆浆、牛杂汤中烫米粉的吃法，大有当代所谓快餐之概。米粉在滚汤中烫不上一分钟，便可捞起和汤一起吃。

兴化物丰而美，而民风自古俭朴。譬如过中秋节，不见大鱼大肉，各家往往是炒一大盘兴化米粉上桌，外加蒸芋头、炒板栗和煮熟的白果（在我印象中，又似乎不太看重月饼，这未免失之过俭）。这炒兴化米粉，各家各户所用佐料未必一致，但大体有虾肉干、蛏干、牡蛎干、香菇、红菇、黑木耳或金针，和豆芽菜、芥蓝菜、韭菜花，还有一些肉丝，以及鸡蛋等。除中秋节，一般家有来客，亦往往以炒米粉饷之。去秋，有客自台北来，他是我的同乡同学。若干年不见，我以炒兴化米粉饷之。老妻辞世多年，媳妇为外县人，子女生于福州，自小长于福州。我担心他们炒兴化米粉，失去家乡味。我的同乡同学边吃边赞美："只要是兴化米粉，不管怎么炒，都是好吃的。"此言可信。

羊肉

我在一篇谈吃豆腐的散文中，曾约略提及兴化人早餐佐饭多为豆腐。如有客，则早餐极为丰盛，有油炒花生、紫菜，有鲜虾、羊肉等。这羊肉，有一种独特的传统做法，曰"温汤羊肉"，可能只有兴化才有此种羊肉可吃。手头有一册近人编的《涵江纪胜》（涵江为莆田的一座古镇）。让我引录该书的《温汤羊肉》的条文：

温汤羊肉，是涵江群众（其实是全兴化群众）对羊肉

的独特食法。把羊宰后，去毛卸脏，整只放进滚汤的大锅里翻烫，捞起后放入大陶缸中，再把锅内滚汤注入，泡浸一夜取出，切成薄片，蘸着上好酱油冷食，不腻不膻，爽脆可口，也是早餐时的美味佐餐。

记得小时在故宅附近一条古巷曰下务巷者，有一做"温汤羊肉"的作坊。我曾和两位小兄弟一起看过，只见阴暗的厅内搭着一座大灶，灶上有两个大锅；这锅灶之大，恐怕只有大和尚寺里才能见到。不过，我们去时是在白天，未见及宰羊者。大概每日清晨，"温汤羊肉"便被送到鼓楼前街的羊肉摊上出售了。我自己认为，秋冬之季吃此温汤羊肉最是适宜。秋季的羊，似乎最为肥美，而冬季呢，只见那切成薄片的羊肉，不仅皮极鲜嫩，爽脆可口，且在皮与精肉之间，有一层冻起来的羊肉汤，这冻汤尤为可口。

据云，在兴化，仙游的温汤羊肉尤佳，不知何因。二十世纪二十年代，仙游有位林姓者，善做温汤羊肉，名噪两县。其后此君参加民军（？），后升为某海军陆战队旅长，竟割据莆、仙两县，娶妾多人。至四十年代，此君又成为古董商，1949年间，夹带大批古董，至香港定居。此地方野史也笔录于此，以为后人闲谈之助。

牡蛎

大概是福建沿海各地均产牡蛎，而牡蛎又可能是沿海各地居民普遍爱好的海味。二十世纪八十年代初期，我因事到厦门。其时举国正在开展思想解放的学习，民心振奋。我到厦门后，住鼓浪屿。一日，有些旧友忽然约我至附近一位华侨家吃煎牡蛎。据我所知，厦门盛产牡蛎。譬如，在鼓浪屿的菽庄花园里，那些受海潮冲击的大岩石上，便有野生的牡蛎。我和一些旧友在鼓浪屿一位华侨家中所吃的煎牡蛎，据云就是用野生于海石上的牡蛎做的一道菜。这种野生牡蛎，体小、肉嫩。把这种体小的牡蛎用闽南地瓜粉和蛋清以及适量的水泡起来，加上葱花、姜丝等，然后用滚油煎之。这种煎牡蛎放在口中吃时，觉得脆而香，随口更有海蛎特有的鲜甜味，极能引人食欲，是厦门著名的小吃。好像地无分南北，人至厦门，均喜此物。至于兴化人吃牡蛎，其著者曰"擦蛎猴"。做法是：把地瓜粉和鲜牡蛎加适量的水混合在一起，调理毕，一汤匙又一汤匙地投入滚沸的锅中，待混合地瓜粉的牡蛎浮上锅面时，便连汤捞起，放在碗内，加醋，撒一点葱花，滴一点麻油，便可美美地吃了。这种"擦蛎猴"，饮食摊上有，老百姓家也可以做。这种"擦蛎猴"，与厦门的煎牡蛎相比，便觉入口时清爽，随口又有牡蛎特有的清甜味，冬令时，天天吃，均不至生厌。

我在福清县渔溪镇、惠安县城关均曾吃到当地的"擦蛎猴"，但总感到与莆田风味不同。于此，我忽然想起所谓家乡味来，它是什么？似乎怎么也说不清，但它总与小时便吃惯的、爱吃的，而后来吃起来往往动起乡情来的食物有关的吧？书此，以期后来再探讨。

龙眼·荔枝

我在《话说莆田城》中写到城关到处有龙眼树的果园；至于荔枝，大半植于水边，故城关较少。有一情况，似应补充说一下。这便是种于屋前宅后之龙眼或荔枝，往往为佳种。

兴化人嗜食稀饭。其佐餐物多为豆腐油条，有客时，则颇丰盛。这已在另文中谈及。现在要说的是，到了龙眼、荔枝成熟时节，居民往往以龙眼、荔枝佐饭。我自以为，这实在是一种独特的、富于地方色调的民间美食。把"海盆"（大瓷碗）烫一下，把龙眼剥了二三十颗放在碗底，再把黏稠的稀饭盖上去，过两三分钟便可以吃了。这种龙眼稀饭，有一种清淡的、爽口的甜味和果味，甚投儿童的胃口，故我儿时格外爱吃。我的故宅院中，便有两棵龙眼树，是叫作"乌壳"的佳品；熟时，每晨采下一二公斤，这样足够全家十多天早餐之用。至于荔枝，则是边剥边配稀饭吃，这样只觉满腹尚有果味。

我家有一座祖遗的、各房叔侄共有的小园林。园中池畔有一棵古荔，每年结果甚多，熟时，每房可分到十几公斤。母亲曾以分到的荔枝酿酒。母亲又曾让我尝一口，味香醇，当为美酒。不知怎的，我的天性畏酒，以致虽然家有佳酿，亦无由结缘。为此看来，凡美物，未必能为人人所接受。凡物，性近之，则美矣。

1993 年 7 月

（收入《汗颜斋文札》）

福州风习小识

忆南后街旧书铺

二十世纪四十年代中期，至福州定居以后，便开始与南后街有了某种缘分。那时，我还是一位阅世未深的年轻人，住在一条俗称西牙巷的小巷内。它虽与南后街相距甚近，却排不上分居于南后街两边的所谓三坊七巷的古老街坊之列。它也许只是一条陋巷，并无名宦大户之家，巷内民居简陋、破旧，不过就居室之建筑看来，属于福州一般的传统民居结构，所以平日出入于此陋巷，也往往有一种年代久远甚或古老的感觉。那时，生活的负担已经开始压在我的肩上；我除了固定职业（教书）外，还兼任两份工作，譬如报纸的副刊编辑，并忙于写些散文、小品乃至童话。那时，我似乎并不知世情、人生为何物，却又似乎对于自己的未来天地抱着某种期望、憧憬乃至某种追求和信念，心中有时点起一团希望的火焰。那时，肩上虽有生活的负担，工作也忙，倒也时或忙里偷闲，从西牙巷寓所到附近的南后街去逛旧书铺。

当时，南后街的旧书铺比起北京琉璃厂的旧书肆来，自不可同日而语。但对于一位阅历和学殖均浅的我来说，逛这些书铺有如自由进入一座又一座的书城，心中总想此书城里处处有智慧之泉可掬，能慰藉心灵的渴求。我现在已不大记得在这些旧书铺里买下一些什么书籍。但我记得，那时不知何因，我喜欢我国古代的一些笔记小说、笔记散文。这主要可能是因为这类作品往往写得简洁、隽永、大方；所写有些事迹可能显得怪异，但仍觉得有益于启迪心智。我记得从那些古旧书堆中间，曾找到诸如《世说新语》《唐语林》以至《酉阳杂俎》《梦溪笔谈》《东京梦华录》；除苏轼的《东坡志林》、陆游的《入蜀记》、柳宗元的《龙城录》等外，还寻访到若干部记述八闽故实、风土民情、遗闻轶事的笔记，诸如《闽小记》《闽别记》和《浪迹丛谈》等，这些笔记或为宦游福建的学人如周亮工等所作，或为闽籍学者如梁章钜等所作。十分有趣的是这些笔记散文、笔记小说，至今还为我所喜读，闲时还时或翻阅，常有所得。此外，当时我还喜欢寻找诸如《笑林广记》之类的古典的通俗作品。记得有一次偶然在旧书铺的书架上访得一部冯梦龙编纂的《古今谭概》，披读之余，觉得此公在当时历史条件下，如无卓见，不可能做出此举。我至今还觉得笑话是一种具有深刻人生见解的文体，往往以民间的诙谐，揭示某些人性的疮疤，嘲弄某些世态的丑陋，它固然使你发笑，但在心中感到沉痛。寒舍有一书橱，专放经常翻阅的书籍，其中至今还摆有《古今谭概》《笑林广记》，虽非当年在南后街旧书铺所购得者（是近年新添的），但阅读它们，有时还会念及当年获得这类书籍时的喜悦心情。

在当年南后街的旧书铺里，我曾去寻访到二十世纪三十年代出版的一些文学期刊，譬如《北斗》《拓荒者》等。我记得就在《拓荒者》上读到列宁有关无产阶级文学的一些文章。当时，上海商务印书馆编印了一套可能是由文学研究会主持选编的"世界文学名著丛书"，版式十分精致：三十二开本，布面烫银（不是烫金）。我就在南后街旧书铺中购得朱湘先生选译的《番石榴集》，书中选译英国维多利亚女王时代以及湖畔诗人等的诗歌。也寻访到卞之琳先生选译的《西窗集》。此书中除收入欧洲一些象征派诗人的诗歌，也收入包括纪德、里尔克、蒲宁等在内的具有现代主义倾向的作家的小说。这本书使我念念不忘的是，收入史密斯、阿索林和玛拉美等的散文诗，对于我的散文写作发生过影响。我至今还保存一册 1934 年出版的《西窗集》。

南后街的几家旧书铺的店主人和伙计，看来都是朴素的，专注于这份职业（以出售线装的古旧书为主）的独特的生意人和行家。我常到的一家旧书铺，是把店主人居屋的厅堂以至天井等作为书库，排着一排排的木书架的古旧线装书，书架中间腾出一块方形的小小空间，店主人就坐在木桌前修补装订旧书和接待顾客。那时他有五十出头？穿一件灰色旧长衫，戴一副老花眼镜。由于我常来，他已多少知道我欲寻访的旧书。我现在还记得，有一次他正低头在修补一部刘克庄（此公是我的故乡莆田人氏，所以记得清楚）的《刘后村大全集》。可能听见我走近的步声，他不觉摘下眼镜，一下子笑吟吟地对我说："我为你搜集到一部《仇池笔记》……"

这部苏东坡的小品文集，从那时起即成为我的重要案头书之一。这部书对于我的散文见解，发生影响。

我到福州定居后，便与南后街结下一种良缘。

福州的三坊七巷

作为一座历史文化古城，福州市内还保存着所谓"三坊七巷"和其他如朱紫坊、三牧坊等古老街巷。这些古老街坊、街巷似乎除其年代久远和尚保存若干传统民居以外，亦各以其为历代名人居处，以及流传若干有关的民间传说而著称于世。

福州的"三坊七巷"，分居于最古老的南后街之两侧。具体言之，三坊为衣锦坊、文儒坊、光禄坊；七巷为杨桥巷、郎官巷、安民巷、黄巷、塔巷、宫巷、吉庇巷。这三坊七巷，除杨桥巷因道路扩建，早已不成其为巷外，其他坊、巷可能大抵都保留原来的格局。即杨桥巷虽改名为杨桥路，但原来巷内的一处古迹，即双抛桥上的桥亭和桥边的几棵古榕均在，桥上常见有老人坐在那里闲谈，颇具一种古意。不过其他坊巷，如光禄坊的"光禄吟台"，塔巷的塔等古迹，今已不见。现在，在三坊七巷，多少可以寻访其遗迹、遗址者，算是一些名人的故居。譬如衣锦坊，宋淳熙进士王益祥曾居此，明都卸史林廷玉曾居此，清嘉庆进士郑鹏程、成丰进士郑世恭、郑守谦曾居此（而郑世恭为郑孝胥之父）；譬如文儒坊，宋国子监祭酒郑穆、明抗倭名将张经等均曾居此，近代学者陈衍亦居此。至于七巷，举其要者，郎官巷有宋诗人陈烈、宋学者刘涛尝居于巷内，近代学者严复故居亦在此。塔巷闻与唐末五代闽王王审知有关，他曾于此巷内建育王塔院。安民巷闻与黄巢有关，他的起义军进城驻扎巷内，并在巷口贴安民告示，巷因此得名。宫巷在宋代有紫极宫道观，清进士沈葆桢居此。吉庇巷，宋状元郑性之未第前曾居此，等等。一些地区、一些闾里与一些著名的文人学者有关，往往令一些地区、一些闾里出现一种令人敬慕的文化气氛，出现一种无以名状的历史色彩。

黄巷为七巷之一。1975年至今，我均住在此巷。赏阅《闽别记》，得知唐末，当时的著名学者黄璞曾寓此巷；黄巢起义军攻入福州城区时，曾传令士兵，以黄璞居此巷，不得惊动；而此巷亦因黄璞之故，世人呼为黄巷。另有一说，晋永嘉年间，中原士民因避兵乱南迁，黄氏家族曾避居此巷，世人因呼之为黄巷。据潘祖巘氏所作《黄巷》一文称："历代名人住此的有：明侍郎萨琦、清知府林文英、榜眼林枝春以及巡抚李馥、梁章钜、郭柏荫和进士陈寿祺、赵新等。"在我看来，这里除是文末提及的黄璞外，最值得提及的是梁章钜、陈寿祺和郭柏荫的兄弟郭柏苍。郭柏苍虽然也是科举出身，当过诸如员外郎等官，但他实际上是一位博物学家，著述颇富，他的《海错百一录》《闽产异录》等著，记自然资源、地产、海产，有如《梦溪笔谈》，是一种笔记散文。梁章钜官位不小，但著书不倦，达七十余种。我颇喜欢他的《浪迹丛谈》及其续谈、二谈，还有他的《归田琐记》《退庵随笔》等作。这些著作，记述掌故、轶闻、逸事以及诗话、考证，更兼及物产、山川，也是一种笔记散文。至于陈寿祺，则以任《福建通志》的总纂而著名。

我现今所居的黄巷寓所，是工作单位的一座宿舍楼第五楼东侧的一个单元。据云，此地原为黄璞故居所在，这是否可靠不得而知。但原为梁章钜故居所在，则确定无疑。据史料载，梁氏于道光十二年（1832年）在江苏任上辞职归闽，便在黄巷旧居筑小楼，曰黄楼。这座黄楼现在大体上能保持原貌。楼为木结构，梁上有一些雕花图案，潇洒、简洁、疏朗，或出于名艺人之手也未可知。楼前有假山、小池、小桥、小阁，规模很小，皆具体而微。至于所种花木是否原物已不可知，但我记得二十世纪五十年代初时，一日，来参观此黄楼，庭中尚有一株梧桐，如今已看不见了。至于我们的宿舍楼，据云是拆了梁氏的东园，而在原地上盖起来的。黄楼即在宿舍楼的右前侧，从楼上的阳台间，可以望见那里的小阁和一些花木。七十年代中期，我们迁入时，从阳台上和朝南的窗口，均可远眺福州著名的五虎山和位于城区的乌石山、于山，可以看见白塔和乌塔，望见于山树丛间的九仙观等。若干年来，视线所及的远处近处，筑起一些高层建筑，乃渐渐地把那些远山和塔、道观等的景色遮住了。如此从阳台或窗前望出去，只觉目力所及，很是局促，显得视界不开阔，心中有时感到莫名的惆怅。

我的楼屋的左侧，隔一墙乃是陈寿祺的故居所在。我不知，那里住的是否是这位学者、史学家的后代？抑或物已易主？只见那里原有的空地都已盖起瓦屋。使我无端感到欣慰的是，那里三棵高大的树木仍在，虽然它们挤在瓦屋中间。这是杧果树、白玉兰树和一棵不知名的树。我写此文时，这不知名的树正满树盛开一穗穗紫红色的花朵，几乎把树上的绿叶全覆盖了。不知怎的，我以为这树是从诸如东南亚的热带地区移植来的。至于那杧果树，只要把我的书室那扇通向阳台的门一开，便可看见它。它和我是如此接近。我在自己的散文中曾提及它。它的树荫宽阔，有时会有城市中难以见到的斑鸠和黄鹂飞来；一日，我还听见画眉鸟在它的树荫间唱歌。

福州的三坊七巷相距均不远。我有时特意从塔巷，或从郎官巷间漫无目的地行过。这些古巷的道路还是石板铺的。有些居民仍保留原来的建筑结构，门前仍有涂上丹红色的木格的门墙。有一次，有位友人和我一起走过郎官巷，他忽然指着一座旧屋对我说："这便是严复的故居！"

我对于这位杰出的启蒙思想家、学者和翻译家，至为敬慕，但不敢贸然叩门而入。只见从墙头伸出一些古树的枝梢，不觉仰视良久，才默然离去。

记福州的鱼丸

可以说是少年时候，说得具体点，即至少在六十余年以前，在家乡莆田便知福州有芝麻酥、肉松和鱼丸之类。当时有亲戚自福州回梓，往往送来肉松、芝麻酥和燕皮等。芝麻酥是用传统的红纸（也有绿纸）包成长方形的小包点心，既酥且香，儿童和老人均喜之。肉松出于"鼎日有"名铺，油而不腻，嚼之松脆，亦为老人、儿童所喜。燕皮为福州名产（另有一说，为闽北浦城名产）；据云，由肉剁成酱后和以地瓜粉制成，其薄如纸，切成小方形，包以肉馅，自是佳点。这些省会食品自小给我留下印象。至于鱼丸，这东西是不能自远道携回食用的。我有一位同龄堂兄，当时随其父在福州读书，假中回来时曾向我谈到鱼丸，说是在他学校附近有家鱼丸店，他常至那里吃一碗鱼丸，算是课间的点心。记得当时听了，心中总是有些羡慕。

我初次吃到福州鱼丸，是在 1936 年夏。说来有点小意思。那年十八岁吧，高中刚要毕业，全省师范（高中）应届毕业生聚集省城会考。我们住在三牧坊福州中学（现在的福州一中）校舍内。三牧坊是一条宁静的古巷，一边是民居，看来都是具有地方传统建筑趣味的古宅，一边是学校的高墙。这所学校在前清原为一座书院，墙内古榕的树影可映到巷内，巷口还有一棵大可三人合抱的、不知名的古树。不知怎的，当时我虽还年轻，却一上来便很喜欢这条小巷，隐隐感到其间有一种自然保存下来的古意。一日晚间八九点时分，忽闻巷内传来一种声音，颇近家乡卖豆腐花者用小铁勺敲着小瓷碗的声响。我循声走过去，见到巷内一片榕树的浓荫下停着一担鱼丸担。为此，我当时能吃到羡慕已久的省城名食，心中欢喜自不待言。事隔数十年之久，今日仍然会偶尔想起此事，是因为中间有某种情调，更因为在回忆中感到时间过得愈久，其情调愈见有味吗？记得那卖鱼丸的看似是一位老人，但可能还不到六十岁。又记得他眉毛又黑又浓，上下唇都是黑色的胡楂，好似就是从浓眉和胡楂间自然出现一种亲善和令人信任的微笑。他的鱼丸担上搁着一盏小风灯，当时我听说：他的鱼丸担就从晚间八九点开始穿街走巷到半夜后才收担回去。大概每到一巷，把担停下，就用汤匙敲着小瓷碗，发出一种清脆声响，很有呼唤顾客的那种吸引力。为此，就在福州三牧坊这样的一条古巷里，在古榕树的夜影下，在小贩饮食担的小风灯前，初次品尝一碗美味的鱼丸，此中自有一番情调。当时年轻，未必真能领略其趣味，但时间虽久，至今还能偶尔忆及当时的情景，可知印象之深了。

1945 年冬，我应当时改进出版社社长黎烈文先生之聘，至福州主编该社发行的《现代儿童》。当时，社址在小桥路福安会馆内，斜对面为一砖造的天主教堂，教堂之右侧有一家小小的鱼丸店。那年初到福州时未携家眷，有时至此小店吃碗鱼丸当点心。记得小店内置小方桌及矮凳若干，店口即为煮鱼丸的炉灶，店主人看似是一位老妇，但可能年纪也不到六十。人们称她"依嫂"。她梳着发髻，满脸皱纹，但眼神总出现一种和善和惹人信任的自然笑意。这种笑意，我记得在二十世纪三四十年代若干做小本生意的小贩身上往往能领略得到。

可能因为我来的次数渐多了，后来，我一进店门，依嫂便取出桌布，在我惯坐的座位前把桌子再擦干净，随即端了一碗鱼丸来。有一次，她问我："这位先生，你要加一碗酸辣鲨鱼皮汤吗？"

我一口答应了。这酸辣鲨鱼皮汤，是用做鱼丸时剥下的鲨鱼皮煮成的，和这家小店的鱼丸一样，有独到风味，我至今还不曾忘记。

在福州定居后，不记得从几时起，我很少见及夜间沿巷叫卖的鱼丸担，也很少上鱼丸小店了。家中似乎很少以鱼丸上菜。但近些时日以来，不知怎的，会想起二十世纪三四十年代吃鱼丸的一点小事，而且感到其间有某种趣味或情调。这看来是有点奇怪，有点不可思议的了。

说福州风味小吃

　　大谈文化中的所谓"食文化"，饮食中的所谓"风味小吃"，大约是近若干年来的事？看来，当前被列入福州风味小吃的福州鱼丸、鼎边糊和虾酥、蛎饼等，我早在二十世纪三十年代和四十年代便"品尝"过了，只是当年不知此即福州的地方风味小吃。于此，我想先谈对于鼎边糊和虾酥、蛎饼等的印象以及交情。那么，我应该说，最早认识福州供应鼎边糊等食物的饮食店是在龙潭角轮渡码头。二十世纪四十年代初期，那还是抗日战争期间，当时因公路被破坏，自家乡莆田到福州，皆步行（费时两天）；自福州转程至南平，则搭闽江上的汽轮。在等候汽轮开航之前，旅客往往到开设在码头附近的饮食铺里去饱食一顿。记得当年设在龙潭角码头附近的饮食铺，除卖豆浆、油条和卖鱼丸的小铺外，竟有两三家福州市民称为"鼎边糊"铺的饮食店。那是 1941 年 4 月间，我第一次在龙潭角码头候船，准备溯闽江北上南平。我一到码头，看看离开船尚有一段时间，便携着一小提包的行装，走进一家鼎边糊铺。只见铺内闹哄哄的，颇大的店堂内，各桌座位坐满顾客，有的桌边还堆着行李。那次，也算是一种机缘，我居然在店堂内临江的窗前找到一个座位。我先要了一碗鼎边糊。边吃边从窗口观赏江景，这使我很感兴致。觉得这鼎边糊清淡不俗，又配上一个虾酥一个蛎饼，觉得此二物既酥脆，口中又时觉得一种虾米或海蛎的鲜味，颇为可口，自是为我留下一种好感。自 1941 年春至 1944 年夏，我先后在永安、南平就读。每年寒暑假期往往回莆田度假，往返途中必经龙潭角轮渡码头，亦必于码头附近所设的鼎边糊小店停留。这看来有两种原因，一则至店内吃小吃，似有趁此小憩一下之意，二则似乎多少为了满足心中某种隐秘的、潜伏的食欲。

1945年11月间，我开始定居福州。自此之后，始知街坊间，不乏此等鼎边糊小店，始知此等鼎边糊小店，福州市民亦称之曰"糍粿店"。不论其称谓如何，此等饮食店，除卖鼎边糊，均兼售甜粥、咸粥和炒米粉等；除售虾酥、蛎饼，更有芋头粿、菜头糕、发糕、百叶甜糕、九重糕、萝卜丝甜饼和糍等。总之，糍、糕、粿、饼皆全。刚才提及，1945年冬我开始定居福州，但只有妻子做伴，老母仍居莆田故宅。以此之故，妻子有时得回去看看她老人家。妻子不在时，晨起，洗盥毕，往往至寓所附近的南后街或渡鸡口所开设的此等饮食店，随意之所至，或要鼎边糊，或要甜粥、咸粥，亦随意之所至，配以一两种糕饼或一两种糍粿，以兴欲尽或胃口中大体感到充足为度。每次走出店门，往往觉得此中物各有其可口之处。

在我的印象中，譬如说在二十世纪四十年代吧，福州的所谓鼎边糊店或糍粿店，所售的各类饮食除了各具一种地方性的、传统性的美味以外，除了品类较多，各能顺应来客之所需以外，我以为，这类饮食小铺，若用二十世纪三十年代、四十年代文坛上惯用的语言（术语？）来说，便是具有通俗性的、大众性的品质，如果允许以当代语言（术语？）加以表述，则是带有快餐性质，并能顺应低级消费水平者之所需。这类饮食小店的顾客之涵盖面颇见广阔，或云其顾客来自拥有人数颇多的某些阶层。具体言之，这包括一般市民，包括薪俸低微的小公务员、小职员、小商贩、小店员和像林纾所称的引车卖浆者流，那些拉黄包车的车夫、搬运工等劳苦大众；当然，也包含从一些小县城出门路过省会的旅客，等等。凡此人等，入店稍候数分钟，便能吃个饱或吃个半饱，出店后（我估计）口中可能还留着某些剩余的美味？

　　福州的这类鼎边糊店或曰糍粿店所出售的食物，其所用原料，比较而言都是若干价贱和民食中常用之物，如芋头、萝卜、粳米、糯米、大豆、花生和葱、蒜等；即牡蛎、虾米等亦海鲜中之最常见者。譬如鼎边糊，不外是用磨磨过的粳米浆洒在烧烫的鼎（锅）边煎成薄片（雪白雪白的）铲入锅内，然后放入以虾米、芹菜作料的清汤中煮沸即行，而这样的一项饮食，居然具有美味，为一般市民以及上层的各色人等所喜，名声颇大。又如所谓蛎饼，馅为海蛎，而皮不外是浓豆浆和米浆，制成饼状后用滚油炸之，也居然成为大众所喜之食物。我曾经推想，鼎边糊店所集各种食物，颇具地方民食趣味，某些古代笔记中也许有所记述。由于所读有限，我只查阅清代周亮工、梁章钜等的《闽小记》《浪迹丛谈》等书。此二公的笔记散文谈论西施舌、甘瑶柱、海参、鱼翅、燕窝、火腿乃至鹿尾等山珍海味；虽然也谈论诸如芥蓝菜、白菜等物，就是不涉及鼎边糊、虾酥、蛎饼等大众小吃。对此，我有些"腹议"，以为是乃古代居官者的偏见。除鼎边糊店外，福州街坊间还有专售单项食物的饮食小店，如鱼丸店、鸭面店、羊肉面店、汤丸店等，其与鼎边糊店相比较，若用当代语言来说，"档次"可能高些，且其中出现名店、名厨师。譬如，据我所知，在二十世纪四十年代，南台有家羊肉面铺，吉祥山有一家鱼丸店，便很有名。不过，我一直住在福州城区，相距稍远，虽然有些慕名，但不曾前往品尝。城内光禄坊有店名"阿焕鸭面店"。四十年代末期曾至此店两次，觉得此鸭面，其汤清，碗面上放两片卤鸭，肉嫩。

上面所云福州码头、街坊间所设饮食小店所售的若干食物，近年来一一被作为福州地方风味小吃而进入豪华的餐馆、酒家。譬如，华侨大厦的餐厅里，以广州、香港等地流行的"早茶"的格式的供应中，福州的虾酥、蛎饼与广州的鸭掌、蛋黄雀巢杯等联袂与食客见面，在我眼中，似乎也是一种趣味。当前福州现代化建筑物林立的五四路，有家豪华酒家便有专门办理福州地方风味小吃的宴席；一席不出二十余品，然均以"微型"出现，可称真正的小吃了。近日，艺术家华君武同志应约在福州、厦门举行个人漫画展。他抵达福州后，一些文学、书画和新闻界人士曾邀他小酌，我有两次与他同席。一次假座天福酒家，吃的是闽菜中的"大菜"。出菜前摆出几碟小菜，为小田螺、蚬、咸橄榄、煎咸带鱼、海蜇皮等。此等小菜，在二十世纪四十年代为贫苦市民早餐时配稀饭所用，为殷实之户所不取。此等小菜，今日上大酒店之华筵，中间有何奥妙处，或者说这中间是何等的变化，我不及细究，兹不赘。再说，另一次假座东街口冰厅，一共上了十六道菜，除所谓"什果水蜜桃"系进口的美国罐头水果外，余皆地道的福州地方风味小吃，包括最具代表性的鼎边糊、蛎饼等。我发现君武同志对此小吃似乎兴致颇高，又似乎尤喜萝卜丝糕和芋头丝糕以及地瓜粉做成的甜丸。不知怎的，那天对我来说，吃的兴致也颇佳。那么，本文就此结束吧。

1993年

在福州馆子里吃广东点心

说得明白些，则应该说是：在福州东街口冰厅吃广东佛山名点心师徐德锐先生制作的广东点心。做东者作家宋君祝平，因为他刚过六十三岁生辰。在座者有画家丁订君及他的夫人和媳妇，还有作家袁和平君、郭银土君等六七人。那天，刚好徐德锐先生应邀在东街口冰厅授艺，我们乃得以在冰厅的一间名曰"茶居"的雅座内品尝他亲手制作的点心，也算一种缘分。从中午到下午一时半许散席，一共上了十多道点心和水菜。临行前我要了一份菜单，特录如下：薄皮鲜虾饺、虾茸雀巢蛋、莲茸水晶花、鲜嫩干蒸烧卖、上汤会水饺、香麻炸多士、菊花奶皇杯、虾油叉烧包、三丝银针粉、仙掌上明珠，等等。我国的若干花卉，如菊花、牡丹等，往往有一些雅号，一些菜肴、点心，也往往被赐以嘉名，这可能与一些文人爱管此等事有关。我忽然有此想法，便随手记下了。

且说我在"茶居"就座后，先是喝了一杯浓茶，随即见到几道点心同时端上来了；随即每隔不多时又上其他点心，最后连上两三道小菜（或云近似点心的小菜，如上列的上汤会水饺、三丝银针粉等）。事后，我觉得这个上点心过程是有点学问的，有点讲究布局的。在我看来，这便是让食客对其所制作点心先有基本的、大体上的印象或认识，随后又一道一道出菜，旨在深化印象（或认识）？看来这是收到效果的，至少对我个人是如此的。就总体印象而言，我以为徐德锐先生所制作的点心，清远、淡雅、素朴、简约，谦谦然似有一种君子风度。就每一道点心而言，又似乎是在总的欲求其味的淡远的要旨之下，各显其善。这中间我个人尤喜薄皮鲜虾饺、香麻炸多士和鲜嫩干蒸烧卖等。薄皮鲜虾饺可能是广东点心中很普通的一种点心，因此欲得食客之心则更难了。徐德锐点心师所制此道点心，皮若水晶，嚼之脆而有虾香。香麻炸多士大约是以虾茸炸出者，其色如西菜中的炸面包布丁，香酥有特味。至于鲜嫩干蒸卖，亦是以鲜虾为主做馅的一种烧卖，与一般烧卖相比，其味独鲜，虾香在口中徐徐出现。此外，我还有个印象，即广东点心似乎颇能接受儒家有关饮食文化的见解的影响？孔子说："食不厌精，脍不厌细。"（《论语·乡党》）不说整个广东点心，至少就徐先生所制点心，每品均甚精细（从选料到造型，这就不必细说了）。而广东到底是海运开放之区，传统点心中似乎也吸收一点海外风气。譬如刚才所提及的香麻炸多士，很少外形有如炸面包布丁；另外还有一道蛋糕完全是我国的传统蛋糕，嚼后便觉口中似有奶油味。我觉得食文化是发展、变化的，在不失传统（地方）风味之外，有时来点洋味未尝不可。我们品尝其所制美食美味之间，徐德锐先生曾至席间坐一小会儿。有人介绍说，他曾至法国等表演点心制作。五十多岁吧？穿着不入时，不善言谈，看来是一位外观接近农民，而内心开阔、有创见的人士。

且说，那天席间，友人们都颇愉快。其间有时用一些无伤和气的语言互相调侃。也出现一些不知从何而来的妙语、妙悟。譬如，我记得画家丁君云，应该感谢发明夹克衫的服装设计师，因为此对于我们中国一些男士而言，大有好处；他说，从穿中山装到穿西装，中间先穿一些时候的夹克衫，有个过渡，最后穿西装比较习惯（大意如此）。席间，不知为何一来，有人提及书斋的命名，并对我说："老郭，你的书斋可否命名曰'叶笛斋'？"

我说："《叶笛》是少小之作，提及它，本人就感到汗颜……"
大家经过多次商量，均不满意。

丁君说："那么，你的书斋就曰'汗颜斋'如何？"

我频频称是。因为年老了，近日常有人约我挥毫写字。自知对此道缺少功力，命笔往往胆怯，然仍勉强而为。因此，我请丁君为我治一闲章，刻"汗颜斋"三字。为此，以后如再有人请我挥毫，便盖上此章，聊以自嘲。

那天，席间无酒，无饮料。自始至终随意喝茶，也有一番滋味，特记于文末。

1992 年 2 月 21 日

在农家饭庄吃饭

农家饭庄处于福州上白马河路，福建省文化厅的左侧。在当前的情况下，它不外是一家很小很小的菜馆酒楼。据我所知，这白马路一带，在十余年前叫环城路。实际上是原来的郊区，行人、车辆极少，隐隐约约间似乎还保存一种僻静的情意，或直截了当地说，保存一种郊野的景象。现在这一带通过一条两车道的马路，成为众多车辆行驶不息的交通要道。只是傍着马路，白马河岸上开辟为狭长、带状的沿河公园，绿树芳草，加上开辟马路时仍然保存下来的若干古榕树，以至此一地带在我的感觉间，似乎仍然留存某种农村趣味，即使这种趣味已经很淡。农家饭庄开设在这样的地带，颇为适当。顺便说一句，离农家饭庄不远处，便有三四棵古榕。

这家饭庄的店面不大。左侧有一口高约三米的大酒缸，上贴一四方形的大红纸，书一大字"酒"。这只大酒缸其实是以水泥模拟造成的，造型及色彩均酷似农村小酒店柜台上的陶制酒缸，但出现一种艺术的夸张效果以及使这家饭庄引人注目和留下印象的装潢效果。进入饭庄的大门贴着一对春联，屋檐上似乎盖以茅草，但这茅草是真的还是以水泥模拟而成的，我来不及考察。进入大门后，但见右侧为一大餐室，大概是供应一般顾客（或云，随便至此吃一顿便饭即走的顾客）之处，只见天花板上竟然以一只只的竹笠作为图案加以装潢，从而造成某种气氛，亦颇宜人。

一位莆田同乡约我和其他两位也在福州工作的同乡友人，一起来农家饭庄吃午饭，叙谈。我们被安排在楼上的一间农村的厨房里就餐。当然，这里其实是一般酒楼上所谓的"雅室"。只见这里有座灶及其烟囱，小木窗上挂着蓝印花布窗帘；壁上挂着木犁和蓑衣，还有小木架，上放小臼、酱罐和玉米、南瓜以及一大串干红辣椒，此外，墙角还安着一副小石磨……凡此设置及其所造成的环境，确能令人有置身于农村某一厨房中的感觉。我们所点的菜，除了一道鲜海虾、一道鲜海鲫外，余皆为诸如炒芥蓝菜、炒金瓜、丝瓜蛏汤以及炸黄鳝和红菇豆腐汤、香菇豆腐汤等。于此，想说一下，黄鳝和泥鳅一样，均是山区田地间物，往往栖息于梯田水沟之泥穴中。我旅居闽北浦城一小山村时，曾在农民家中吃到油炸的泥鳅，感到此次所吃炸黄鳝与我在山村中所吃炸泥鳅，就其味之鲜美而言，颇为相近。至于红菇豆腐汤，除了红菇外，尚有金针、蛏干等调料，在家乡莆田，这是妇女坐月子时的食物，其味清净、淡甜。至于饭，则是以粳草编成的小袋装入生米，然后蒸熟的米饭；我记得在旧时代里，这是一些山民赶圩赶市时，带到圩市上吃的米饭，而在一些小饭店里，也出售此等以粳草袋蒸熟的米饭。我感到这一顿饭，颇饶农村家庭口味，颇饶民间传统家常口味，颇适口，颇适意，颇能引起某些回忆和怀念。

饭后，我们去看相邻的另外两间雅座。其一，从天花板上垂下瓜叶和若干大小不一的丝瓜，室内环境似处于豆架瓜棚之间。又其一，出我意料，竟出现二十世纪七十年代某一农村里一间知青的学习室，墙上贴着诸如"上山下乡闹革命""接受贫下中农再教育"之类的语录、标语，挂着绿色行军水壶、竹笠和工分簿等；我虽然不过约略瞥了一眼，却感到那里重现了历史的一点小图像，图像似乎隐约告示一代青年的某种命运和遭遇。午后一时许，我回到舍下，坐在摇椅上休息时，忽然想到，不妨让儿子、儿媳、女儿、女婿和小孙、小外孙，全家一起来此吃顿饭。除两位小孙外，儿子等均曾上山下乡或随我旅居山村，席间，如能引发他们的某种回想，笑谈某一人生经历、历史际会，或许也是很有趣味的事？

1993 年 11 月 2 日

在美食园品尝风味小吃

作为一篇小品文的题目，看来太"长"了；另外，"品尝"对我来说，似又不太合适，因为过惯粗蔬淡饭的日子，对于某些美味如何能够品尝其妙处？不过，既然写下这么一个题目，可又懒得更换了。却说，这两三年来，曾应友人之约，在"东街口冰厅"（福州）吃过两三次所谓风味小吃。其中有一次是被接待在一间"雅室"里吃潮汕的风味小吃，厨师为广东知名师傅，我曾在《在福州馆子里吃广东点心》一文中记下印象；另一次，记得是陪从北京来举办个人画展的华君武同志在此吃福州风味小吃。华老对于福州的传统小吃如"鼎边糊"等颇为赞许，足见华老对于乡土饮食、地方风味有其个人见识。只是当时未及把个人印象记录下来。再说，近两三年来，深居简出；有位远方的长者来访又回到他自己所居的城市后，来信喻我为一位"隐者"，关闭在深巷一座五层楼的斗室内，不闻外事。这话不免说得"过分"了。不过，为了某种原因，有时也出门走走。每次"出门"，均感自己原来确是"耳塞目闭"，那些"闹市"的变化确是太大，比如，1994 年 11 月某晚，有约至东街省立图书馆，始悉福州百年老酒楼聚春园已迁址东街口，其建筑设计、装潢等，均具有当代色彩以及适应当代某一层次消费者的需要；更有趣的（在我看来）是此老酒楼且兼营美国肯德基快餐来了。写至此，自觉这支笔把话扯得远了。那么，话说回来，上面所提及的东街口冰厅，则迁至聚春园的旧址，并加以改造、装修，更名为美食园，开始营业了。如此，我又曾应友人之邀，先后两次至美食园"品尝"（姑且如此说）风味小吃。我想，不妨将个人对此中的印象记录下来。

所谓风味小吃，依我之见，似乎是指某些带有地域性或地方色彩颇浓的点心而言；此等食品，原来或肩挑至小街小巷叫卖，或设店于街坊乃至码头出售，看来颇具有平民化（？）通俗化（？）之风度，或用当代言语表达，似乎是旧年代的一种快餐。这就不具体说明了。不过，有些地方（城市）的风味小吃（重复地说，点心），似乎显得格外"高雅"。譬如，二十世纪八十年代初期，尝游扬州。其时，曾应邀至一颇具古典（传统？）园林趣味的宾馆就餐，其实乃是赴一次点心宴席，席间所出各道点心（按即扬州风味小吃）达数十种，美不胜收，谓之极精致、极高雅，并不为过。当时，我曾暗自思忖，以为这座文化古城，自唐至清，皆为文人画家会集之地；再说，从杜牧、欧阳修等人的诗歌中，可约略知道其地曾经出现的古代的繁华。简言之，即人文因素和经济因素，使扬州的食文化（包括点心、风味小吃）具有极高品位的性质。于此，不妨也提一下广州的"早茶"，其点心的品种之多、之精又颇见"通俗化"，可谓"雅俗共赏"，这就不必细说了。

在美食园里，理所当然，要出售福州具有代表性的、传统的、"通俗化"的各种点心，各种所谓风味小吃，诸如锅边糊、海蛎饼、鱼丸、燕丸、牛杂烩以及千层糕、香芋泥等。同时，似乎执意要引来国内若干地区有名的点心、风味小吃，诸如天府担担面，即成都街的辣椒面，诸如中州小烙饼，即河南若干地区街头出售的烙饼；还有淮扬月牙饺、扬州雪花豆腐乃至所谓宫廷点心豌豆黄等。此外，我在美食园还"品尝"了被称为"华丽咖喱冻"的一种点心，其原料来自新加坡，作为糕点，其状颇近福州的荸荠糕，只是另有一番滋味。写至此，我忽然觉得这则小文似在开列"菜单"来了？不过，我又想，如此开列出来（当然很不完备），似乎可以具体说明一点，即当代的食文化（包括风味小吃）的"包容性"正在不断拓展。以风味小吃而言，不只把乡土点心、小吃"发掘"出来，且辐射开来，把中州、天府、大江南北的名点心以至宫廷点心、街头风味小吃等力求均能搜罗收揽过来，"猗欤盛哉"。当然，不论是乡土风味小吃，还是引进的外地传统点心，不免要经过一番必要的、适当的"改造"或"提高"。譬如福州海蛎饼，便加上了蛋清；又如天府担担面，便适量地减少辣椒油。至于所谓京都豌豆黄，原为弄权误国的慈禧所喜之物，我曾在北京北海一家专治"御膳"的菜馆里"品尝"过；而此番在美食园里所享用者，细嚼之余，舌间似更留有豌豆的香味。我顺便谈到这一点，意谓如何继承某种烹饪技术颇应重视。

那些外域的快餐，诸如汉堡包、三明治呵，诸如色拉、薯条、圣代、炸鸡块、苹果馅呵，如有所好，尝一点洋荤也未尝不可。不过，个人以为到馆子里去吃一下（不叫"品尝"）福州锅边糊、蛎饼、鱼丸以及成都担担面、沙嗲牛肉串等，由于具有一种乡土的传统文化背景，乃至具有一种古老的华夏文化背景，斯可谓其味无穷，斯可谓其味美矣。

1995 年 4 月 16 日

（收入《汗颜斋文札》）

湄洲湾记

湄洲海滩·海巷

湄洲岛以妈祖祖庙和妈祖升天处的所在地而著称于世，这里的其他人文环境以及自然景象，也很好。近若干年来，包括1990年夏历三月二十三日妈祖诞辰前夕，曾三度至湄洲岛。除拜谒祖庙及升天处外，岛上大部分地区都到了。今年还在岛上的"潮声山庄"住了两晚。由于湄洲岛现为拟议中的"经济旅游开发区"，岛上已建筑具有现代色彩的诸如购物中心以及宾馆等建筑物，譬如潮声山庄便是一座设计具有现代色彩的招待所。但全岛总的人文环境，仍然具有独特色彩和内容。建筑于本岛北部宫山上的妈祖庙，作为一种古典庙宇的建筑群，其中如梳妆楼、太子殿、朝天阁、香亭等，又具有当代学术界所称谓的"妈祖文化"的建筑特征。由于妈祖的关系，岛上民间流传不少有关妈祖传说，这些传说剔除其宗教神秘色彩，同时具有史料价值；又由于妈祖的关系，岛上的许多奇石以及海上许多礁岩，其命名又往往与妈祖生平史迹以及传说有关，或寓有尊崇妈祖之意。此外，我要说一下岛上的妇女的传统装束，她们梳着妈祖髻，其发式似乎尚留有宋代遗风；其裤一半紫红、一半墨色，这也是他处所罕见的。此外，我要说一下岛上的民居，那些用石头建筑的民间居室，组成色彩特异的村落。这些村屋，看来也是世代相传的本岛特有的，其墙、其门、其窗和屋顶，俱以石造成，具备一种古老的、粗犷的、顽强和牢固之美。这里的石屋，除就地取材，可以抵御大风外，因屋顶以石条平铺而成，可以晒鱼，更具有当地民俗趣味，表现居民历来利用自然以及与自然灾害抗争的智慧。

湄洲岛有众多的沙滩。我曾两次经过那些由石屋聚成的村落，乘车至岛的最南端——狗尾山沙滩。记得第一次是在 1988 年 7 月间。那天晴朗。只见海滩呈月牙形；由于人的视力有限，所以这里的海滩的月牙形的两侧，看似没有边界地伸向无限，以致使我感到它是如此的辽阔。我在柔软的沙滩上随意漫行，心中无端出现种种联想。比如，我想到佛所指出的恒河沙数的哲理启示，想到这里的每一粒细沙均经无量磨炼而后始能聚集于此……此外，心中又出现若接近于"世俗"的"联想"。比如，看到沙滩前面正在退潮中的排浪，可以说是有如一座又一座的阶梯般的巨大瀑布、广阔瀑布，自远而近地奔腾而来，而且是消失了又出现了，我便由此沙滩前面展开的海景，"联想"到美国北部与加拿大交界处的大瀑布，"联想"到贵州的黄果树大瀑布，以及"联想"到是家乡木兰陂春涨时的情景，——搬到这海上来！那天，除了在沙滩上漫步看海景外，又随意行进沿着沙滩后面的海岸营造的木麻黄防护林带中来。这林带绵亘数公里，面积达几百公顷。这是以人的毅力征服自然（防沙）并造成的一种自然景观；它博大、单纯，雄伟而又萧疏、清新。

进入林中，心神愉快。1990 年 4 月间到湄洲岛，又去狗尾山沙滩。这次是先穿过木麻黄防护林带，才到沙滩的。不意，海上猛然来了大雾，沙滩和海均弥漫于茫茫的灰白色雾霭中，同行者均至沙滩上作雾中漫步。我则坐在林间的一块岩石上，听海潮一阵又一阵从雾中传来的哗响，又听见林间不时传来黄鹂、斑鸠等禽鸟的鸣声；只觉得从雾中传来的海的声音中，融化着鸟鸣声以及轻微的林间风声，此等情景，似是平生初次领受到的自然以自己的声音写出的一首诗？

1990 年 4 月到湄洲岛，与作家俞元桂、章武、朱谷忠、陈章汉等同志，同住位于宫下村一座陡坡上的潮声山庄凡二夜。我有早起习惯，住山庄之次晨，至其后面海滨的陡坡上散步，遇陈章汉同志。此前，他曾到过这里，他对我说："坡下有海上'一线天'！"说时，其他同行刚好也来到，我们乃一起从陡坡的石级走下，进入章汉同志所称谓的海上一线天。这确是一种自然奇观。不知在什么样的地质年代，湄洲岛海滨陡坡下的巨大无比的海岩向左右断裂成峭立的石壁，其中留下一条石径，其上透天，其前通海。这条两旁石壁笔直的石径，长二百数十米，估计涨潮时，海水可能会淹进来；那天早晨，适逢退潮时分，我们在石径上向前面的海走去，只觉足下有时平坦，有时遇到海石横陈，有时看见低陷处有未能退尽的海水，石上生出海苔，越向前行，越近大海，我心中越感此处不似"一线天"，而似一条罕见的自然石巷，不觉随口道出："这里好像应该被称为海巷！"

和我走在一起的章武立时说："就叫海巷，对！"

119

出此海巷，只见海滨全是岩石、沙滩；前面有停泊的小木船，再前面便是无垠的碧绿的大海，海鸥在海面低低地飞翔……

再一个早晨，我们发现潮声山庄的陡坡之下，尚有"海巷"四条，并行通向大海。因为未砌上石阶，不能入内行走、看看。离开湄洲岛前夕，有关同志在潮声山庄征求我关于把湄洲岛开发为旅游胜地的看法。我不揣简陋提出己见。我说，在开发湄洲岛为旅游区时，似应考虑到此岛的人文历史和自然的固有景象；要发展其文化民俗特点，要尽量维护其本来的自然面目、自然景观和人文景观。我说，我最不同意那种什么"东方夏威夷"的提法，为什么要附丽于夏威夷呢？比如，要开发狗尾山沙滩（现称九宝兰沙滩，是以狗尾山的莆田方音写出发音相近的九宝兰这三个字的，我也以为按原来的称呼较自然，较富民俗趣味）等处的沙滩的自然景致，决不可仿造夏威夷，甚至也不必考虑北戴河、青岛的模式，而要发展自己的特点。狗尾山沙滩后面一片绵亘十数里的木麻黄防护林带，恐怕是他处以沙滩为游点的地方所未必有的吧？我说，我曾有个想法，把湄洲海滩建设为旅游点时，所用沙滩上的遮阳伞可否考虑采用妈祖出巡时所用凉伞的风格？岛上建设一些现代化大厦如购物中心、宾馆等时，可否考虑有意识地保持一些渔村的原来建筑（如石屋）以及村巷、道路呢？等等。

湄洲的人文景观

我的家乡莆田的海岸线曲折，面临的最大海湾有兴化湾、湄洲湾。湄洲湾的海口处有一岛——湄洲岛，岛上有妈祖祖庙和她的升天处，故闻名海内外。据云，在东南亚以至朝鲜、日本、北美等许多地区，凡有海及河道之处，往往有华人建造的妈祖庙。妈祖庙亦往往称为天后宫，因为妈祖曾被诰封为天上圣母。但妈祖的故乡——莆田的人民群众，大多称呼这位女神为姑妈，因为这表示一种最亲切的尊崇之情。一千余年来，人们一直怀念她在大风大浪中拯救海上船只和商旅、渔民的生命的功勋。我多次到岛上拜谒妈祖，总是为我们的姑妈，这位在海上与浪涛搏斗的勇敢、善良和富于奉献精神的古代女子的品质所深深感动，而自然在心中生出尊敬之情。我每次来，都遇到很多朝圣者，这中间有不少是来自海外的华人及台湾同胞。据云，目前的妈祖研究已成为一种国际性学术文化活动，日本、美国、法国、新加坡、马来西亚等国均有研究妈祖的专家、学者以及学术团体。我到湄洲岛上时，便见到一些从欧美来的外宾；显然，他们不是专为游览而来，也许与他们的妈祖学术研究的实地考察不无关系。

湄洲岛现在不仅是拜谒妈祖的圣地，以其自然景观之美，故同时是游览的胜处。然而人文景观往往为人们所忽略，我以为这是很可惜的。一般的海岛，岛上多岩石，其周围海上多礁石。湄洲岛亦然。但这里的礁岩、岩石与妈祖文化具有密切联系。船自文甲码头出发，在海上行驶十多分钟后，便能见到靠近湄洲岛的海面，远远近近，罗列不少礁岩，小屿，它们的形状多变且极美。这些礁石披上各种有关妈祖传记的美丽色彩。譬如，有的礁石如桃，如一盘蔬菜，有的如镜，有的如虎如狮，如二扇门，等等。而这些桃、蔬菜是供奉妈祖的，镜是为妈祖的梳妆而立的，而门是为妈祖的海上门户，狮和虎是为妈祖守门的。我特别赞赏有关一盘蔬菜的礁石传说，觉得这中间饶有民间的饮食趣味，并且想到妈祖虽身贵天后，在民间传说中是被平民化了的。

妈祖祖庙位于临海的一座名曰庙山的丘冈上。巍峨的、金碧辉煌的，富于中国传统宫殿、寺院建筑气概的建筑群，错落排列于生满相思树的许多岩石之间。我觉得有关妈祖的神话和民间传说自宋至明清，逐渐丰富；随着我国释、道、儒各种宗教各自的发展及其影响，各种教义各自融化渗入这些神话和传说中，妈祖祖庙建筑群的一些庙宇以及所供奉的神祇，也糅合着多种宗教意识，譬如主殿中供奉千里眼、万里耳诸神祇，便具有道教意识，钟鼓楼之建筑，具有佛教意识。还有梳妆楼、寝宫等，则是只有像妈祖这样神位极尊的女神才能有的了。妈祖祖庙主殿之后，有一山岩，此山岩耸立若一平台，有人供奉香火。它具有特殊的一种人文景观，即这里是妈祖升天处。神殿中的妈祖显得慈祥和对于世人的某些悲悯感，但气氛多少显得有些威严，而升天处使人感到平和；这里没有神像，却似乎更能使朝圣者感到神灵永在！

湄洲岛有一部分居屋颇具特点。我觉得这些居屋粗放、坚固、朴实，看不见任何装饰。它们都是用石头砌成的，屋顶以石条盖成，如长方形的石埕。不知何时形成这些居屋建筑模式，我觉得这与湄洲岛的地理环境、自然条件和渔业生产可能都有关系。岛上常受台风袭击；屋顶如石埕，既可拒风，更可作为晒鱼及其他食物（如地瓜）之用。这些民屋也形成了当地独特的人文景观。我多次到湄洲岛来，见到由这类石屋自然形成的村巷里，一些渔民妇女的装束颇引人注目。最特别的是她们的裤管由大红大黑等色布匹裁成，色彩对比强烈。她们的发髻，称为妈祖髻，在后脑勺上梳成船形，系以红绳，饰以银器。这种发型，我在别的山村或渔村里都不曾见到，这种发型是一种富于民间色彩的构思。但是否从妈祖在世年代，即在十世纪末叶就已流行于此岛，则不得而知。

我很喜欢岛上的防风林带。湄洲岛上最著名的沙滩为狗尾山沙滩；这月牙形的、长达一两千米的沙滩，前面是浩瀚的大海，其后为宽数十米、长两三千米的木麻黄林带，这林带还在扩展，我曾看见成百上千的岛民在海涂上挖树穴，继续种植木麻黄。这林带使岛上出现良田，又与大海、沙滩融为一体，成为一种十分美丽而又十分有气概的海景。我曾在此林带中漫行，听见一些鸟声，与潮声一起传入耳际，感到饶有趣味。有人以为这座背靠雄伟的防护林带的沙滩，不宜称为狗尾山沙滩，拟改名，对此我不敢苟同。湄洲岛上有狗尾山、鹅头山等山名的称呼，这都是岛民对于岛上山峦之朴实的称呼，在一定程度上反映了某种民间意绪，通俗有趣，以不改为宜。

湄洲湾

我们乘坐的机帆船，缓缓地离开了醴泉半岛的商业码头，便开始航行于湄洲湾的内澳海域了。莆田湄洲湾建港工程指挥部的楼屋，建筑于靠近海岸的一座丘陵上。它和丘陵上的岩石、树木、番薯地一一后退了。港湾更加宽阔地展现在我的眼前。海水呈深碧色，呈深蓝色，海面上出现大小岛屿，有如一座又一座棕色的山立于海中。这是一个美丽的海湾。我们乘坐的是一只平日用以运沙的机帆船，它在海上显得很小很小。船帆低垂下来了，没有风浪。小船平稳地向着东南方向，向着前方的港道上航行。

从海上首先看到一座海堤，一座石造的海堤自醴泉半岛向东延伸，把秀屿和陆地连接起来。据云，在古代原来有一条长桥，一条跨越海上的石桥，横在秀屿与半岛之间，名曰"铁锁桥"。它已完成自己的历史任务，现在消失了，为海堤所代替。从海上看去，远远便能望见秀屿的山峦。那山峦上有许多裸露的石头，有一座古庙。又据云，在古代，那山峦上还筑了一座城堡，以抗击来自海外的盗贼的掠夺和杀戮。想到这座岛屿，当时孤立海上抗击敌人，心中不禁产生一种崇敬之情。船缓缓地从秀屿港的前侧开行而过，我看见两只巨大的趸船和两座巨大的钢引桥，出现于岸边的海上。这是开发湄洲湾的第一项工程，这是一座泊位很高的食盐的专门码头。我国的食盐已从这个码头运往中国香港、菲律宾等国家和地区。船行中，我看见秀屿港西边的海滩上，停泊着三艘巨大的外国远洋轮船。那里的海滩，原来是一个占地甚大的拆船工地。那些业已显得陈旧的远洋轮的船壳等各项钢材，在海滨的工地上被拆开，将被铸造为新的钢材。离拆船工地不远的山坡上，一座露天的轧钢车间的建筑物正在耸立起来，据云，这里还将建立炼钢厂、修船厂，使现代的拆船工业在这海滨配套起来。很明显，这个尚处于规划、筹建和初步开发的湄洲湾的内澳港、秀屿港正跃跃欲试，已开始振翼欲飞了。

盛夏的太阳从海湾上面的蓝空中，俯视着我们行进的机帆船。时有凉风吹拂我的衣衫。不知怎的，我会想起，这凉风是从湄洲湾外的海上吹来的，它原来是大风，可是经过湄洲岛以及罗列于港湾内的一座一座岛屿，然后吹到我们身上和船上，已见微弱而又凉爽。我们乘坐的机帆船不久便在横屿与罗屿之间的港道上行进。这横屿和罗屿并列着，好似海上的门楣，被称为湄洲湾内澳的第三道门户，它们之外，尚有其他岛屿形成的门户，直到湾口的湄洲岛，形成一道一道的门户，守卫着整座的湄洲湾。我觉得我们的机帆船，在海面上犹如一只采菱的小舟，船舷两侧溅起许多浪花，好像有人自海中举起一束一束的白茉莉花。船虽小，却平稳极了。我坐在船上，想起我们的小船行经的港道，水深据云都在十米至十七米以上，想起五万吨至十万吨的大轮船正可以在这港道上自由来往，想起从最辽远的国土开来的轮船，都可以在秀屿等港口的码头停泊；想起整个湄洲湾的现代化建设的前景和它的繁荣……心中振奋不已。

我们在湄洲湾内航行了约一小时半。第二天，我们将乘车到忠门半岛，从那里的文甲海峡，改乘小轮船渡海到湄洲湾口的湄洲岛上去，那里有世界闻名的妈祖祖庙。

闽中妇女的装束

1911年，冰心老人还是一位小姑娘时，曾回到故乡福州。她在《故乡的风采》中，有一段文字记述当年福州农村妇女的服饰和她的印象以及感受。不妨引录一段：

> ……"天下之最"的福州的健美的农妇！我在从闽江桥上坐轿子进城的途中，向外看时惊喜地发现满街上来来往往的尽是些健美的农妇！她们皮肤白皙，乌黑的头发上插着上左右三条刀刃般雪亮的银簪子，穿着青色的衣裤，赤着脚，袖口和裤腿都挽了起来，肩上挑的是菜筐、水桶以及各种各色可以用肩膀挑起来的东西，健步如飞，充分挥洒出解放了的妇女的气派！

冰心老人这里所称"解放了"大概有这样的意思：福州农村妇女能赤着脚劳动，十分健美；与那时还缠着小足的某些妇女相比，是"解放了"。冰心老人歌颂福州农村妇女还在于她们善于劳动，能自主！此外，我要说的是，冰心老人把当年福州农村妇女的装饰，描绘得生动入微。我是二十世纪三十年代才第一次到福州的，那时，我在福州街上看到冰心老人所称健美的福州农村妇女，她们的装饰、神采一如冰心老人所描绘的。

她们发髻上插的三支银簪子，十分夺目；我记得，她们的腰间还扎着绣花的青色腰带，也十分别致。冰心老人乡情极重，她于不久前，还托福建友人，是否为她拍下头上插着"三条簪"的农村妇女的照片。据云，她的祖籍长乐乡间，至今还有这样打扮的妇女，而在福州已不多见了。

福建的惠安农村妇女的服饰，已经闻名遐迩。惠安农村妇女一般被称为"惠安女"，她们以善于劳动著称。二十世纪五十年代，我曾到惠安的崇武半岛及其附近的大岞、小岞等渔村。这一带渔村的妇女的装束，的确很富地方色彩。她们戴着小小的尖顶竹笠，笠下的花布头巾把发髻和双颊包得紧紧的，在下巴处有一银簪把头巾的下垂部分别起来；她们的上衣很短，把腰部和肚脐露出来；她们的下裤管很宽，有如海鸟的双翼张开来；她们的腰间系着银腰带，手上足上戴着银手镯、银足镯。她们的身材矫瘦，两肩上却能挑上所有能用肩膀挑起来的东西，这中间主要是挑建筑房屋的石头，石头挑起来，健步如飞。惠安是出打石名匠的地方。八十年代初期，我到北戴河、庐山等风景区去，这些地方正在建筑旅游宾馆，我都见到惠安女完全一套家乡装束，和由惠安来的石匠一起在工地上打工。八十年代中期，深圳特区兴起了，那里如火如荼地进行建设，我到深圳参观时，也见到惠安女全身家乡装束，戴着手镯，系着银腰带，围着花头布，和由惠安来的石匠一起在工地上打工。除了一直敬慕惠安女的劳动才智和身体矫健外，我有一个想法，即使在像北戴河、庐山那样的，穿着形形色色服饰的中外宾客如流的地方，特别是像深圳那样到处是夹克衫、牛仔裤之类的外来服装流行的开放城市，惠安妇女也不改家乡的传统装束，她们的心灵中，必定有一种对于某种审美意识的执着意志和顽强信仰；当然，也许还存在某种难以打破的习惯力量？

我想趁此机会，略谈一下泉州一些妇女的发髻的装饰和家乡莆田湄洲岛上妇女的服饰和发饰。泉州为文化名城，早在宋元时，就是我国对外最大的贸易口岸；有人云，它是海上丝绸之路的起点。这里的文化遗迹，说不完。那么，泉州某些妇女的发髻上最引人注目的是，发髻的四周，插上一圈又一圈的花环，这大体是茉莉、含笑以及小黄菊组成的花环，加上一些金银首饰，给人一种格外强烈的、浓重的华丽的装饰趣味。这些发髻上插上花环的妇女，大半在小巷小街摆着卖花的摊子。也可能是花农，由于长年田野劳动的关系，体质壮健。湄洲岛位于湄洲湾的入口处，是女神妈祖的祖庙和她升天处。近些年来，海外（包括五大洲）信奉妈祖和研究妈祖的华侨、台胞、华人和海外学者，到湄洲岛朝圣、访问者不绝于途。岛上的一些妇女，头上梳的是船形的妈祖发髻，她们的裤管用大红大黑的布分段相接，色彩形成强烈对比，为他处所罕见。这些妇女多是渔民的妻子，打着天足，在田间劳动。她们由于长年劳动，体态也显得格外健美。

（收入《汗颜斋文札》）

自传散文八篇

关于山

若干时日以来，忽发异想，拟着手写作有关对于故土、故人等的怀念和追忆的一系列的小品文，它们将带有某种自传性质。我于1918年1月间（夏历丁巳年十二月十七日巳时）生在莆田故宅的一间居室里。故宅当是始建于明末清初的一座民居的古建筑，五进，这里住着郭氏家族的二十余户族人。我家住在第五进，共有三室，其中右边一室作为餐室兼厨房之用，中间一室为祖母所居，最左的一室原为父母所居，我便出生于父母所居的这间居室里，它有天窗和木格的窗户，后来它便是我的居室，而且是我结婚时的新房。

我想说说二十世纪二三十年代，我在儿童以及少年时代所认识的、故土的山。那些时日，离开我已经很远了，但故土的几座山的仪表至今留在心中。而且，我要说，自己最初所受故乡的传统文化的教育，往往与这块美丽的土地上的山水有关、与其自然景物有关。莆田俗称有二十四景之胜，其中如"壶公致雨""石室藏烟""东山晓旭"等皆与山有关。莆田有平原，有兴化湾、湄洲湾、平海湾，但我最初认识的故乡自然地理又似乎是山，不论立于故宅大门前的石阶上，还是立于我出生的居室前面砖埕的石阶上，越过附近古老居民的长满瓦松的屋顶以及龙眼树园的树梢，都可以望见壶公山。似乎在我才两三岁时，甚至还在襁褓中时，祖母或是母亲抱着我，站在故宅大门前或是居室庭前的石阶上，指着远处的山（壶公山）影，说："山！山！"

看来壶公山和我襁褓时期初学语言的单音有关。此外，小时，我似乎喜欢坐在石阶上，眺望壶公山。它在我的心目中贮存了丰富的形象，以致当我使用"山"这一文字语言时，往往在心中浮动若干有关形象以及尊敬之情；大概也因此之故，山字（或山的语言发音）对我来说成为具有特殊魅力的文字语言之一。壶公山确实是很美丽的。它临着兴化湾和平海湾，拔地而立于兴化平原的大地之上，高约七百八十八米。不论阴晴，不论哪个季节，不论晨、昏或日午，它的色彩和景象都是微妙地变化。不知道从什么时候开始，我曾觉得它像一位穿着宽阔长袍的老人坐在那里；又，大概至少是读了私塾以后，即六七岁以后，又幻想它像酒醉时坐在那里的李太白；也曾感到它像日本的富士山，而这大概是在自己在小学就读以后，才可能有此类联想。一句话，不论在我的联想还是想象中，它像老人，或有如富士山，其外形看似固定不变；而现在想起来，其美丽处，或者说其能吸引我在少小时的注意力者，正在于不变中时或出现微妙的变化。这种变化当然和气候、光线等有关。"壶公致雨"为莆田二十四景之一。除了山巅出现云层，预兆下雨的气象效用外，古人提出"壶山致雨"作为一种景色来对待，我意由于在天将下雨时，山间行云具有难言的变化之美。我至今犹能记得小时有次见到家乡下一阵骤雨时，壶公山出现的变化，那时，我坐在故宅大门前石阶上吧？我看到山体于不觉间从蔚蓝转向灰蓝，随后见到山有了浮云，它们好像海上的风帆在那里浮动，而大约就在同一刻间，海湾外的风骤然刮来滚滚的雨云，把整座壶公山都遮住了，随即一阵骤雨降临了……正如乡谚所称，这叫"过头雨"，不一小会儿，一阵海风又刮走了遮住山体的雨云，壶公山又如一位穿长袍的老人坐在那里，而使我格外欢喜的是，我见到它的西面天边挂着一条彩虹！

大概自己在很小时，便惯于痴痴呆呆地对于周围自然景色进行观察，包括上面刚提及的诸如对山上云的变化、雨的来临的观察，这类看似天然的兴趣或习惯，使少小时的我从中得到某种愉悦、满足。

在二十世纪二三十年代，莆田城关多半是古老的平屋以及龙眼树的果园。在城关内不仅可以向南眺望壶公山，还可眺望与它相毗邻的青山、塔山、双髻山等；而九华山等的山脉则似一面林木葱茏的大屏风立在城关之西。这些山峦，我小时便都很喜爱它们。不过，于此我只想记述对于石室岩和东岩山的怀念之情。

离我的故宅所在书仓巷不太远处，是明代洪武初年所造的兴化府署所在。但在我小时，此署已圮，只剩署后几椽木屋和两株古榕树。而大部分遗址，当时辟为体育场。可能是我在砺青小学就读时期，课余喜至那里游玩，特别是暑假时，常到那里的榕树下乘凉、看书。那里地势较高，向西眺望，便可望见石室岩，只见那里的林木、塔、寺院以及神庙，一一氤氲于一种朦胧的、蓝色的轻烟中间，恍如一幅画。这种风景，使我深感它被列为故乡二十四景之一的"石室藏烟"，是很有道理的。至于东岩山，是位于城关内西北隅的一座小山冈。它也叫乌石山。记得也是在小学就读时，但却说不清是在什么情况之下初次上东岩山的。然而，我完全记得清楚，在念小学高年级至初中一二年级，即十至十二三岁期间，每年暑假，几乎每日下午二三时即结伴至东岩山游玩、乘凉。山上怪石累累，不拘位置；而乔松数百棵，错列于坡上或石间，亦不拘位置。似乎在少年时代，我便隐约感到，古松和岩石是山上美丽的风景，但更美丽的好像是从随意立于石间的松树间传来的风声和清凉。现在想来，有此感受也不奇怪，因为当时我从老师口中知道，郑板桥画竹、石，画面间能传来风雨声，故其画更显得美丽。东岩山另一美丽处，是在山外有景，这便是，立在山上北面的明代古城墙的堞垛间，可望见家乡三大河流之一——蓝色的延寿溪以及果林和古代的水闸；小时，便听老师说过，这美丽的延寿溪之畔，有宋代故乡最大的诗人刘克庄的墓，因而，小时从东岩山北眺延寿溪的风景，幼小的心中也会隐隐出现一种对于古代贤人的仰慕之情。

大约五岁入蒙馆读《论语》《千家诗》等课。大约八岁入砺青小学就读，十一二岁入莆田初级中学就读。塾师和学校老师，往往在授课间乃至闲谈间，有意无意地授我以有关家乡的传统文化教育和乡土的历史、地理知识。这类教育及其有关知识，大半与故乡的山有关。从历史或地理教师的讲课或谈话间，小时便知壶公山上的岩石间，发现古代的牡蛎壳附着其上，还发现古代的船桅；不仅如此，即在城关内原兴化府署所在地，也曾于偶然间掘出古代船舵，而在离城关两公里的南山之麓，至今还曾发现地表之下出现盐卤。据考古学、地质学的调查和研究，壶公山原是一座熄灭了的火山，大约在一亿五千万年以前，它不过是一座立于海面上的岛屿；而现今城关以外的郊区，大约在唐代以前，还是一片与大海相接的汪洋。诸如此类有关家乡这一块土地的一段自然史和地理变化，曾引起少小年代的我在心中生出难言的兴味和想象力，老师的这类口述，仿佛能引导我至家乡在太古年代的自然历史中去旅行。

故土上的这些名山，都有古刹、古观或古祠以及古塔等。这些古建筑的造型，木雕、石雕、彩绘以及泥塑等，都是珍贵的艺术品，无疑曾经从小给我以某些美学陶冶和启示；这些古建筑的匾额以及廊柱楹联上的书法，多半有署名，多半出自家乡历代乡贤的手笔，仅仅浏览这些楹联和匾额上各擅其趣的书法，也似乎从小就给我一种愉悦。东岩山上的三教祠是一座很特殊的宗教祠院。祠内祀三教主林龙江先生。先生是明嘉靖年间人，精通儒学，并通道、释，倡儒、道、释合一之说。少时，每至东岩山，往往至三教祠谒林龙江像，像木雕贴金，儒冠布衣，貌极慈祥。这位倡导三教合一的教主，对于哲学的理解比较自由活泼，他似乎不认为任何宗教都不可以变通的，他似乎认为应该吸取各派哲学之长而融化为一种新的合适的思想体系。

故乡的高山都在境内的西北隅。以其高，故成为偏僻地。但在十一二世纪，比如在宋代，这些高山间却是出重要文人、学者之地。宋代大史学家、大学者郑樵，便曾在此自筑草庐三间，杜门谢客，专心著述，其不朽之巨制《通志》，凡二百卷。小时曾读他的自题草堂文，"斯堂也。本幽泉、怪石、长松、修竹、榛、橡所丛会，与时风、夜雨、轻烟、浮云、飞禽、走兽、樵薪所往来之地，溪西之民，于其间为堂三间，覆茅以居。"当时，感觉此等小品文写得清新、潇洒；稍长，读晚明诸家长，感觉郑樵不经意写出的这类小品文，公安一派文章与之或有某种渊源。传说当时朱熹等曾访问郑樵，山中有一石桥，即郑樵迎接朱熹之处。

1937年秋，我十九岁时，与秋声结婚。当时她才十七岁，是广业里山区人。次年夏，我随她至她的娘家，一座名叫后洋村的山村看亲人。这是我初次到了故乡最偏远、最高深的山中去。记得我们离城关向西北行，约五公里，至进入山区的山镇西天尾镇，记得那里布店、百货店、药店、香烛店以及点心店等，虽然铺面很小，行业齐全，是这座大山的大门口。这座山镇，当时尚颇见繁荣。过了西天尾镇，便开始走山路，随即又开始登岭。最先登的是一座全县著名的澳柄岭。上下此岭约需一小时，岭路皆为石磴，古老而富有中国画画意。一路山花烂漫，至今难以忘怀的是，路旁深林中的红色百合花，山路上络绎不绝的挑着山货的山区妇女，她们强壮、自重、耐劳、快乐，具有故乡女子的各种美德。

至秋声的娘家后洋村，还要过两个岭。从地理形势来看，给我一种具体而明确的印象，便是这山村的周围，的确是山中有山，岭有中岭。后洋村当时有二十余户人家，却在村庄周围山与山之间、岭与岭之间的小盆地耕种上百亩的梯田，在山间经营不知多少亩的竹林和杉木林。为此，在很短的几天时间内，我便感受到山村的农民是多么的勤劳、机智和勇敢。特别是村里的妇女，几乎人人有高强的、超绝的劳动本领。比如，我的岳母便会下田使牛犁田。至于自然景象，的确只有身临其境者，始可随时得到自然的某些特殊恩惠。就说花吧，一天，村里一位农民带我到附近山间漫游，完全出我不意的，竟在林间一处斜坡上看到一大片正在盛开的兰花，这真是一座天然的大兰花圃。离村庄若干里的一座流着泉水的悬崖下面，看见那里的一泓深潭的水面开放几朵野生的睡莲，真是楚楚动人。就说鸟吧，画眉、山雀、鹧鸪、喜鹊以及鸡、扒竹鸡等，各种鸟类的鸣声，随时可以在村前屋后听到。秋声娘家的居屋前面是晒谷场，场前有一条山间的小涧，涧边山冈是松林和其他杂木林。一天，我正从晒谷场走到涧边来，听到林梢有"咯，咯咯"的鸟鸣声，抬头一看，竟然看到一只拖着白色长尾巴的白鹇从林梢飞过，像白孔雀那样美丽。

在这篇散文中写到后洋村——我的爱人秋声在山区的娘家时，我不禁怀念起她和岳母。至今，秋声已离开我十年，岳母也已逝世十二年。

关于溪流·海和平原

故乡莆田的莆字，据云原来写的是"蒲"字。大约我初入砺青小学（那时我才八九岁）就读时，就听见老师说过，在很久很久的年代以前，县城外面以东以南的土地都是水和蒲草，并且与大海相连。对此，或者可以作如是理解：盛产稻谷，种植黄麻、甘蔗以及蚕豆，种植荔枝、龙眼以及橄榄的兴化平原在那样的年代里，可能并未真正形成或出现；那些年代，那里当然还见不到村落、小镇、神庙乃至演兴化戏的戏台；对于在辽远的历史时期中的地理现象及其变化，当时年纪虽小，听了老师的讲述或介绍，心中隐约间也会出现某种儿童的神奇感。记得还听见老师说过，为使水和蒲草消失而让兴化平原出现，家乡早先的人民把"蒲"去了三点水，写成"莆"字。这也许是一个民间故事，但我似乎从小就确认这个民间故事是有意义的，它表达了我们的祖先把某种不宜耕种的土地更改为良田、果园，并在其间开创村庄聚居的意愿。

在小学就读时，便听老师在课堂上说，家乡莆田海岸线很长，达二百二十余公里，有兴化湾、平海湾、湄洲湾，沿海大小岛屿多达一百五十余座。有趣的是，我的记性一向不好，可小时知道有关故土的海的数字，至今犹能记住。这也许因为老师介绍此等情况时，站在一幅乡土地图前面讲解；而这种乡土地图所标志的河流、海湾、岛屿等，对于儿童也有一种神奇感。可是，住在城关的人，从小看不到故乡的海；因为真正的大海离城关三四十公里。城关的一般人，往往直至老死只能看到"内海"。到现在想来，我都算是幸福的，大约在小学就读期间，就有机会既看到"内海"，又见及大海。记得刚进砺青小学不久，有一天，老师带我们去春游。地点是到东门外的阔口村。那里离城关不过两公里许，是南宋丞相陈俊卿的故里；另外，那里有一座古石桥，跨在淡水与咸水可以相互渗透的"内海"（亦称"海脚"，乃海水浸蚀至内陆的小水道）上。在我的儿童、少年时代，人们喜欢赞美家乡出生的那些历史上的贤人们。陈俊卿当然是其中之一，他于宋绍兴八年（1138年）登进士第二名，为官时因与秦桧相忤，被谪，生平一贯主张抗金，是"主战派"。他的这类事迹在民间和少年儿童间流传。记得那次我们去访问他的故里时，老师又津津有味讲了一番他的事迹，可是我们到时，只见那里已是种着许多龙眼树的村庄，只在附近见到一口池塘，说是其里第内花园的莲花池的遗址。不过，那次却站在阔口村的古石桥上，看到正在退潮时的"内海"：那泥滩的积水洼中间，有很多的跳跳鱼，它们的头上有两只突出的眼睛，身上有青色斑点，在水洼间钻来钻去；还见到很多小螃蟹，在泥滩上爬来爬去；我至今记得，当我们把一小块石头往泥滩丢下时，那些小螃蟹便立刻钻进小泥洞中去，一只也看不见……

　　我初次见到家乡的大海，记得是在砺青小学快毕业的前一学年（大约十一岁吧）。我的伯祖父家里，有位保姆是平海人。她的儿子阿福比我大两三岁，常从平海村来到城关伯祖父家里，和我以及我的堂兄弟们玩得不错。阿福常和我们谈到海和船，以及沿着海岸筑起的古代的城堡，等等，这些多么富于吸引力。所以，我们很想到那里去游玩。这年，我和一位堂兄终于得到家中的同意，跟着阿福去平海村。我们在东门外的梅花亭租了两匹马（我和阿福共骑一匹马，堂兄骑一匹马）。记得在二十世纪二三十年代，从城关到沿海各村镇均无公路可通，马成为旱地的重要的交通工具。沿海从而有所谓马夫这一职业行当。现在我还记得那天为我们赶马的两位马夫。他们都是四十出头的人，上下唇全是乌黑的胡楂，他们大约原来是沿海种旱田的，强壮而温厚。他们在梅花亭的马站里给马喂饱了稻草，然后就把我抱上马鞍，又帮助阿福和我的堂兄上马，随后便赶马上路了。对我来说，这是童年也是一生中第一次"远游"，我们骑马沿着县境东南的古道前行，记得曾在黄石、笏石、棣头等镇休息，给马添料。我记得很清楚，两位马夫是半走半跑地赶在马后，脸上满是汗。那两位马夫喂马的情景，以及一路追在马后的情景，从那时起便留在我的心中，一直不能抹掉。

记得从梅花亭马站出发后不久，一路上便能看到一些海堤，土筑的海堤，石垒的海堤。当时年龄小，但朦朦胧胧地感到这是家乡人民使海和平原的关系取得和谐、取得平安相处的一种重要水利工程。大约过了棣头镇以后，我们骑在马鞍上便时或能望见远处闪烁浪花的蓝色大海，以及浮在海面的小屿和礁石。离棣头镇马行不过一小时吧，便到了平海镇。一到镇上，便听见海水正在涨潮的哗哗喧响。阿福家住在海岸陡坡上的村落里，他家的石屋门对着大海。这是一座有趣的石屋，和村落其他渔民的石屋一样，门前有一块晒鱼场，大门和窗户都一定面向大海，因为据说这是为可以眺望从远海回来的船，也为了承受从海上吹来的风。阿福家的石屋以及村落其他各户石屋前，大都摆着渔网，晒着鱼干，海边的空气新鲜，又有一种鱼腥味。正是秋天，天气一直晴朗，我一共在阿福家住了两天。当时海给我的印象，现在回想起来，是朦朦胧胧地感到它是一种无边的、巨大的存在；感到海上的风声和潮声是世间最洪亮的音响；感到驾船出海的渔民是世间最勇敢的人，最聪明的人。记得到平海的第一个晚上，阿福便领着我和我的堂兄踏着月光走到海湾的沙滩上去。讨小海的几只小渔船刚回来不久，各种大小不一的鱼都倒在那里，黄瓜鱼、鲳鱼、鳗鱼以及许多叫不出名的鱼，混杂一起；渔行的伙计用大秤就地收购一筐筐的杂鱼。沙滩后面的海岸上，有几间小酒馆。我看见一些渔民卖了鱼便走进酒馆，现在似乎还想得起来，当时我对于他们心怀一种尊敬和羡慕之情。

当时，我们曾登上平海城堡，城墙、雉堞都以石头筑成。站在城墙上看海，海湾的沙滩似乎就在城下咫尺之近，而大海似乎显得更加蔚蓝和辽远，而远处的船只真像树叶在无边的海面上浮动……所有这些印象，至今留在记忆之中。我曾查有关史乘，平海石城始建于明洪武元年（1368 年），是为了防御倭寇而筑的；据史乘所载，同年，还在临湄洲湾的莆禧镇筑一石城，与湄洲岛相望。我到了晚年，始有机会多次到湄洲岛拜谒妈祖祖庙和这位古代女英雄的升天处。这座石头城堡保存和重修得甚好。

在我的故乡境内，无大川流经其间。故分别从德化、仙游过境并入海的三条水，皆曰溪，即木兰溪、延寿溪和荻芦溪；但称之为溪，或是一种谦逊的称呼，也未可知。它们的乳汁哺育故乡的土地，我从小便知道家乡的平原上盛产稻谷、大小麦、蚕豆、黄麻和甘蔗；水渠的两岸、许多说不出名的丘冈以及村庄的屋前屋后，又都是果树林；这些都是一种恩泽，使生长于斯的人不知不觉间心生感戴和眷恋之情，并不免感到自豪。

三水中，木兰溪最大，流过整个兴化平原，然后在三江口入兴化湾。木兰溪有一座可与都江堰相媲美的宋代水利工程：木兰陂。陂址离城关约四公里，在砺青小学就读时，有一年老师曾组织同学们到这里春游。记得那年的春游，老师还吩咐高年级一些能吹竹笛以及拉胡琴的同学随身带了乐器。这使我初次看到木兰溪和木兰陂。"木兰春涨"为家乡二十四景之一。记得我们穿过溪畔的荔枝树林、龙眼树林以及随意生长的古榕树林前行，很远处便能听到水声。到了陂前，只见蓄于陂内的溪水从二十八孔陂门间泻下，其瀑如雪崩、冰裂，如雷响、钟鸣；这种壮丽景色，不，应该说清楚，家乡土地上出现的这种壮丽景物，使一群小学生——我和一起来的同学感到神奇、惊喜以至崇拜！我至今记得老师说过，这是汇集了德化、永春和仙游三县山间三百多条涧水，在春天时从这里一起奔泻而下，自然有力量，自然壮观。

木兰陂南岸的陡坡上有钱妃庙。它掩映在古榕树之间，四近有农舍。庙内祀木兰陂的建造者钱四娘、林从世、李宏和僧智日。用现在的眼光看来，他们都是古代的大水利建筑专家、社会公益事业的首创者和组织者、目光投到后世百姓福祉的大智者和疏财仗义的大慈善家；用现在的眼光看来，我似乎更应该说，他们都是坚毅的人。在我的家乡，在群众中，除了妈祖有极为崇高的声望和受到膜拜以外，钱四娘也是一位女英雄。民间传说和地方戏曲通过各种故事赞美她的德行。而据史乘的明确记录，这位古代女子于宋治平元年（1064年）携巨金从长乐来莆田，修造木兰陂，不幸陂成时溪洪暴涨，陂被毁，钱四娘亦以身殉职。随后，又有林从世（是一位进士）聚金十万缗来莆修造木兰陂，亦未成其功。至宋熙宁八年（1075 年），有侯官人李宏携钱七万缗来莆，并在僧智日的帮助下——用现在的话说，总结和找出前两次造陂失败的原因，选用新址（即现今所见的陂址）筑陂，终于功业告成。当然，于此我不能不顺便加上一笔，这便是：木兰陂的建造是古代家乡千万人民的意志和智慧和他们对于幸福和改良自然的愿望的永远令人尊敬和怀念的杰出成就，而钱四娘、林从世、李宏和智日等是人民的杰出代表。我至今记得很清楚，那一年春游时，老师除了带我们一群小学生观赏木兰陂春涨时的景色以外，又带我们到钱妃庙瞻仰钱四娘等几位古代英雄人物的塑像，并简要讲述了他们的历史功绩。随后，老师要带来乐器的同学在庙内的天井里演奏起来；于是二胡、口琴、木笛以及胡琴一起演奏起来了……不想，这场演奏竟吸引了许多附近的男女老少；那时正是春麦收场时节，钱妃庙外面便晒着不少麦秆，有人用麦秆吹起麦笛来了，也有人采下荔枝或是龙眼的树叶，吹起叶笛来了……

木兰陂建造后，水沿着木兰溪的溪床和四通八达的水渠流动，咸味的海水在海堤外面奔腾，整个兴化平原不至于淡咸水混杂，蒲草也不见了，良田、果园、村落、村镇以及乡村中的那些庙宇、祠堂……出现了。一句话，兴化平原成为富庶的、美丽的土地。我的本家（即姓郭的族人），有一部分聚居于兴化平原的海尾村、南箕村。

故乡境内第二大溪为延寿溪，它也是汇集众多的山间涧水从仙游县入境的。我小时在城关的东岩山上，便能眺望它的深蓝的流水。延寿溪上也有陂，曰泗华陂。那里离城关不到两三公里，也是用大石头垒筑而成的。此溪两岸皆为果园。譬如泗华陂左岸的下郑村，全村土地上全是枇杷、龙眼、杧果、橄榄、梅树、桃树、番石榴、柿树、阳桃、柚树等；全村房屋以及一座尼姑庵掩映在果树中；一进村，只听见陂上的流水声，一到林中，只听蜜蜂声、鸟声，闻到花香。从泗华陂上溯一公里，有一座十三孔的宋代古桥，桥两端有古樟、古榕，两岸也都是果树。在这里，除石桥本身为一古迹外，从桥左的石阶下溪滩处，有一块光滑的大石头，曰钓鱼矶，传说是唐代名士徐寅钓鱼的地方。徐寅，唐乾宁元年（894年）进士，擅长作赋，是当时长安著名的才子。我少时，曾听老师说过，徐寅的《人生几何赋》《止戈为武赋》等传诵一时。延寿桥之右，在几棵古榕树下，有宋人陈宓所书"延寿桥"的石碣一座。陈宓曾授业于朱熹。故乡学人均称，朱熹理学之传入莆田，与陈宓大有关系。1991年9月间，因拍摄电视片《南国叶笛》，我曾临延寿桥以及延寿溪附近的果园。那块徐寅的钓鱼矶已经不见，而陈宓所书"延寿桥"三字的石碣仍在。我虽然老了，面对故乡的古迹，不免思及前代贤人业绩，心中感念不已。

记莆田城关

古老的莆田县城，用石头建成城墙和雉堞。据小时听一些老人称（以及后来我考查有关史料得知），故乡的城自宋太平兴国八年（983 年）至明万历九年（1581 年），重修、扩建一共六次，起初是土城，后为砖城，至明代嘉靖年间，为了防御倭寇的侵扰，才逐渐改建成为石城。这是很雄伟的城堡，城墙很高，有四座城门，上有城楼。不知道是个人的天性，自小喜欢高旷和可以远眺的地方，还是小时某些游憩的地方养成个人的这种天性？从七八岁到十二三岁吧，在那些晴好的清晨，特别是夏天的一些清晨，我喜欢从家中来到城墙上游玩。城墙内大半是龙眼树园，城墙外过了护城河，是广阔的兴化平原的田亩和水渠，护城河以及水渠畔，则全是荔枝林。城墙很宽（据我后来考查史料，宽一丈），都是用石条铺盖而成的。雉堞和城墙上的石条、石砖，在我的印象中都保存得完好，但从石缝间会长出狗尾草、蒲公英、野菊来，有的地方还长出荆棘。七八岁时，跑到城墙上来，主要来捕捉蜻蜓、蝴蝶以及蚱蜢，不一定能抓到，但觉得很好玩。年纪稍大以后，来到城墙上，则似乎有很多想法，如来"吸收新鲜空气"以及跑步，如来背诵诗文；还有，便是坐在雉堞和雉堞之间的石墙上或从垛口间眺望城郊以及远处的风景，等等。

在城墙上，从这古代防御工事的建筑物之高处，眺望风景，是多么愉快的事。当年，我有时天未亮即跑到城墙上来，天空中还有几颗星或一钩月亮。那么，在这样的时候，便会看到城墙外面护城河边停泊许多有篷的木船，船上的船民正在船前的小风灯下烧饭……那时，年纪虽小，我却想到泊船水边以及船行水上的生活，当是多么有趣。有的早晨，从城垛间会看到一望无际的兴化平原上，浮着一层轻纱似的薄雾，把甘蔗田、荔枝林以及种着水稻的田野都蒙在这灰白色的铺得格外辽远和无比宽阔的轻纱下面；有的早晨，从城上眺望，会看到屹立于平原、南面临海的壶公山，山腰间浮动着云层或缕缕的云絮，而山巅则被阳光照耀着，显出发亮的深蓝……那时，年纪虽小，似乎已于不知不觉间感受到登高望远能得到某种乐趣，以及感受到故乡土地的美丽。

在莆田城关有一座雄伟的古建筑，世称古谯楼，俗称鼓楼。它是故乡第一次建筑城堡（宋太平兴国八年，即 983 年）时创建的，古代曾在楼上设置更鼓、刻漏，为全城报时的地方。它曾多次毁于火，又多次重建，现在我们可以登上的古谯楼，是清康熙年间重建又在嘉庆年间重修的。它高三层，基层用巨大的石条砌成，有巨大的拱门，上两层为木建筑，重檐，楼上有回廊，木柱可以合抱。它的造型极似北京的天安门。我极欢喜这座古代的大建筑物。这里也是小时登高望远之地。登上古谯楼之第三层，不仅可以望见全城掩映于果林中的民居，不仅一如在城墙上能眺望南面的兴化平原和壶公山，更可以眺望西北面的群山以及延寿溪等河流的远影。不过这座古建筑物之所以从小使我欢喜，还因为楼上当年常举办故乡一些书画家的作品，而且又是当年全县最大的一个公共图书馆之所在。我喜欢那些画展。我至今记得有一位姓郑的画家，在他展出的作品中，有一些是描绘佛国中罗汉的肖像的；那些"得道"和具有善行的罗汉，有的眉毛能垂到膝盖上，有的敢于骑在一只猛虎上，有的罗汉一只手在挖耳朵；当时我感到这些人物很有趣，像是普通人，又很不一样。这位姓郑的画家还善于描绘山水，其中有一幅画苏东坡夜游赤壁的情景的：舟很小，山很高，月很小，其画意至今使我难忘。我在古谯楼的公共图书馆里，拼命地读一些课外的文艺书，这中间，值得或需要说一下的是，大约在二十世纪三十年代初便在施蛰存先生主编的《现代》上读到戴望舒先生翻译的法国后期象征派作家，例如果尔蒙、保尔·福尔以及西班牙作家阿索林的作品，还记得在上海《申报·自由谈》上读到（连载的）黎烈文先生翻译的法国作家儒勒·列那尔所著《红萝卜须》等。与此同时，我免不了读到诸如《北斗》等期刊，读到鲁迅先生翻译的《毁灭》以及《表》等苏联作品。现在想来觉得有趣，在我的少年时代，竟能同时接受多种艺术倾向的呼唤乃至诱惑！而不论如何，当时所读的文学作品，对于我以后的文学创作均或多或少地发生某种启示和影响。

家乡城关内有许多牌坊。在我的印象中，它们都是美丽的、庄严的，在小时还认为它们是受人尊敬的古代建筑物。古谯楼之东为鼓楼前与文峰宫路相连的闹市，之南有街曰十字街。这十字街，便有四座高大的石坊，前前后后，相距不太远地建立在街上。小时每次经过这里，总喜欢站在石坊前，观赏雕刻在石柱以及坊楼上的浮雕或穿过石头透刻的人物、花卉、云和龙以及马和车、鸟和松等的艺术形象和图案。这些雕刻和整座石坊的造型，即从细部和整体来看，这四座石坊都是艺术品，它们显然从小给我以某种传统文化和艺术美感的熏陶以及启示，虽然这些原来都是模糊的、朦胧的。十字街上的这四座石坊，建造于明万历、嘉靖、天启年间，分别为陈经邦（礼部尚书）、郭应聘（兵部尚书）、周如磐（文渊大学士、宰相）等而立。不过，在我的印象中，他们似乎并不全然以官位的煊赫而受人尊崇；而主要以为官廉正、在朝不与权奸为伍以及博学多识（如陈经邦曾任神宗太子之师，周如磬曾为熹宗讲经等）和文事之盛才名重一方。

城关还有许多牌坊。其中最明显是为了激扬后人意气以及赞颂本邑文风的，有两座木坊，它们分立于莆田县署外面一条街道的两端，始造于明；立于南面的木坊，匾额上书"文献名邦"，立于北面的木坊，匾额上书"海滨邹鲁"。我相信，像这样的牌坊给予全邑士人，包括近、现代当地知识分子有关文化心理的影响，是微妙的、深沉的、催人奋发的。在城关比较偏僻，即离闹市远些的北门的一条小街上，有一座木枋，匾额上书"开莆来学"四字。据我查考，地方志上未写明它始造于何时，但可以确定，是宋代建造的。这座木构牌坊是邑人为了纪念梁代（六世纪！）名儒郑露与其弟郑庄、郑叔从永泰到莆田讲学的业绩和功勋的。我记得那坊楼上也记着他们的姓名。当时，故乡尚是民智尚未得到开发的地方，而郑兄弟看到这里土地的肥沃和山水的明丽，他们在这里播下文化的种子。我记得，小时常听故乡的老人用感激的语言讲述郑氏兄弟开发文化，造福故乡人民的古代贤人的事迹。

城关还有其他一些牌坊。这些古代的美丽的建筑物，形成一种庄严的文化气氛。

在我的印象中，以为在我儿童和少年时代便给予心灵以某种文化和艺术陶冶的，竟然还有建立于城关的一些神庙以及神庙的庆典或迎神活动。其中一些神庙，年代久远，规制宏大，或以其独特的建筑手法和构思，或以神本身的历史地位，等等，而在宗教史上、建筑史以及考古学上具有全国乃至海内外意义。这些古代的神庙、寺和观，在建筑物上有各种木雕、石雕，有泥塑和壁画。我的外婆家，先是住在城关的"小西湖"畔，后来迁至元妙观附近的高吕巷。小时，每次到高吕巷外婆家，路过元妙观时，不知怎的，总喜欢去看看三清殿门扇上的诸如蝙蝠、鲤鱼、飞鸟、麒麟以及花卉的彩绘。也喜欢到我家附近的关帝庙和观音庵去看看壁画。关帝庙的壁上有一幅画，画的是穿戴战袍和甲盔的岳飞和一匹白马；观音庵门口的壁上画着用芭蕉叶当扇和正在捕捉蜻蜓的寒山和拾得的小和尚；我记得回家时，便在自己的室内，暗自描摹起来。家乡的人们，包括儿童在内，都格外尊敬妈祖，这是因为民间一直流传着她的各种故事，特别是她于风雨以及惊涛骇浪的海上抢救遇难渔民的故事，以致她不仅作为一位女神，同时作为一位济世英雄留在人们心中。城关的文蜂宫供奉她的神像。说也有趣，小时不见得是出于宗教上的崇拜，而主要看来是对于传说中这位女英雄的品格上的崇拜，以致经过文峰宫时，总喜欢进宫拜谒这位女神。妈祖纬帐之两边，有传说中的千里眼和万里耳两位神像的泥塑，不知怎的，也总是怀着喜悦的心情在此神像前看来看去；那时，大概已读过《封神榜》之类的小说，此书引发我的幻想，有时竟想象宫中的千里眼和万里耳二神，会腾云驾雾，在空中帮助妈祖察看海上的情况！

迎神赛会（包括神诞的祭典）当然是一种宗教活动，但在我看来，更多的是群众借此机会进行地方文化气息和艺术性很强的娱乐活动。我小时看过多次妈祖诞辰那天的"出游"，这当然是一种表达对于妈祖的崇敬之情的纪念性活动，而同时又是引动全邑老少男女之心的民间文娱活动。家乡的所谓"出游"，是一种民间音乐演奏、民间故事和戏曲人物的化装游行。这种游行几乎组织了全城关以至近郊的文艺力量，特别是业余的音乐演奏力量。游行的队伍按照历年的传统的方式，先是数十面绣着龙凤的长三角或长方形的旗队，随后是锣鼓队，随后是所谓十番、十音的地方乐队，随后，各色民间故事和戏曲中的人物，人们心目中喜欢的艺术人物，如花木兰和穆桂英、梁红玉、陈三和五娘、林黛玉和贾宝玉、诸葛亮、孙悟空、猪八戒、李逵和武松等出现了，他们或骑在马上，或踏着高跷，或坐在彩车上……这是整个民间音乐演奏和化装游行的队伍，长达数里，不仅穿过城关的闹市，且穿过城关若干小巷。我小时就见过两三次这种游行。这种盛大的民间敬神的庆典，几乎使全邑人民沉浸于虔诚、兴奋和快乐的情意之中。这种文化现象含有复杂的心理因素，譬如对于妈祖的信仰和崇拜，但人们渴求有一种通过文艺（如各种乐器的演奏和伴唱）以表达某种情感以及表现个人才智的机会，人们更有一种从文艺中取得慰安和娱乐的渴求。我觉得，从家乡的某些群众性的文艺活动中（包括妈祖诞辰庆典中的化装游行），最能具体地觉察到文艺对于民众的感召力量；而带有民众自发自愿性质的艺术活动，往往能够予人以久远保持清晰的印象。

故乡有所谓二十四景之胜，而其中"东（岳）山晓旭""西岩（寺）晚眺""梅寺晨钟"和"西湖水镜"等景均在城关。东岳山和西岩寺为少时经常游憩之地，风景极佳；但离我的故宅较远，所以不曾到那里看日出以及于夕暮时眺望晚景。但到离我家很近的东关门的城墙上看日出，或看晚霞，这类兴趣，小时是很浓的。是的，从城垛间，越过兴化平原的田亩、荔枝林远望从兴化湾冉冉上升的太阳，的确壮观，至于在夕暮时分（尤其夏天的傍晚），登城眺望城关和郊区满天彩霞，也真美丽。我似乎在很小时，便有一个感受：不论日出或晚景，每次都不一样。

介于城关西北隅的东岩山和西岩山之间，有一古刹叫梅峰寺。一年四季，不论晴天或阴雨天，每日黎明，该寺的钟鼓上那口古老的大钟，都按时发出钟声，这种钟声，悠扬而平和，不仅城关的人，据云全邑的人均可听到；这其实是说，钟声能够传到很远的地方。不一定把目之可见的自然景色或其他景物之可观处作为选定"二十四景"的"对象"，把诉诸听觉的寺院晨钟的声音也作为一种景色，选入"二十四景"之中，这种见解和做法，小时未必能解其高明之处，但从中受到某种启示、某种引导，对于景物的认识和理解的思路，不知不觉之间显得深刻或开阔些。

记书仓巷

故宅的所在地是一条古巷，世称书仓巷。我在很小时便听说过，古代有一位儒者藏书甚富，曾于此巷建藏书楼，因而得名书仓巷。后得知，此藏书楼为宋末左司郎中兼枢密院部承旨郑寅所有。郑氏与当时的名儒真德秀、李燔、陈宓等均友好。所藏书达数万卷，曾自辑《郑氏书目》。此外，还曾刻书，使一些古籍流传开来。但郑寅的藏书楼以及刻书坊的故址，已无法追寻。对于这一条古巷，我曾在一篇小品文中写道："……小时，我的心中会隐约出现一种渺茫的乃至可说是古怪的期望：何时能够于此查出一座古藏书楼的遗迹？"到了年纪稍长，而似乎隐约地感到，居此巷，有一种特殊的历史文化背景和气氛，心中因此出现说不清楚的兴味。

我在家乡居住的年代，即二十世纪二十至四十年代期间，书仓巷似乎未见到有何变化。巷内全是果园和掩映于龙眼或枇杷林中的古宅。即使是一般的民居，看来也至少是五六十年以上的旧屋。有些民居以及祠堂可能在一百至两百年之间。譬如，我的故宅便是一座明末清初年间的古建筑。故宅的西侧，相连着方姓、柯姓的所谓户部祠堂、礼部祠堂，亦为古建筑。从我开始懂事的三十年代至四十年代末至福州定居，这一段时期内，家乡莆田还居留着几位前清进士、举人和秀才；书仓巷内，当时便住着一位姓关的进士，姓郑的一位秀才。他们的住宅或许几经修葺，但仍然是一种地方性的、民间古老居屋的格局。在巷内，一些古宅的大门两旁放置雕刻古朴的石鼓，而不论何时，民居的大门的檐下，总挂着一对红灯，遇着家庆的日子或节日，灯内便点着红烛。巷内不论哪座民屋，屋顶都铺着红瓦，因长年雨淋日晒，而变得紫红、黑红，且长着瓦松。在我晚年时，有时会忽然怀念起来的是，大概由于巷内多为果园之故，时有鸟类，譬如白头翁、八哥、斑鸠、黄鹂以及猫头鹰飞到各户屋顶上来；特别是早晨，从巷中走过，便听见喜鹊在屋上报喜。我总感到有一种田野风趣，又有一种世代相传的、持续的、固执的民俗气氛，出现在我的故宅所在的书仓巷内。

巷内以及附近有许多庙宇。有土地庙、社公庙，有观音庵以及设在民居内的佛堂，有三教祠和关帝庙，出北面巷口的正对面，原来是始创于宋而重建于明的凤山寺，此寺后改为学校，也就是我小时就读的砺青小学。此外还有会仙宫等。现在看来，当时在这条古巷内，道、释、儒三教的庙宇齐全，而人们对于它们具有交错的、互相渗透的崇拜、祈求和信仰。我记得小时在家乡，故乡人对于土地公、社公（管辖里巷之神）、观音大士、城隍爷、玉皇大帝等，通称曰神，或泛称曰菩萨。我记得巷内不论是神庙还是佛庵，均香火旺盛，本巷内乃至附近的一些居民，均一一前往烧香礼拜。这种对于道、儒、释三教一体的膜拜，看来不可以简单地视为宗教信仰，更不宜简单地视为迷信。它是底层群众对于生命的崇拜，对于祥和福祉之祈求的一种寄托。

儿童乃至少年时代，我一直很喜欢巷内的这些神庙以及观音庵。我喜欢那些泥塑的神像以及壁画。书仓巷的观音庵不大，隔着一座龙眼树园，后面便是古城墙。庵内正堂的神龛内，有一尊执水瓶、着长袍、眉目慈祥的观音大士佛像。后堂的神龛内是泥塑的、涂金的如来佛像。庵前的两壁上，是寒山和拾得的壁画，这两位佛教中著名的高僧，在壁画中却是两位小和尚，一人在芭蕉树下扫地，一人在草地上抓蜻蜓。小时，我似乎喜欢绘画。我曾独自在自己卧室的书桌上，画拾得和寒山像，画大肚皮的如来像，也画过手执水瓶的观音像。画成后，便暗中挂在卧室的壁上，学大人们向他们礼拜，自以为会得到他们的保佑。小时上学去，每天都要经过这座小小的土地庙，只见土地公公一直向我微笑。听人家说，土地公公是主当地居民的命运之神，他的心肠很好，暗中关注各住户人家的生活。从巷内庙里土地公公的画像来看，我小时也隐隐约约地认为他是众神中最慈祥的神！

现在想来，土地公公（庙）、社公（庙）似乎和全巷居民的生活更为密切。先说一下，在神的设置或位置的安排方面，似乎反映了以儒家为主的社会结构和等级观念。户有灶公，里有社公（顺便记一下，书仓巷亦称仁寿里，故社公庙亦称仁寿社），境或巷有土地公，而县及府有城隍爷。社公（庙）、土地公公（庙）与全巷居民关系较为密切，也许与他们是里巷神祇有关？我记得社公庙于每年春节前后香火最是兴旺，庙里的"执事"（民间推举出来，"义务"主持庙里事务的人）也最忙。从旧年除夕到次年春节期间，巷内居民备办祭品、香烛、冥银等到各神庙"谢恩"。那时，社公庙、土地庙的神像前香烟缭绕，供桌上摆满祭品。记得小时候曾随家中大人到庙里敬神。这种岁暮和一年更新之际出现的民间祭事，带来一种节日的神秘而繁忙的欢乐，对于儿童的我来说，是喜欢接受的。社公庙和土地庙一年之间，还有两种"庆典"。一是所谓跳棕轿。巷内每年的元宵节活动，其中最主要的一些项目是由社公庙的"执事"主持的。是日清晨，"执事"便领着民间乐手挨户吹唢呐，故乡人对此称"闹声"，为报平安之意。当晚，"执事"们便组织各户把薪柴送到土地庙附近的广场上，堆起来。到八九点钟天全暗了，锣鼓队以及挑着棕轿的队伍来了；于是，柴薪有如篝火一般地点燃起来了；于是，锣鼓打得更响了，挑着用红布书写诸神尊号的小棕轿的人，头缠白头巾，袒胸，和着鼓声从熊熊烧起的火焰间跳过去，来回跳了好多次，围观的居民一边把柴薪添得更高，烧得更旺，一边欢呼和鼓掌。这是一种祝福禳灾的民间跳神行动，但这里寓有娱乐的意思，寓有尚武精神和对于火的崇拜的意思。小时，我看跳棕轿比看舞龙舞狮更有兴趣。除元宵节的跳棕轿外，使我记忆犹新的是土地公、社公的神诞的庆典，这主要是演戏；而我小时是多么喜欢看演戏。

巷内演戏，除神诞外，有些居民家的喜庆日子（如结婚、祝寿）也演戏。如是，一年内可以在巷内看到多次的兴化戏的演出。兴化戏是流行于莆田、仙游两县为主的地方戏曲，据云，是我国古老的剧种之一，有一万余个剧目，为全国各剧种之冠；这些剧目中保存不少南戏的剧本。小时，家乡莆田有数十个兴化戏的戏班，诸多名戏班都曾在书仓巷土地公公、社公的神诞或居民家的喜庆吉辰演戏。神诞因之成为全巷居民的欢庆节日。他们演出的诸如《白蛇传》《陈三五娘》《一文钱》以及新《三国戏》《西游戏》等，的确很精彩，我自己小时（一直到少年时代）似乎曾成为戏迷。每逢演戏，巷内（以及附近）的妇女往往像新年一般穿着新衣，在戏未开锣之前，便搬着长条凳子坐在戏栅前等待演出。地方戏曲对我后来的文艺思想有一种潜在的启示和影响。小时所看的兴化戏，使我想到：文学、艺术的地方性和作家、演员的个性之融化，是文艺取得生机的一种原因；这和作家、艺术家从世界各国的文艺成就中取得个人艺术的生机的道理当是一样的。

书仓巷是一条偏僻的、靠近东南面古城墙的古巷。小时，我却能在巷内看到社会上各种人物。譬如，前清的进士、教会的传道士、醉汉、盲人算命先生、盲人歌者等。姓关的前清进士就住在我的故宅不太远的一座古宅内，我小时常能见到他路过我们的大门口。他不仅在全县，可能在全省若干地区内都具有声望。不过，我能看见他时，他是五旬上下的人了。只见他宁静的脸上自然出现一种智慧、慈祥的笑意。到了我能独立读书阅报时（指的是少年时代），便常在地方报纸上读到这位前清进士用白话文写的文章，这大半是有关莆田地方史的文章；大约就在这一段时间，他因为当场调解某乡的民间械斗事，右手中了流弹。当年，我便隐隐约约有一个自己的看法，以为这位清末进士，其思想是开明乃至激进的；他应和其他各代的先贤一样，受到历史和后代人的敬重。

在莆田城关乃至山区和沿海地带，当时都有一些外国基督教士所创立的教堂和学校。就城关而言，便有美国传教士、英国和西班牙传教士设立的基督教堂以及天主教堂、学校、医院和修道院、育婴堂等。但这种外来的宗教势力似乎并不太大；虽然他们输送了不少莆田籍的留学生，造就许多高级医生和科学人才，但教徒似不多；那些信仰土地公公、社公、灶神、观音娘娘、吕洞宾以至倡导道、佛、儒三教合一的教主林龙江的家乡居民，对于外国传教士及其所传颂的上帝、耶稣等，似乎敬而远之，很难接受基督教文化。书仓巷内似乎没有基督教徒。

有趣的是，小时，我却在巷内见到一位据说是属于"耶稣教会"这一教派的传教士。他好像姓许，住在巷内最南端、靠近社公庙的一座民居内。他个子较高，平时穿着一身粗布白短衫，和巷内的普通居民一样，并不怎么引起他人的注意。一天，我从家里走出来，忽然看见他从巷口的北端，一路摇着铜铃，有点像巫师一般，晃着脑袋，口中大声念道："亚力苏，亚力苏——苏苏苏力苏……"

（记音，我至今不懂他念的是什么。）

为此，我居然连续多天看见他又摇铃，又念巫咒，连喊带跑地从巷北向巷南直奔家中。巷内的人们都惊异地看着他。后来，我听人家说，他是在传道，在呼唤教徒去开会。一天，我因为好奇，跟着他的铃声一直走到他的家门前来，只见门外的壁上，新刷着白粉，上书"耶稣教会传道堂"（大约是这几个字）。我不敢走进去。后来，我听人家说，当时在家乡有美以美会、圣公会等教派，而耶稣教会为诸教派中最小的一派。不知怎的，这位传教士的形象会长久地留在我的印象中。后来，作为基督教中很小的一个教派，在当地居民并不理解基督教文化的情况下，他传递自己信奉的教义，并一心发展教徒，这种人似乎具有某种独特的勇气。

某些异乎寻常的举动或状态，往往使儿童感到惊奇。小时，我在巷内见到一位醉汉，记得是傍晚从私塾回家时看到他的。我大约见到他三次，居然终身不忘。每次看到他时，只见他独自一人躺倒在土地公公庙前的石阶上，口吐泡沫，傻傻地笑，身边一摊吐出的秽物，上衣被自己撕碎，他的头发很长，胡子也长而粗。现在想起来，当时他恐怕还不到四十岁吧？对这类烂醉的异常状态，我有点恐惧，都急急地绕道跑回家去了。后来，我便不再遇见这个醉汉。古怪的是，在某一时刻，如上所提及的，我会突然想起儿时所见的这位醉汉，想到他可能是一位不幸的人，也许由于某种失意用酒来麻醉自己？也许是一位格外不善于适应生活之变化的人，也许他仅仅是一位懒汉，是屠格涅夫所称的一位畸零人吧？

在巷内，小时常见到盲人。他们双目失明，凭一把竹杖，走到偏僻的书仓巷来。小时，要是在巷内遇到盲人用竹杖探着石板路往前行，不知怎的，总喜欢跟在其身后，有时给予行路的提醒、指点。我对他们似乎有一种说不清楚的情感，或者说，一种同情以及敬重的情感吧？这些盲者中间，看来都有一种自谋生计的职业。其中一种是算命先生。我曾在巷内见过两位盲人算命先生，记得他们当时都只有三十余岁的样子，衣着整洁，一手敲着牛角壳，一手用竹杖探路。当时只觉得盲人算命先生之出现于巷内，仿佛是一种说不清楚的有趣的事。虽然听不懂，我有时会站在人家门口，观看盲人算命先生的念咒一般的说话，及至有人（譬如一位正在算命的老妇人）向我摇摇手，我才有点难为情地走开了。现在想起来，尤令我念念不忘的盲人阿陶，用方言说，叫"青目陶"。当时，他少说也有五十岁了吧？穿一件蓝对襟短衫，脸上总是笑意陶陶的。他有两种职业，身上背一副有很多口袋的挂兜，装着专售给妇女的针、细线以及发网，等等，由一位小姑娘（也许是他的孙女吧）用小竹竿领他到一些街巷兜售妇女的小用品。与此同时，他在当时可能是全城关闻名的地方歌谣、故事诗的演唱家。在那月明之夜，他往往由那位小姑娘陪着，被约请到一些人家的院落里演唱故事诗。这是用方言唱的、民谣体的，每句七字隔行押韵的故事诗。他拍着挂在肩上的小竹筒鼓，唱着诸如《陈三五娘》《西厢记》以及地方民间故事《小五哥放炮》等曲子。我至今记得，盲人阿陶在我的故宅的庭落里，在月光下演唱故事诗的情景，只见他唱到悲伤处，眼角似乎流下了泪，而围坐在他四周的妇女都唏嘘不已，用手帕擦泪。当年，我对于盲人阿陶所唱的故事诗的内容，听得似懂非懂，但他的老年人的歌喉所唱出的音响，和着竹筒鼓拍出的节奏所产生的音乐效果，使我的听觉自然感到一种愉悦。后来，当我忆及儿时听盲人阿陶所演唱的故事诗时，我曾想到，这是真正属于民间的、通俗的又深入居民庭院中去的艺术。我没有听过陕北韩起祥的演唱，但我有一种猜测或联想，认为韩起祥的艺术与故乡盲人阿陶的艺术，可能有南北之间的不同的艺术趣味，但从其艺术造诣与民间性、通俗性而言，则是具有同等性质的。

在故宅所在的书仓巷，我有时想，这里虽处于城关，又似乎一半是农村。书仓巷内除了到处是果园以外，又因靠近城墙，一出城关，便是兴化平原，为一望无际的田野，为此，巷内住了好几户农民。一到每年（农历）三四月，麦收以及蚕豆收成的季节，早、晚稻以及甘薯收成的时候，我家故宅前的大砖埕上，土地公公庙前的空地上，以及那些龙眼树园、枇杷树园的土墙边等处所，都晾着农作物。特别使我念念不忘的是麦收时节，我们争着从那刚刚从城外田野收割回来的一捆捆麦束中间，拣出比较苗壮的麦秆，做起麦笛，大家一起吹奏！有趣的是，巷内的一些大人，也和小孩们一起吹起麦笛，有人甚至从果园中摘下龙眼叶，吹起叶笛。那是各吹一个腔调，各自随心所欲，吹出高扬或急促或舒缓的笛声，奇怪的是，这种随意集合起来吹出的笛声，似乎有一种特殊的欢乐与和谐。我对于家乡的叶笛以及麦笛，印象至深，曾先后写过《麦笛》《叶笛》二文，这显然是当年故土生活的真实写照。

在撰写这篇《记书仓巷》的过程中，有巷内三棵树的形影从记忆中走出来，时或在我的眼前浮现。它们是两棵杧果树，一棵鸡蛋花树。那两棵杧果树，有十一二米高，生长在巷南一座龙眼树园中，从我的故宅的大门口，便能见到它们的树梢。那时，我感到这两棵杧果树神秘而又美丽。至于那棵鸡蛋花树，则生长在土地公公庙附近一家门前，夏季，它开着满树白中透黄的花朵。1981年秋，我随中国作家代表团访问菲律宾，在这个地属热带的美丽的国家里，我见到很多的杧果树，也见到不少开着红、白、浅黄、桃红色花朵的鸡蛋花树。那时，我想到故乡的杧果树和鸡蛋花树，是否即从菲律宾移植过来？而移植者是否即为外国传教士或者华侨？这大约只能留给后人去考证了。

故宅·邻居·芳坚馆

故宅居于莆田县城东南隅的古巷书仓巷中段。当时，它在当地看来是一座规模颇大的民居古建筑。它始建于明末或清初？据家中前辈称，它最初为林姓所有，后为翁姓所有，大约在清乾隆、嘉庆年间始归郭姓所有。此宅号称五进，其实前二进并无居室。从大门进入有照墙的砖埕，为一进，左转，又为一大砖埕，为二进。进入所谓"麒麟门"，次第为三进、四进、五进，才开始有居室、厅、天井；而第五进，则称"里堂"。说得具体些，此宅自第三进至第五进，每进宽七间，有三个厅堂，三个天井；而"里堂"的建筑结构稍为不同，虽亦宽七间，则只有一个厅堂，两旁各有三个居室，且屋前有一长方形的大砖埕，设两座花坛。在我的印象中，此宅的门、窗均宽敞，梁、柱俱用良木，且因有天井，通风和采光较佳，所以此座虽三易其主、历经约三百年的古宅，毫无衰败气象。我还记得屋脊上有高高翘起的鲤鱼尾似的建筑装饰。此外，除石造的天井四边，有莲叶似的浮雕，其他梁、柱、门、窗等均无雕刻或彩绘，因而，作为民居，乃显得朴实、宽敞、大方。我曾听人说过，这座古建筑可能具有明、清年代大户人家典型的民居建筑风格。由于它到底历经若干年代，屋瓦显得红里透黑，生出许多瓦松和一些狗尾草。在我小时的印象中，此宅显得那么古老。

宅内住居着十余户郭姓亲属、族兄弟。其中有五户，即所谓仁、义、礼、智、信五房为我的曾祖父慎行公所养的五位儿子分家后所居；另两户为慎行公的兄弟所属的后代所居；其余多户为远房族人所居。我现在想来，自己从小就在一种属于儒家的家族及其道德观念、规范的浓重气氛中间生活过来，直至长大成年。整座故宅仿佛就是一座让本家族儿女们接受此等教育的课堂。我一直记得，对于本宅的大门，自己小时似乎便有一种特殊的庄严之感，心中隐隐滋长着一种必须维护和发展它的荣誉的责任感。记得大门的檐前悬挂着一对书写"郭"字的灯笼，大门的门框两旁，髹漆着"汾阳世胄""魏阙名家"的对联，门槛两旁放置一对石鼓。这对门联的含义，以及灯笼、石鼓似乎也存在着的某种含义，它们可能都在暗示，都在温和地、微妙地、自然而然使你信服地提示一个道理：要维护本姓本家本宗本族的荣耀的存在和繁衍。

记得进入开始有居室的第三进的"麒麟门"上，悬着六世祖尚先公于嘉庆十二年（1807年）中举人第一名时（嘉庆十四年他又中进士），邑人所送的"解元"的匾额。三进、四进的大厅堂上更悬着上书"文魁""进士"等的匾额。这当然是对于先人在科举场中取得成就而加以颂扬的一种标榜，而对于本姓本宗的后代子孙或许具有家训的一种实际意义。在我小时，这些匾额上有燕子飞来筑巢，孵出乳燕。"似曾相识燕归来"，每年春来，燕子均来。时间很久很久了，这些匾额显得古旧了，但它们似乎一直能发出一种感召力。故宅各进的大厅堂的木柱上、窗户和门框上都贴春联，在每年岁暮而新年即将来临之际。这是通过民俗的传统，和我国民间特有的通俗文艺即"对联"来进行以家庭为本位的儒家道德观念的教育方式。这些道德观念，无非是"入则孝出则悌"，无非是"温、良、恭、谦、让"，无非是信义等，但看来也格外地重视诸如勤、俭以及家庭和睦等个人处世持家的有关教训。譬如：

一勤天下无难事，百忍堂中有太和。
荆树有花兄弟乐，砚田无税子孙耕。

等等。记得当时我家厨房（灶间）的门联是：

机杼三更勤耕读，盐梅五味合调羹。

此等门联未必具有什么深奥的哲理，艺术上也比较粗糙；但在我看来，它们总是浅近地、通俗易懂地传达一种在儒学思想指导下的有关个人修身、持家的道理，并且，似乎还在隐约间传达一种家庭的祥和气氛。

在我的印象中，第四进的大厅堂可能是全宅中最庄严的所在。大厅堂后面有"福堂"，平日，它的六面门扇均关闭着。在"福堂"之前，置着香案，供桌等；香案上置着安放历代先祖的"木主"（它代表祖先的灵位）的神龛。喜丧以及民间重要节日的庆典、祭典和其他有关活动，往往在此举行。我想及每年农历七月十三日至十六日的中元节的祭典。记得从十三日起，大厅堂的壁上便高悬着历代祖宗（包括他们的夫人）的肖像画，俗称"公妈轴"。这一天，也是民间所称"迎公妈"的日子。从此日起至十六日的"送公妈"，每日晨昏以及午晌，均以清茶、果点以及所谓"珍馐十品"等对祖宗举行祭礼。在我看来，中元节在家乡可能是与春节一样，最受重视的民间节日。我想，中元节之所以被重视，竟以四天之时连续祭祀，其中明显寄托着有关儒教的敬祖的教义。而这中间，有些人家还趁此节日对于本宗本姓的某些历史（特别是祖先中的贤人）有意地，甚或是自然而然地进行传授，这往往是老者的工作，本姓本家中有德望者的工作。而在这中间，给我印象最深者有二。一是视清廉为本姓的家风传统。譬如六世祖尚先公（号兰石），虽进士出身，官至大理寺卿、署理礼部右侍郎，而居官廉正，辞世后只留下小花园"芳坚馆"一座、遗著《使蜀日记》《经筵议义》以及增默庵诗文集等若干部，别无长物。二是此著书立说为立身之本。譬如，家中前辈总是说，除六世祖尚先公有著作遗留外，五世祖子寿公更隐居山林，著作等身，有《周易从周》《筮法从周》《山民学筮草》《易学伐山》《三易三统辨正》《易海归宿》以及《吉雨山房偶草》《山民随笔》等问世。又如曾祖父慎行公，亦以著述为己任，长书法、篆刻，等等。现在想起来，那些儒教的道德观念以及诸如此类以祖先的行状所进行的家教，不能不从小开始长久地、深刻地在我的心灵间留下影响。

在莆田故宅，据云，我的祖父禹廷公分到的原是第三进大厅西侧的居室，后因某种原因，此居室由智房暂住，而我家住第五进里堂西侧的三间居屋。这三间居室中，靠里堂大厅的一间与我最有因缘：我生于此，我与夫人林秋声结婚时的洞房亦在此；而且，它还是我儿童、少年以至1945年秋冬间我至福州定居前的"书房"。先父懋若（号积堂）于1922年逝世，其时我不到四岁，在先父逝世之前，此为父母之居室。在此居室内，有两项事物给我留下印象：一是眠床下面一直放着一个小陶罐，据先母称，那陶罐内用细沙保存着我的胎衣，吩咐我千万不要去动它。此事一直使我感到神秘，但后来在何时，此小罐可能为先母暗中移走了。又一是一架古老的书橱，这书橱上安置着一些先父生前所看的书籍。记得我最先翻下来看的刚好是一本绣图《白蛇传》，文字看不懂，看到其中有一幅图，画的是长长的蛇身前有一位美女的人首，记得当时看了很害怕，赶快合上放回书橱，以后好久不敢去翻动书橱上的书，那时我才五六岁，还未上私塾读书。及至我稍能独立阅读书籍时，我才发现先父生前所读的书，除《四书》等外，多数是诸如梁任公的《饮冰室文集》以及严复所译的《天演论》《原富》等书。后来我曾想，这些书包括《白蛇传》在内，对先父的思想可能产生影响。先父思想激进，他因要赴法国勤工俭学而在上海途中得病，不得不急急返回莆田，终于辞世，故世时方二十八岁。

这间居室的外面，便是长方形的庭院似的砖埕，临窗的花坛上有一棵老龙眼树。记得小时坐在窗前的书桌上读书时，每到疲倦，不知怎的，总爱向窗外看看那龙眼树，它最使我欢喜的，可能是每年农历四月开满一树穗状的、小黄米的花朵时，有无数的蜜蜂在树间嗡鸣、采蜜。我感到这时候，这棵老龙眼树上，十分热闹、繁华。还有使我喜欢的是，大概是每年农历七月或八月间龙眼成熟的时候，便有许多白头翁飞来了。我至今感到，这是一种很不爱安静的禽鸟，它们一飞来，便在树间飞上飞下，长舌妇一般地噪叫。不过，我也发现白头翁有时也很安静。记得我快要小学毕业的那年春季，有一对白头翁就在窗外的龙眼树上造巢。我发现它们口中衔着松树枝及至碎破布，总是先要东瞧瞧西瞧瞧，然后才悄悄地飞进营巢的枝间。它们的巢是圆形的，很精巧。记得不久之后，它们便孵出两只雏鸟。不知怎的，对于此等事，我竟然记得很清楚。有趣的是，这些微不足道的、有关白头翁和蜜蜂等的活动和信息，至今留在我的心中，如此鲜丽。

紧靠我家所住的居室的右侧，为"芳坚馆"。这是一座小园林，为六世祖尚先公所手创。尚先公号兰石，芳坚馆之命名当由兰石两字而来。这里有一厅，有两室，有一池、一阁，余为回廊、栏杆、假山、花坛以及由溪卵石铺成的小径和花墙等。花木众多，有松、竹、梅三友，有木笔树、山茶树，有柽柳和棕榈，有古荔，有许多盆兰花；在盆景中，有椿、松、桧、柏以及石榴、灯笼花等。整个芳坚馆面积不大，或者可以说很小，但布局自然有致，现在想起来，觉得这座小园林朴素、清净、大方，使我联想到明、清年代某些文人随意书写的随笔或小品文。由于芳坚馆在我家居室之隔邻，所以我小时以至年长，这里是我游憩以及读书之处。最初，即我很小时只对馆内的花木及飞来的蝴蝶、蜻蜓、黄鹂、斑鸠，乃至在花坛上爬行的蚂蚁、蜗牛等感兴趣，也对造在古荔枝上的斑鸠的窠和用木笔树的树叶对缝起来的绣眼鸟的窠感兴趣。及长，便逐渐地对于假山石以及镌刻在假山石上的题字、书法感兴趣。记得芳坚馆的假山石上有如"浸月""云屋""仙掌"等的篆体或行书的刻字，使石头出现一种特殊的趣味。这方面的印象可能很深，以致我在晚年（1989 年间），写了散文《石说》，其中有专门一则文字，记述我对于芳坚馆中有关假山石和刻字的感受。芳坚馆内的回廊的柱上，大厅和室内悬挂一些楹联和轴，使我从小接触一些名人如黄慎、何绍基、王文治乃至明代王迴等的字画，使我从小开始对于我国的独特的艺术发生倾慕之情。在这些字画中，也有尚先公、子寿公和慎行公的作品。记得馆内池畔小阁的柱上，有一对楹联：

有时风向池边过，坐久月从花上来。

这是曾祖父慎行公所写的行书。记得在大厅内，悬挂五世祖子寿公的油画肖像（这可能是我国最早出现的一种油画肖像画），两旁是他亲自撰写的行书楹联：

砚滴金茎露，灯分太乙辉。

记得大厅内悬挂过六世祖尚先公所作的墨兰；也悬挂过一幅他画的白菜、茄子、大萝卜的中国画，画上题字为："士大夫何可不知此味。"所有这些，当然增强了自己对于先人的尊敬，而对我之喜爱中国传统艺术，当然发生过微妙的影响。

小时，除了在自己家中读书、练习功课外，常在芳坚馆的树下或小径间踱来踱去，背诵英语单词、化学方程式、物理定规、几何定理乃至三角的函数表等。这些除了英语单词外，都是格外枯燥的、刻板的，死死地背诵，死死地记住，实乃苦事。但此等事，到如今，却成为一项有趣的乃至很有意思的少小年代的往事，和别的往事一样，有时会没有来由地使我回想起来。

故宅的所在地书仓巷，靠近莆田东南面的古城墙以及东关门，城墙下过了护城河，或出东关门不远便是广阔的田野：兴化平原。大概由于这个缘故，故宅的左边以及大门照墙的两边，住了数户农民。他们是我的邻居。

紧靠着故宅的东墙，相连着方姓、柯姓的大祠堂，在我小时，人们都称它们为户部祠、礼部祠。小时，见到这两座祠堂的大厅的壁上，画着穿着红袍的古代官员的大幅肖像。据云一为户部尚书，一为礼部尚书，但我一直未查他们是何代官员。在我小时，这两座祠堂都已显得衰败，在我的印象中，似乎不见有后代子孙来祠堂举行祭典，而又不知何时租给或借给农民居住了。在祠堂里居住的农户和在故宅对面照墙两边平屋里居住的农户，听说都是从沿海某些村庄里迁来的，他们内迁的原因也许与租佃城郊的农田耕种，收入可能稍许好些有关？这些农户都是佃农。

　　在我小时的印象中，故宅所在的书仓巷，颇似农村。由于到处是龙眼树园，更由于这里居住着数家农户，常见他们荷锄或者犁头，或者牵着水牛、挑着箩筐，早出晚归，从巷内经过，的确给人以一种农村的感觉。特别是水稻或大小麦以及蚕豆等收成的时节，到处堆放着刚刚收割回来的作物，散发着成熟作物的香味，显示一种繁忙气象。现在想来，与农村并无二致。凡此，使我觉得，自己从小既生活在沿海县城（这里有极为古老的地方传统文化），又生活于一种颇具农村气氛和实际情况的县城古巷中，使我觉得，自己从小既生活于一个传递着儒家伦理教养的世代书香的门庭中，又生活于四邻是农民的一种文化环境之间。

　　小时，我喜欢到户部祠去玩。那里大约住着三户农民。其中有一户农民，家里养着一匹马。这位养马的农民，叫阿豹，当时他四十岁左右。记得他的体格极为粗壮，皮肤被日光晒得像赤铜一般。他一年四季好像只穿一件粗麻对襟上衣，而且胸口老是袒露着，裤管高高卷起，两腿上青筋暴起；在我的印象中，他整年穿着草鞋。后来，我知道，除了农忙时外，平日他是一位马夫。是的，当时，我常见他背着干粮，赶着他的那匹枣红马到东关门外去，那里的梅花亭有一个马站，要到沿海的村镇，如笏石等地去，便在那里雇了马，然后骑上去，前往要去的地方。这样，当马夫是一项格外辛苦的职业，他要小跑，从起程便跟在骑着顾客的马后，直至顾客议好的目的地。这样，当马夫的，总是气喘吁吁，汗流浃背。我是多么怀念这位当马夫的邻居呵。是的，小时我常到户部祠玩，看来主要是为了看马，为了看阿豹饲马。我看见他用割草刀切好稻草或蚕豆梗，在槽里喂着马。这是一位体格粗壮而心地慈祥的人，他看我（常和堂兄弟一起来）来了，便向我们打招呼，或则抓一把炒蚕豆、大豆，或则拿一个煨红薯请我们吃。有时，他还会让我们骑上他的枣红马，然后他牵着马缰，在户部祠的砖埕上走了两圈。可惜，这位体格粗壮而心地慈祥的农民、马夫，后来便不见了。他的一家人也不见了。后来，我才得知，阿豹由于赶马太过于劳累，发了胃病，吐血病故了；他的一家人也只能迁回沿海某村故家去了。直到如今，我有时念及邻居阿豹，念及他的生活和他的一家人，深深地尊敬和感到悲痛。

礼部祠里住的一户农民，我记得全家有八九口人。男人叫乌笋，妇人叫乌笋嫂，其余是他们的子女，以及据说是用一位女儿换来的童养媳。在我的印象中，当时我所见到的乌笋，已经近五十岁了吧？他有一副乌黑的浓眉，体格强壮，不知怎的，我总记得他手中托着一大海盆（海碗）的稀饭，手掌边还托着一小碟盐菜什么的，蹲在礼部祠大门口的门槛上，一大口一大口扒着饭吃下去，见到门前走过巷内熟人乃至上学的儿童，便笑呵呵地打招呼。因为家口多，我记得乌笋家除种田外，在祠堂的天井边围了猪圈，养一只母猪一大群小猪。平日，乌笋便到处打杂工。譬如，就我所知，有一些人家有喜庆事，他便来帮助悬灯挂彩以至搭戏棚；如某家丧事，他甚至为人抬棺木；有时他还出外当泥水工，等等。现在我想起来，亏得他是从沿海内迁的农民，有一副壮实的体格。使我格外怀念的是乌笋嫂，由于先母缺乳，我在婴儿时吃过她的乳汁。听先母说，有两三个月时间，先母几乎挤不出一滴乳汁来喂我。在这种情况下，每天，乌笋嫂总是来到我家，在怀中用乳汁轮换喂我和自己的婴儿。听先母说，当时，乌笋嫂还时常打发她的大女儿和童养媳到我家中，帮先母挑水和做其他一些家务事；还时常送来一点自己做的豆腐，送来一些蚕豆等。乌笋嫂的那位婴儿后来取名阿炳，我的乳名（学名）叫嘉桂，先母一直呼我"阿桂仔"。我和阿炳都长到七八岁时，常在一起玩耍。乌笋嫂见到我们，譬如蹲在她家的地上做着捏泥人的玩意时，她总走近来，对我打招呼："来！来！阿桂仔！"又把阿炳也拉过来，让我们两人站在她的身边；然后，她从背后取出两个"红粿"（莆田民间过节时的一种民俗食品）或是两个煨芋头，分给我们，然后说："你们是我的双胞胎儿子，哈！嘻哈！"

她豪爽地笑起来。

在故宅附近的几家农户，我的邻居，与我家都有来往，特别他们家中一些与我年龄相近的儿童，小时和我都很要好。他们各有一种过人的才智和善良的心地。我将在另外一篇散文中记述我对于他们的怀念。

私塾

记不大清楚，是五岁还是六岁时我被送入私塾就读，但可确定，当在先父、祖母相继故世以后的那一段时间内。后来我才知道，当时（二十世纪二十年代初期），故乡莆田的民间对于子女的就学问题有两种想法，一是送入私塾读书，念"孔子书"，一是送入学堂（即学校）读书，对私塾而言，这是念"新学"。而且，后来我还隐隐约约地感到，这中间实际潜伏着某些社会思潮，如果以比较简单的，或者说以大体的说法来表述，这便是民间似乎还有一种小小的暗流，有某些人似乎还暗中相信，帝制可能复辟、可能重新出现，虽然当时离民国成立已有十余年了。如此，有些人家愿意送子女到私塾读书，念子曰诗云，以期有朝一日可应科举之用。当然，在这中间，有些人家让子弟就读私塾，仅仅因为私塾入学方便，让子女略识若干"粗纸字"，以后去当什么伙计，或出外营生，能记账、写信，此外无更具深意的设想。至于送子女上新式学堂者，往往家中较富有或者较开明，决不相信还会有什么皇帝再出现的历史笑话。至于我小时和几位堂兄弟同上私塾，后来我又知道，另有原因。原来我的一些堂叔伯，认为新式学堂的课本，内容太浅，所以设想先送子女到私塾里读点"经"书（即"四书五经"），才能从小知书识礼，才能打下做学问的基础；认为先在私塾读书几年，然后再送新式学堂读书，才是为学之道。我的母亲作为妇道人家，且处于家父故世不太久的新寡的哀痛之中，看着我的一位堂兄、一位堂姐（均与我同龄）都到私塾就读，便也下了决心，送我上私塾了。

私塾离故宅不太远，即在书仓巷土地庙附近；塾师姓苏，里人都叫他"三七生"。苏师就在他自己家的大厅堂里办了私塾。在正式入学之前数天，家中可能颇忙，把书桌、小凳送到私塾里，又买上笔、砚、描红本以及书本，等等。入学的那天，举行颇见隆重的拜师仪式。它使我感到新鲜、奇异而又神秘，其情景至今犹记得很清楚，有些细节在忆念中犹感栩栩如生。记得那天上午，我和我同年的堂兄、堂姐都穿上新衣，背着书包，由常和苏师吟诗的四叔公带领，一同上私塾。还记得当时我们手中持着柏叶和松明，先向挂在私塾大厅壁上的文昌帝君（文星）和魁斗的画像行礼，随后又向苏师行礼。那是夏天，记得那天苏师穿着白色斜纹布对襟上衫，慈祥地从太师椅上立起，微躬着上身，向我们还礼。还念了几句我们听不懂的古文，大约是一种勉励的话。随后，他便从我们的书包中取出书籍和描红本，在书面上代书了我们的姓名，就打发我们到自己的书桌前坐下。我已记不太清楚，是否当天授课，只记得看到苏师送走了四叔公以后，把戒尺在桌上一碰，私塾里那些原来坐在自己书桌前观看我们行"拜师礼"的学生——我的同窗们，都高声诵读各自的"子曰诗云"来，我感到这个新环境陌生，使我胆怯。

我在私塾里最先读的一本书，是《孝经》。和别的同窗一样，每日一早，我站在苏师所坐的太师椅之旁，把书放在他的桌前。授课时，他先用朱笔一个字一个字地教，然后断句读。这样各三遍。每次授课不过一小段，然后回自己的书桌上朗读，直到能背诵而止。为此，我至今尚能背诵《孝经》的一些片段，如《开宗明义章》：

> 仲尼居，曾子侍。子曰："先王有至德要道，以顺天下，民用和睦，上下无怨，汝知之乎？"曾子避席曰："参不敏，何足以知之？"子曰："夫孝，德之本也，教之所由生也；复坐，吾语汝。身体发肤，受之父母，不敢毁伤，孝之始也。立身行道，扬名于后世，以显父母，孝之终也……"

又如《三才章》，我也记得很清楚：

> 曾子曰："甚哉，孝之大也。子曰：'夫孝，天之经也，地之义也，民之行也'……"

《孝经》以后，循序读《礼记》的《大学》《中庸》，随后读《论语》《孟子》，随后又读"四书"的《朱子集注》。对于这些"经书"，当时都要背诵的。坦率地说，我在私塾里就读多年，读的固然无一不是宣扬儒学教义的基本原理的经典古籍，而且有些片段至今尚能背诵，但由于当时年纪幼小，并不能了解这些经籍的深奥的含义。当然，我似乎也朦朦胧胧地能说诸如"身体发肤，受之父母，不敢毁伤"之类的经文，领略某种教义。我的思想中，乃至日常行为中，多少存在儒家的伦理道德观念，并在某些方面受其一定程度的约束和支配。某些儒家伦理道德观念，譬如孝、悌、信、义等曾渗透我的思想中，在一定程度上是受到家教的影响。但是，我要说，在私塾里的若干年时间内，受到祖国语言文字的良好启蒙教育。

这种启蒙教育，现在看起来，最重要的是使我从小认识到祖国语言文字的美丽；认识到祖国语言文字的每一个词，往往都有很大的容量；认识到它的节奏感和音乐性，等等。我的塾师，也可以说是我的最初的一位有关祖国语言文字的老师苏三七生，听说他善于吟诗，但却是一位不第的秀才；看来他并不把儒学的经典譬如《大学》《中庸》《论语》《孟子》乃至《孝经》的经文视若神明与不可侵犯的教义。因为我后来知道，他是一位尊崇"三教主"的信徒。所谓"三教主"，即明代的林龙江，他创造了儒、道、释合流的一种哲学和宗教，"三教主"林龙江先生并不以为儒学所宣称的道理为不可更易的，而其间可以渗透进来道、释的某些教义。我再说一遍，塾师三七生是"三教主"的信徒。但他在授课的时候，往往击节拊掌，自胸中自然流露一种激情，领着他的学生朗读课文。我很清楚地记得，正是从他授课的朗读中，我开始感到一种使我愉快和使我感动的力量，虽然当时我是一位幼童。

现在我甚至有这样一种想法：四书、五经之内容的深奥，当然不可能为初入蒙馆的儿童所领会，但依靠其语言文字之美丽，而能使儿童喜欢朗诵，以致背诵下来，至老不忘。上文我引录过《孝经》的片段。于此，我还想引录至今尚能背下的《中庸》的片段：

> 天命之谓性，率性之谓道，修道之谓教。道也者，不可须臾离也；可离非道也。是故君子戒慎乎其所不睹，恐惧乎其所不闻；莫显乎隐，莫显乎微，故君子慎其独也。

这是儒家所教谕的所谓"慎独"的著名教义，其他如"性"呵，"道"呵等，儿童如何能理解？但我记得很清楚，这是《中庸》的开篇，当时我心中似乎有一种又开始学一册新课的喜悦或者兴奋之情，而聆听苏师授课的朗读，又似乎更富有一种韵味。到了如今，我想起儿时模仿塾师的腔调，诵读这类经文时，犹感兴味无穷。现在，我是这样想的，由于祖国语文的美丽，由于我国语言文字大师的驾驭语言文字之无与伦比的技巧，使我国的古代散文具有一种内在的旋律和节奏感，哪怕是具有深奥难懂的内容，也能令人包括儿童在内乐于诵读，乃至背诵下来。

至今，我还说不出所以然来，但我总隐隐感到我的塾师苏三七生，似乎并不太执着、热衷"四书"呵、"五经"呵的经义。我感到他喜欢吟诗。每日，我往往是最早上学。只见苏师坐在八仙桌前的太师椅上，一边喝茶，一边吟诗。他吟诗时，尾韵拉得很长，当时我虽年小，却感到有些凄楚、有些悲凉，甚至有些悲愤。他念的、吟的是一些什么诗？有时，似乎在吟诵他自己的诗，有时则见他的桌上放着一册线装的古诗集，然而，当时我当然不知他读的是谁家的诗。说也有趣，至今想起苏师吟诗的事，有时会无端地忖度他念的可能是李商隐的诗，甚至以为他常吟的是：

> ……
>
> 嫦娥应悔偷灵药，
> 碧海青天夜夜心。

他似乎很喜欢我，有一天，他写了一张条子，叫我带回家去。这原来是他建议我的家中为我购买《千家诗》等书。这样，自那以后，我除读"四书"等外，他另外给我授诸如《千家诗》《笠翁对韵》以及《幼学琼林》等。仿佛记得他曾经又谈过，学童单读四书五经，长大后耳目仍然闭塞，必须读古人各家诗以及杂著，其后，耳乃聪目乃明。这等话，未必是我当时亲耳听他说的，大约后来听他人转述的，这且不多说。我记得，有一年正值夏季，他授我黄庭坚的《鄂州南楼书事四首其一》：

> 四顾山光接水光，
> 凭栏十里芰荷香。
> 清风明月无人管，
> 并作南楼一味凉。

只记得他捻着颔下的一撮山羊胡，教我吟哦；又似是对自己又似是对我说："无拘无束，享此清凉，实人间之大快乐也！"停了一会儿，他似乎怕我听不懂他的话，又笑笑地对我说："你到我的后院去看看，那里便有荷花！"

塾师苏三七生的后院，就在让我们读书的大厅的后面，其实是一处较大的天井，靠墙处筑了花坛，种月桂等各色花木，中间放一个大陶罐，其中养金鱼和睡莲（也就是说，其实不是荷花），只见椭圆形绿叶浮在水面，叶间开着数朵白色的睡莲，有一种淡雅的美。那天我去看这些睡莲花时，记得还看见缸边放着一只竹造的躺椅、一把大蒲扇。不知怎的，现在想起当时的情景，会有这样的联想：恐怕在夏天的夜晚，苏师常躺在这竹躺椅上，一边摇蒲扇，一边看天上的星月，口中吟哦着诗而自以为乐吧？

大约自 1924 年至 1927 年，即六岁至九岁之间，我在苏师主持的私塾就读。出出入入，我想在这里就读的同窗先后合计当在三十人以上。这些同窗，有五六位是我的堂兄弟、堂姐以及和我年纪相近的姑姑。余皆里人子弟，即同住在书仓巷邻里的子弟，其中有的年龄相差四五岁，我想，这也许是因为我的邻居有好几户是农户（在另一自传散文《故宅·邻居·芳坚馆》一文中，记述了我家所在的莆田城关书仓巷内，由于靠近郊外，邻近住着数户农民，可参阅），他们送来就读的子弟的年龄都偏高。现在想来，在私塾就读时的同窗中，最使我倾慕的，至今使我怀念的，还是几位从邻居农民家里送来的"小兄弟"。狗林哥哥（当时我们都这样称呼他）当时可能已十一岁了。他家住在我们故宅大门对面照墙左边的一座破旧的平屋里。他并不一年到头上学，农忙时，他便在家看弟弟、烧饭、挑水；还忙着帮助大人把从田地收割回来的稻子（或是小麦，或是蚕豆、黄麻等），一捆捆地拆散开，摆在空场上晒太阳；我记得他还会爬在高高的木梯上，帮家中人堆着麦垛。这样，他当然不能一年到头上学；但他是巷内一群儿童的"孩子头"（儿童领袖之意）。他有不少本领，譬如，他会爬到龙眼树上摘下树叶，教我们吹叶笛；麦收时，他又会拣一些麦秆，教我们吹麦笛。而他自己所吹的叶笛或麦笛，又最是动听：能吹得高，吹得低，能吹得急促或缓慢，会不断地变化节奏。这些，其他儿童包括我在内，都吹不来（我们只会吹出叶笛或麦笛的一种不变的长音）。不过，狗林哥哥最令我们倾慕的是他会演"指头戏"。当时，在私塾里，上午在九点至十点之间，是我们拿出笔砚、描红本或者（大些的同窗）照字帖练习写字的时间。这一时间，苏三七生老师往往外出去办点儿私事，譬如上街去买菜，或访友等，虽然时间总是很短，但这一会儿算是我们最愉快、欢乐的时候，因为狗林哥哥这时为我们演"指头戏"了。

现在我想起来，他的"指头戏"可说是一种儿童自己的极有趣味的艺术创造。狗林哥哥带了一点儿不知从哪里搜集来的颜料（水彩画用的），还带来了几只火柴盒，上学时先放在抽屉内。待苏师外出，也即我们开始描红、写字时，他在自己的大拇指上用毛笔蘸上颜料，画出了诸如关公、张飞以及孙悟空、土地公公的脸谱，然后从放在抽屉内的火柴盒（他说，这是"戏箱"）中取出戏衣、戏帽，在自己已经画上脸谱的手指上戴上戏冠，在手掌上穿了戏衣，便口中得锵、得锵地，又咚咚咚地模仿戏棚（台）上的开场锣鼓声，随即唱起兴化戏的曲调，摆弄着拇指和其他四只手指，真像戏棚（台）上的剧中人物出场演戏了。有一天，私塾里的学童们正围在狗林哥哥的桌前，观看他用手指在表演孙悟空翻筋斗的戏时，苏师三七生不知什么时候已从外面回来，也暗自站在我们背后看狗林哥哥的表演。当看到狗林哥哥用手指扮演的孙悟空在书桌上连翻几个筋斗时，苏师三七生不禁赞道："善哉！善哉！"

我记得苏师三七生当时还把狗林哥哥所糊的戏冠、戏衣一一取出看看。这些戏冠、戏衣是狗林哥哥从附近街上一家糊花灯的店里，向师傅要来"颜色纸"（即各种色彩的色纸）的碎片，然后自己剪裁和糊起来的。苏师边端详边称赞，口中不停地说："善哉！善哉！"

在私塾时，还有阿文和阿燊，也是当时为我所倾慕的同窗同学。他们不过比我大一两岁，可都是那么聪明、伶俐。阿文、阿燊也都是住在我的故宅附近的农民的子女，他们家里都养了几只羊，我记得他们有时也得帮家里人把羊放到附近的果园里去吃草，以致时或没有来私塾上学。但他们二人，书读得很好，往往只朗读了两三遍，便把书本放在苏师三七生的桌上，朗声把当日所课的经文背诵起来。

每年夏季，故乡总会下几场暴雨，这些暴雨有的是台风带来的。这样的时候，书仓巷内许多地方，包括我的故宅门前，阿文、阿燊家的门前都积起水来。有时，积水高可及膝。由于这条古巷隔了一道城墙，就是郊外的护城河和田野，巷内又有若干下水道通往城外的护城河，这样，巷内一积起水来，便有很多小鱼、小虾，甚至有两手指长的鲫鱼或鲶鱼游到巷内。这样的时候，阿文、阿燊便会用门板作舟，用竹竿撑着，在巷内的积水间驶来驶去，抓了不少鱼、虾，一一放入系在腰间的竹篓内。记得有一年，阿燊还抓到一只小草龟送给我，此事至今使我难以忘怀。至于阿文，他还有一手绝技，这便是他会做小水车的玩具：用截断下来的黄麻秆做水车的轴，然后在轴上插了几十个蛏壳（蛏，生长于沿海滩涂上的一种有两扇壳的软体生物，味极鲜美）做水车的翼，趁巷内积下的雨水开始退的时候，把小水车放在有落差的水道间，冲下的水便使阿文所做的小水车旋转起来，使围观的儿童喝彩不已。

在我自己所行经的人生道路上，有许多小时在私塾里，以及尔后在学校里的同窗同学，后来都失散了。阿文和阿燊，大约在我由私塾改进小学时，他们便随自己的父母迁家到沿海的农村去，从此毫无音信。至于狗林哥哥，记得在二十世纪三十年代，曾在一次兴化戏班在城关某处演出时，看到他在戏棚（台）后台吹唢呐，一时间内，未及和他取得联系。后来，我听人家说，他同几位兴化艺人到南洋去了，从此音信杳然。

在小学校里

在我和堂兄、堂姐、堂弟以及年纪和我们相近的堂姑等在私塾里就读期间，有时会听到家中的一些前辈包括伯祖父等谈论我们是否早日离开私塾而改进"学堂"（也即所谓新式学校）的班。大约到了我们在私塾里不仅读完"四书"以及《诗经》

《千家诗》《笠翁对韵》等，且已读毕朱熹的《四书集注》，这时，我已经九岁，也即是 1927 年间。这年春节后不久，有一天，我记得伯祖父对我的母亲说："现在，各学校快要办理春季开学的手续了，我看，还是送阿桂仔（我的乳名）到城东小学去读书吧。"

伯祖父名嗣宗，号阮廷，前清秀才；当时在莆田中学堂（莆田一中前身）当学监。他思想开明，又保留了诸如考、悌等儒家伦理道德观念。由于我的祖父禹廷公（即他的二弟）早逝，在我进私塾读书前后，祖母和父亲先后故世，他便把母亲和我视若嫡系亲人，格外关心。我的母亲当然听从他的主意。

这样，1927 年秋天，我和堂兄等便进入城东小学就读。这个小学的校址可能是一家郑姓祠堂，以田租为经费，并占用了莆田县城隍庙（要说明一下，莆田城关还有兴化府城隍庙）的部分建筑兴办起来的。城东小学位于城关东隅的仓前街。这是一条清静的、整洁的古街，其实主要是居民区，而且包括附近的金桥里，是外国传教士、牧师的居屋以及教会所办的教堂，学校的所在地。这就使得这一地带具有和城关其他地区（譬如我的故宅所在地书仓巷）不同的某种特殊的文化气氛或情调。这不仅因为在这一带常会遇见一些穿西服的、金发碧眼的外国男女传教士，还看到石造的大教堂及其钟楼，看到教会所办学校的洋楼，看到盖在粉白的围墙内的洋式平屋，屋墙上爬着青藤，这些洋式平屋，当地人称之为"牧师屋"；此外，我记得每日早晨到坡东小学去上课时，路上往往听见从教堂钟楼内传来的钟声。记得小时从书仓巷，从那满布果园，住着农户，而又

——是古老的、传统的居民住宅间，走到这一地带来，总仿佛感到有一种从异地传来的，一时还让我隐隐感到陌生的气氛。

后来，我才知道，住在仓前街这一带的传教士，是从美国来的，可能属于所谓美以美会这个教派。另外，后来我还知道，在城关北面靠近梅峰寺附近，有属于圣公会派的英国传教士在那一地带修建的教堂和医院，它们的屋顶上竖立红色的十字架。此外，我还知道在城关闹市所在的十字街还有西班牙传教士修建的教堂，并曾看见穿着宽大的黑色长袍的年轻外国修道女，从教堂里走过街道。在我的记忆中，这些传教士虽然尽力通过办学校、医院等工作，甚至印行一种用拉丁字母作拼音的兴化方言《圣经》，进行基督教和文化的宣传，但似乎效力并不太大；在我的故乡，基督教教徒似乎一直不太多，我记得美、英在故乡的教会，曾出资让许多年轻人出洋留学，但我看到他们回国后，有许多人却仍然穿着中国长衫；便是教会所培养的中国牧师，当时我看见他们穿的也仍然是中国长衫。

话说回来，当时，我在城东小学念三年级，只有一个学期。听人家说过，在办小学之前，这里曾经是"桑蚕局"（大意如此），即有人出资利用神庙（以上已提及，这里是县城隍庙）的空屋和空地，办实业；具体地说，即种桑养蚕，准备发展丝绸业。似乎办不多久，便倒闭了。可是留下一件很有趣的事，这便是我们入学不久，便发现操场围墙边的竹丛间有一些灰白色的蚕茧。记得我们发现这些蚕茧后，常在下课的休息和自由活动的时间内，到竹丛边东瞧西看。一天，却又发现这些蚕茧被咬了一口孔，蚕蛾从茧中爬出来，在竹叶间拍着白色的翼翅转来转去，却不会高飞，这当然让我们感到赏心和有趣。不过，对我自己来说，我感到惊奇而又有兴味的是，这在小学的竹丛间发现蚕茧和蚕蛾的情景，至今回想起来，还会是那么鲜明、生动，心中竟然还会保持一种儿时的趣味。

城东小学操场的西墙，有一座高高的土堆。当时，我们喜欢爬到土堆上，观看隔墙"牧师屋"的一个庭院，那里种着美丽的花草，引来蜂和蝶。后来我才知道，那些花草是郁金香和鸢尾花。庭院宽阔、整洁。有一天，我和堂兄很早到校。上课铃未响之前我和他爬到土堆上去，看见隔壁庭院里有一位师姑（我们当时称呼外国女传教士为"师姑"）和她的一位小男孩，正坐在一张木桌前用外国玻璃瓶喝当地的豆乳，并且津津有味地吃着油条，陪着他们的是一位中国牧师。那位穿着开领童服的小男孩，看见站在隔墙的我们，便用莆田方言向我们打招呼，说："平安！"

记得那位师姑，跟着也微笑着用莆田方言向我们招呼："平安，小学生！"

不知怎的，这么一点事，居然也能记在心上而不忘。我想，小时大概只是单纯感到和"番仔"（西方人）谈话，有一种说不清楚的趣味吧？而到了后来（甚至是很久很久之后），有时也会无端地想这件事。即想起诸如看到外国女传教士（师姑）和她的小男孩在一起喝豆浆吃油条的事，觉得这也许可算是一种有趣的文化现象。顺便说一下，大约在三年以前，我听说有当时在莆田传教的美国传教士的子女来到莆田，看看其父母的旧居并游览一些风景区，还特地购买一些当地的传统糕点，说是他们小时曾吃过这些糕点，很爱吃。

我记得城东小学的老师都很和蔼。我还记得那位姓郑的老校长。当时，他有五十余岁，着长衫。他没有给我们上过课，但总看见他每日都比其他老师早到学校，执一把鸡毛拂手，在会客堂（也是校长办公室）以及教员的备课室里，拂去桌椅上的灰尘。在城东小学时，有一件事颇使我感到奇异或者说不寻常的是，有一天，我们三年级的学生和校中其他班级（大概除了三年级以下的班级）的学生，被召集到学校的小礼堂里，这是入校所没有过的。只见礼堂的讲台方壁上悬着孙中山的肖像。不一会儿，一位姓陈的女教师走到讲台前向排队站在小礼堂中的同学讲话。我当时年幼，未必能听懂这位老师所讲的话。但我记得她讲话不久，忽然从衣袋里取出一个小本子，说："这便是我早年的国民党证……"后来，我才知道当时参加的是学校里举行的纪念孙中山先生的所谓"纪念周"，这位女教员是国民党老党员。后来，我又知道，当时城东小学的另一位姓李的音乐女教员，是地下共产党员，在国民党进行"清党"时，流亡到南洋去了。

我只在城东小学就读一个学期。1927 年秋季开学时，我进入砺青小学读四年级。这也是伯祖父的意见，因为砺青小学在当时是全县最有名的小学，而且离我的故宅很近，即出了书仓巷北面的巷口，斜对面就是学校所在了。这是利用一座名叫风山寺的古刹改建而成的学校。丹墀、拜庭和大雄宝殿等均宽敞、恢宏。我到这个小学就读时，大殿里巨大的泥塑贴金佛像和十八罗汉以及骑在一只牛背上的地藏王菩萨的塑像一一俱存。

还有一座木塔，还有钟楼。现在想起来，我刚进这所学校时，便看到好多的燕子在殿前飞来飞去，发出呢喃燕语。原来大殿的藻井中筑着好几个燕巢，这和我在别的地方所看到的燕巢不一样，即不是用泥筑的，而是用鸟的羽和泥一起黏起来的，那燕子的双翅很长，与普通常见的燕子显得不太一样。记得我曾呆呆地站在殿前看着那些燕子飞来飞去，忽然有一位女教师微笑地拍着我肩膀说："这是海燕！它们很快就全都飞到南方去了，因为秋天来了……"

以后，我才知道她是教常识课的吴老师，并知道她在学校的钟楼下辟了一个小小的标本室，那里的玻璃橱里有山雉、猫头鹰、斑鸠等的标本，有挂在玻璃框中的一些植物的压制标本；我觉得最使我念念不忘的是放在玻璃匣内的蝴蝶、蛾和蜻蜓的标本，从那时起，似乎便朦朦胧胧地感到有了像蝴蝶、蜻蜓等这样的昆虫，自然界才出现多么丰富和美丽的景象；当然，我似乎也朦朦胧胧地感到自然界有了山、斑鸠等飞鸟，才显出一种多么能够吸引人的力量，等等。我记得吴老师常带我们到这间小小的标本室给我们讲课，而不完全是在课堂里；记得有一次春游时，她还组织一个兴趣小组，由她亲自带领，在莆田城关的名胜东岩山辨识山上各种花草的名字。记得常识课上，吴老师还曾为我们做化学实验；譬如，她曾为我们做了用硫酸加锌，从中取出氢气的实验，这不仅使我们感到新鲜、有趣，还开始知道有一些物质元素是可以组合和分解的。

我还怀念教地理课的郑老师。郑老师往往就自然中出现的景象，来充实或加深我们的地理知识；他似乎善于抓住课外的某种时机，向我们讲述某种地理原理。郑老师住在学校的一个小房间内，窗前就是学校的操场（也是篮球场）。我们常常在上课以前便到校了，有时便到郑老师房间里随便谈谈。有一天，天下雨，我和几位小同学却很早到校。我们到郑老师处玩。他见到我们来了，很高兴，叫我们站在窗前，观望操场中被雨水浸蚀成树枝般的一条条小水道，和几处不规则的葫芦形、菱形或呈海星般形状的小水洼。郑老师说："地面上的河流、湖泊，往往便是由洪水冲刷成的水道和聚积的水形成的……"

操场上由雨水形成的水道、水洼，好像一幅地面上某一区域的河流、湖泊的缩影，郑老师利用雨天在操场上出现的这种景象，向我们大体说明了地球表面上河流、湖泊的成因，使我们感兴趣。

砺青小学据云是故乡莆田最早兴办的一座小学校。据云是民国初年几位留学日本回国的当地知名人士创办的。它不仅校史长，还因历来拥有优秀师资而享有盛誉。我在砺青小学就读期间的教师，有的是老教师，大半是从厦门集美师范学校乃至上海大夏大学师范专科毕业的，他们都经过小学教育的专业训练。现在想起来，这便是吴老师、郑老师等很能重视通过实验、通过实物以及重视课外教学的重要原因之一。应该说，这样的一些教学方法，对于启迪儿童智能和使儿童掌握知识，具有一种深刻的影响力，因为符合儿童的精神状态。

在我就读砺青小学时，在教室附近有两间宽敞的阅览室。说实在的，对于我来说，阅览室不大，却是一座很大、很神秘和格外有吸引力的智慧宫殿。和我在私塾里所读的《论语》《孟子》等大不相同，这里出现的不是让儿童的心灵走向某种理智逻辑和秩序的世界，走向一种为儿童尚不太能够理解的、儒家所期待的伦理的理想世界，而是走向鲁滨孙所到达的荒岛，爱丽丝所漫游的一种近于梦幻的世界，这类世界乃至那种荒岛，比较接近儿童的想象力，而且能够使儿童的感情奔放起来；与此同时，我也开始认识了中国古代寓言中的夸父、后羿、精卫、女娲等神话中的人物，认识了孙悟空和猪八戒。在砺青小学的三年时间内，我几乎每到下课时，便到阅览室里，进入一个我所迷恋的世界。在那些时候，我还开始接触了《小朋友》《童话世界》《少年》乃至在当时与我的年龄不太相称的《学生杂志》等期刊。很明显的，当时我的知识大增，感情被激发；当时，我在班上的作文大受语文教员林老师的赞赏。她每次分发作文簿时，便在班上朗读我的小作品。她对于我，逐渐地有点像是格外宠爱了。她曾鼓励我写日记，但我却暗中写了一些小童话，只是没有交给她看看，或请她修改。因为，这完全是属于儿童自我娱乐的一种写作热情的产品。

学校的门前有一个不太大的、以长石板铺成的广场。广场之后（或者说之南）是一面大照墙。这里，对于当时在校就读的小学生是很有诱惑力的地方。因为，这里常常有从闽南来或从北方来的卖艺人在表演精彩的节目。从闽南来的，多是演布袋戏的艺人；从不知何处来的北方艺人，他们带来的是拉洋片（一个木箱，箱子上有三四个孔洞，小孩坐在小椅上往孔洞里瞧，艺人边唱边拉绳索，箱内各种动画会变动）以及耍猴子戏；而当地有两三位捏糯米粉糖人和捏麦芽糖人的艺人，也常来到学校前的石铺广场上当场表演他们的手艺。我记得所有这些民间艺术表演都给我以很大的兴趣、启迪和引发儿童的想象力。现在想起来，有一个各自的艺术世界出现的共同人物，这便是孙悟空，但孙悟空在布袋戏中，或是在猴子戏中以及被用麦芽糖或糯米粉捏出的艺术形象，都各有特点。在我的印象中，布袋戏中出现的孙悟空，老是不断地翻筋斗，东张西望，好像在侦察前方的路程；骑在白绵羊上的孙悟空，戴上皇冠，穿上龙袍，两颗眼珠子滴溜溜地转着，让大绵羊在师傅的锣声中，在广场上绕着圈子——我至今想到，那猴子打扮的孙悟空显出得意扬扬的样子，因为他被封上齐天大圣了吧？那糯米或麦芽糖捏成的孙悟空，有的手上抱着仙桃，有的一只手掌遮在天庭上，双目向前探视，好像在寻找前方的什么妖怪，有的搔着痒……所有这些，使我在朦朦胧胧中得出一个认识，在各种不同的民间艺术（包括表演和造型艺术）中，同样的孙悟空，有各色各样的、不同的艺术形态；我说不清楚，自己竟然有这种从比较中看某些艺术形象的能力和敏感。是的，以《西游记》中的孙悟空这一艺术形象为原型，于是，在不同的艺术家手中，会造出各异的、新的艺术形象。这当然是后来我不知怎么一来又得出的一个认识。总的看来，当时在砺青小学校门前的广场上所见的民间艺人和他们的艺术，给我很深的印象，并曾引起我的思考。

记得是我进入砺青小学就读的第二学年，具体地说，即1928年，我上五年级时——5月初的一天早晨，我上学走到校门口时，看见广场上围着一大群人，广场上照墙上悬着一幅大型的宣传画，上面画着凶残的日本鬼子，用利刃割下我外交官蔡公时的耳朵、鼻子……当时有一位青年站在一只高凳上，指着这幅宣传画，慷慨激昂地演说，揭发5月3日发生在济南的惨案的详情。当我进入砺青小学就读时，我一点不能忽略记下的事，便是当时我常听老师口中谈到我国有好多国耻及有关爱国人民反抗帝国主义侵略的纪念日和相关的史实。而这些纪念日主要集中在5月或6月之间。譬如"五九""五卅""六一"（沙基惨案），当然还有光辉的"五四"，等等。这不免激起我们心中的爱国情绪和对日、英帝国主义的仇恨。记得那天看了那幅宣传画和听了那位青年的演说以后，我曾写了一则小文章，表达一种儿童的悲愤的情感。这则小文章，我交给语文教员林老师，她当场看了，显得很激动，随即，又抚着我的头发说："你写得好！你做得对！"

那年我十一岁。第二年夏天，我从砺青小学毕业，于秋季考上省立莆田初级中学。

祖父母·父母亲

祖父禹廷公，在我出生以前的好些年便已经去世。我只看到他的一帧褪色的照片。他很年轻，有点发胖，穿着马褂和长袍，坐在一只古老的长靠背椅上，其旁是一只茶几，几上有一沓线装书。这帧照片，是我八九岁时从父亲遗留下的一只书橱的抽屉中偶然发现的，也算是父亲的一份遗物。

有人说，祖父中过秀才，有人说，他饱学多才，但未赶上当年的秀才科举考试，便抱憾而终。那年他才二十多岁。

　　但我似乎无法从祖父的照片中感受到他在功名方面会抱什么遗憾。对着祖父的遗像，我有时会想，即使他中了所谓秀才乃至什么举人，他大概也不会因此显得踌躇满志，他的胸中似乎另有一个理想天地。从他的照片中，我有时觉得他在沉思，在追寻什么，觉得他有些迷惘，有时觉得他心中有某种悲愤之情，又有某种自己的抱负？

　　（祖父生于逊清光绪年间，风雨如晦，鸡鸣不已……）

　　由于只隔两代血缘的嫡亲的关系吧？我竟然对于这帧照片，有天然的感情，有时会和对待先父的遗照一样，取出看看。祖父的这帧褪色的照片，从小时被我一直保管到1966年冬，才在一场奇异的劫难中遗失！

　　祖父去世时，才二十余岁。他遗下了比他年轻的妻子：我的祖母！

　　先父去世时，才二十九岁。他遗下了比他年轻的妻子：我的母亲。而当时，我不到四岁。

　　我自己有时也感到有些惊讶。我记得许多有关父亲的印象。这些印象都是零碎的、互相不联系的，但又似乎是鲜明的，而且有时会无端地重现于我的眼前。我记得有一次父亲曾抱着我走过故宅所在的书仓巷，那时，我可能才学会走路不久，也许还不到两岁吧？书仓巷给我最早的印象是有许多绿树（其实，那都是果园中的龙眼树以及枇杷树），还听见鸟声（其实，那可能是八哥，或黄鹂或白头翁的鸣声？），但巷中的其他印象都没有了，也不知道父亲当时抱我到巷中来是为了什么？还记得有一次，父亲带我到一个陌生的地方，在这个地方，我看见有一个庭院，它的刷着白粉的墙边有一大片的竹林和几块假山石，并且还听见庭院近旁一座钟楼上传来钟声。这是故乡著名的濯英书院，其后改为兴化中学堂，父亲便是从这个中学堂毕业后，又被聘在校内当职员的。那时，我大概三岁吧？父亲可能是在星期天带我到这座学堂里来玩一玩，这是我对于校园一隅所留下的印象。大约十年之后，我自己也到这个学堂里来就读，但校名已改为"福建省立莆田初级中学"，那钟楼，那校园庭院中的一派竹林和几块假山石，似乎和我四岁时的所见是一模一样的。

大约也是四岁吧？有一天，有一位父亲的友人来看望他，一见到我，便把一只用小带系住的松鼠送到我的手中；我记得那松鼠一下子便扑到我的肩膀上，又卷起蓬松的长尾巴，蹲在我的肩膀上，转着滴溜溜的两眼，瞧着我——使得我又惊又喜……

父亲大约就在这以后不久准备到法国勤工俭学。我仿佛记得，父亲临行前的一些日子里，陆续有一些客人，即父亲生前的同学、友人们到我家来看他，而我的母亲往往在暗中流泪。不过，我后来听人家说，不论母亲还是祖母，当时都同情父亲至法国勤工俭学的愿望，因之也都同意他暂且离开家园前往异国。不幸的是，父亲才到上海，即得重病，不得不折回家乡。

父亲当时得的到底是什么病，家中人都说不清楚。母亲后来对我说，父亲从家乡至上海途中（当时是坐船）以及在上海等候赴法邮船的开航期间，为了节省费用，每日均以粗粮

（据母亲说，这包括地瓜等）和白开水充饥，于是很快得了胃病——就当时的医疗水平而言，说不清楚是什么"胃病"——以致饮食不能下咽，等等。当时我不到四岁，当然不可能充分了解父亲回家时的一些情况。不过，我能够记得，父亲回家时，曾带回一小篓荔枝。我至今记得，父亲坐在床前，把我抱在膝上，剥着荔枝给我吃，又不停地抚着我的头发。当时，我会有什么感觉呢？我会感到正在接受一种自己那时还不可能理解的、沉重的、不同平常的赐予和抚爱吗？我能够感受在当时的心境中，父亲对我产生怎样的一种父爱吗？现在回想起来，回味起来，只觉得当时的情况异常，似乎将有更大的不幸降临我家；只觉得父亲的抚爱中包含很深的思虑、牵挂、不安……

就在父亲把我抱在膝上，剥着荔枝给我吃的次日吧，也就是父亲在上海罹病赶回家中的次日吧？他就卧床不起，病况恶化。这当然是以后听母亲或家中其他人说的。我只记得有几天时间，我没有见到父亲，更不知道他病卧床上的情况。那些天里，我可能被送到外婆或其他亲戚家里去借宿，因为祖母、母亲忙于料理病人，没法分心来照顾我。可是，有一天，我忽然看到父亲了。我不记得被哪一位亲戚抱着，从父亲卧室的门口看望他；那时天大热（荔枝成熟时节，正是农历六月大暑期间），只见父亲侧卧在室内砖地上的一张草席上，有两位穿着白外罩的医生，正在通过橡皮管把装在一个玻璃瓶里的牛奶从他的肛门里打进去……据后来母亲对我说，父亲喝一口开水便立时吐出来，更不用说药物进口了。中医没法可治，请了西医，才用此措施，目的是想让病人不经胃囊而从肠里吸收营养。看来当时连打葡萄糖液的治疗技术都还未问世，医疗水平远不能与今日相比。不论怎样，父亲病情迅速恶化。据母亲说，父亲临终前曾昏迷多次，又醒过来多次，每次醒来，总是握住守在一边的母亲的手，看看放置在床头的书橱，看看室内一些古旧的陈设；总是用微弱的声音问：现在请谁照顾阿桂仔（我的乳名）……父亲临终的当天，他在完全昏迷中被抬至卧室外放着祖宗木主牌的大厅里，我也被谁抱来，和祖母、母亲一起，守在他的身边；我记得清楚，当时他躺在大厅左侧一只小藤床上，身上披着白被单……忽然有人轻轻地摇着我的肩膀，细声说："阿桂仔，赶快呼唤'爸爸'……"

我呼唤道："爸爸……"

只听见祖母和母亲一时都号啕大哭起来，顿足呼唤父亲的名字："绩堂呵！绩堂呵……"有一些在旁的亲友也唏嘘地拭泪和啜泣起来。我后来听母亲说，父亲逝世的那天，为农历六月十九日，正是观世音菩萨诞辰的日子。

现在想起来，我过早地承受人间的悲伤的情感之负担。我还记得，先父去世的治丧期间，按照旧时的风俗和礼仪，我披麻戴孝，跟着披麻戴孝的祖母和母亲，随在先父的棺木之旁，送殡至故宅的大门外……丧期在七七四十九天之内，每日晨昏，我都披麻戴孝，在先父的灵堂前，在白蜡烛的火光和缭绕的香烟中，敲着木鱼跪在蒲团上，跟着代我朗读《般若心经》的八叔父一句一句地诵着经文。对于当时的情况，我在一首题为《般若心经》的散文诗中，曾写道，"一种幼儿参不透的至哀和大悲的氛围"，作为"人生的感情之过重的负担，一时间内过早地压在一位幼童的心上"……

父亲去世以后，我们家里就留下两位寡妇和一位孤儿，这便是当时已五十余岁的祖母，才二十七岁的母亲和才四岁的我。

而我从小时似乎就已经感觉到祖母和母亲是不在逆境面前低首、性格坚强的女性；甚至我感到在最悲痛的日子过去以后，她们的精神很快会振作起来……

对于祖母的印象，我很清晰。大概在我出生以后直到我六岁时，我主要由祖母带领，因为母亲一直忙于家务。我想，若把小时的具体印象，用现在的语言来表达，这便是祖母性格豪放、乐观，对我格外的宠爱。据云，她姓李，是清代一位武将的后代，她的豪放的性格最突出的一个表现，便是喜欢与人打赌。我听说过，她曾与一位堂兄打赌：看谁能吃下最多的臭豆乳，结果，她居然把一小罐臭豆乳当作一顿饭吃下去，而和她打赌的堂兄却打了退堂鼓……

我小时，大概都由祖母喂我吃饭。当时，我大概不大爱吃饭，祖母总是逗着我把饭吃下。记得喂我吃饭的地方，大多是在我家居室前的走廊间。走廊下面是很长的天井，并筑有花坛和种植着龙眼树，时有诸如八哥、黄鹂、白头翁等在树间鸣叫，也有蜜蜂和蝴蝶在花坛的月季、含笑花间飞来飞去。祖母为我喂饭时，记得我老是往前面乱跑，她手中捧着一碗稀饭，还拿着一把汤匙，跟在我的后面，逗着我说："来，来！这一口和八哥一起吃……"

然后，她把一汤匙放着一点炒鸡蛋的稀饭送进我的口中，又对着在树上鸣叫的八哥，招呼道："来！来！你和阿佳仔（你的乳名）一起吃……"

祖母说着，趁我往树上观看八哥的时候，又送了一汤匙稀饭到我口中。我还记得，天井里曾经养着鸡。一天，有一只母鸡领着几只雏鸡在啄食撒在那里的碎米，有几只麻雀也飞来了。我的祖母便领我到天井里，让我看母鸡、雏鸡和麻雀啄食碎米，逗着我说："来！来！和姝姝（家乡对小鸡的爱称）一起吃……"

祖母说着，把一汤匙的稀饭送到母鸡近前，马上又收回，送进我的口中。接着，她又说："来！来！和鸟仔（麻雀）一起吃……"

趁着我想向几只正在啄食的麻雀走过去时，祖母一边逗着我，一边又赶快把一汤匙稀饭送进我的口中。

现在我还记得，祖母曾经和我一起养一只小八哥。我不记得这只小八哥是谁送来的。每天早晨，祖母把关着小八哥的鸟笼放在家门前走廊间的一只小木桌上，教我把切成一小块一小块的豆腐送进鸟笼去喂小八哥。记得我把用火柴梗插着的豆腐一送进鸟笼，那小八哥便张开鹅黄的小嘴，把豆腐一口吞下。还记得祖母带着我每天给小八哥洗澡，把鸟笼的门一打开，只见它便跳进那用小木盆盛放的清水中；它一会儿拍着翅膀，一会儿把头钻进水里，有时跳出木盆，站在地上不住地抖着全身的羽毛，满地是水。有一天，它洗澡以后，从木盆里跳到地上，拍拍翅膀，又从地上跳到木盆边的一只木桌上，随后又从木桌上飞到我家对门的墙上——这时，祖母赶快拿着一小块豆腐，对着它呼唤道："乌呵（祖母当时给小八哥起的名字），吃豆腐！"

只见它睁开又圆又大的眼睛，便飞下来，从祖母手中把豆腐吞下。

有一天夜间，我忽然醒过来了。室内的木桌上点着煤油灯。我不知道这是什么时候。我感到这不是我家的卧室，大概正在惊异间，我又发现自己不仅和伯祖母睡在一起，还有我的同龄堂兄也和我并排睡着；我不知道这是怎么回事。当年我大约六岁，正与同龄的堂兄、堂姐等上私塾就读……

原来家中又出现不幸的事情。据后来母亲对我说，那天晚上，祖母突然感到心情烦躁不安，胸口闷痛，又咳嗽不止，流冷汗……她自觉将与世长辞，要求当晚即按本宗的惯例，把她移至故宅第四进大厅的左侧……其实，这是本宗辈分较高者在弥留之际才从室内移来安置之处……这样，祖母就在这大厅的左侧，躺在病床上据说近二十天。在这些日子里，晚上我均与伯祖母和堂兄一起睡觉，白天上私塾就读。我隐约记得，当时有一位祖母的女友（可能是结义姐妹）前来，帮助母亲熬药以及夜间轮流守护祖母；我或许能够设想，母亲当时是处在极度焦虑、忧伤以及劳累和困顿之中，但我至今还难以设想母亲的身心当时如何能够承受、支撑这些负担？终于，有一天，我背着书包上私塾不多久，正在等待塾师为我讲授新的课业时，我的一位堂叔慌忙跑来把我喊回家，又急忙把我带到祖母的病床前面；这时，已经有一些亲友围在那里，唏嘘拭泪；母亲见我来了，拉住我的手，泣不成声地说："阿桂仔，赶快呼唤阿妈（祖母）……"

当时我不满六岁，但我似已能够深切地感受到，我正在向一位深爱我的亲人告别，就如四岁时，我向处在弥留状态的先父告别一样。我不禁带着儿童的哭声，悲伤地呼唤道："阿妈，阿妈……"

在场的人号啕大哭。有人用白被单把祖母的脸和全身遮住。有人抬来一只木桌，系上白布桌裙，又在木桌上放了烛台并点上白蜡烛……在治丧期间，记得按照旧礼仪，作为所谓"承重孙"，我同时承袭先父的"孝男"的孝服，披着双重麻衣，每日晨昏在祖母的灵堂前诵读《般若心经》，而我至今似乎还能隐约地感到，当我跪在蒲团上诵读经文时，幼弱的心灵间同时在承受着丧失祖母和先父的双重的悲伤……而现在想起来，对于人间存在生离死别所引发的某种迷惘，似乎又过早地来到我的稚弱的心灵中间！

在我的心目中，母亲具有许多美德，具有坚强的意志和性格。父亲、祖母相继故世，我依稀记得，在办理丧事（包括治丧期间按照旧礼仪办理的祭祀等）以后，她都显得平静。我依稀记得，在父亲、祖母故世时，母亲顿足、揪发大哭，但我明确地记得，在父亲、祖母丧期以后，在长久的年月里，我几乎很少看见母亲在我面前流过泪。特别是在她孤独一人抚养我至成人（譬如说，到我结婚以后）期间，她在我面前，除了慈爱，更多地感染给我的是一种母性的自信和坚毅。记得一些本宗的老年人曾经在闲谈中对我说过，我的祖父、祖母以及先父，性格都较豪放和坚强；但我自己往往感到奇怪，先人的这些性格似乎很少遗传给我；我似乎在很幼小时便善愁易感（譬如，本文前面曾经提及，先父、祖母的故世，那幼小尚参不透的人间哀愁以及人间存在生离死别所引发的迷惘，都过早地来到我的心灵中间……），而我的那种从幼时似乎便开始生发的情感方面的脆弱，又似乎总是被母亲所自然地表现出来的那种自信和坚毅以及振作精神所不断地消融。我个人从小以至成年逐渐形成的那种看似柔弱而个中刚强的性格，显然是接受母亲性格的熏陶而得来的。

据我的估算，先父去世时，母亲才二十七八岁，祖母故世时，她不超过三十岁。作为一位年轻的寡妇，孤独一人地抚养一位孤儿，那是一种何等的处境（境遇）？但我只觉得母亲始终能忍受她所遭遇的所有不幸、困苦以及某些打击。母亲对待住在故宅内所有本宗的人，不论老少，前辈或后辈，一一和颜悦色，以礼相处；对于故宅附近的邻居也是如此。她只有几件旧衣服，但穿戴总是整洁……我始终没有见到她的愁容。我后来渐渐地知道（感悟？），她要表现一种尊严，或者用她自己在我成年以后有一次对我偶然说过的话来表达，这便是："我会好好地活下去，不依靠任何人……"她的这句话，同时也是她唯一的一次对我说起先父以至祖母相继故世以后为自己确定的生活志向或生活态度。

我母亲平日的生活格外地有秩序和能够耐劳、吃苦。我有时想，她的生活是一种有秩序的，多少年内（在我成年以前）持续不变的家务操作和做女红等活计。不论寒暑，每日天始微明，她就起床，到井边去汲水、在厨房里洗擦桌椅、在庭院喂鸡、给花木或所种瓜豆浇水以及扫地，然后淘米煮饭，并在灶下一边向灶口里添上草薪，一边梳头（母亲梳理发髻，不用镜子，却能梳理得很好）。每日，早饭以后，也就是在我上私塾（以及后来上小学）就读以后，她就开始做起女红来。家乡莆田城关内有一条名曰"大度"的市街，此街两旁几乎全是批发兼零售的鞋店。它们的货架上摆着各种后来便逐渐消失了的老人的靴、儿童的动物鞋以及木屐、寿鞋等，更摆出各色的绣花鞋，其中包括新娘结婚用的绣花鞋。这些绣花鞋据说主要批发、销售到沿海渔村以及邻县惠安、仙游、福清等县去。在我小时，大度街的鞋业似乎颇为兴旺。我的母亲当时便是为鞋店里做鞋面绣花的女红。先是鞋店里的伙计把鞋面送来；我稍大后，便由我到鞋店里领回活计。那些店主以及伙计都喜欢母亲的手艺，每次总是分发一大捆"新娘鞋"的鞋面让我带回家中。母亲在这些水红色的鞋面上绣上鸳鸯或虾及水草的彩色图案。她不仅白天做这些女红，为了赶上交货的时间，更常在如豆的煤油灯下赶做到夜半……

据我所知，母亲不曾到佛堂礼佛，不曾到神殿敬神。但她终年吃素，特别是每逢农历初一和十五日，她更是严格地执行某种宗教中的斋戒和沐浴。是的，她始终是格外整洁的，她的心中大概有一位她自己信奉的神，一位她的儿子亦不知的神。母亲终其一生，除了勤劳，便是俭朴。从我懂事起，母亲一年四季，除了稀饭外，仅仅吃用少量食盐腌起的豆腐和蔬菜、蚕豆干。过年过节，免不了有若干祭神祭祖的祭品，其中荤者，她绝对一口不尝。1945 年我到福州定居，随后不久，母亲也来到福州，我家的生活有了许多改善，母亲仍然保持严格的吃素习惯。据我所知，母亲极少添置新衣。她终年穿的是那几件已经多次修补、但总是洗得洁净的旧衣。后来，我们有时为她添了新衣，她当然心中得到某种安慰，但显得不大习惯穿新衣……我想记下的印象是，母亲对于俭朴，似是一种天性，又似有一种宗教般的虔诚。

母亲总是把最好的食物留给我吃。她当然无力给我以某些补品，但她一直喂鸡。每日早晨，她一定亲自打一个鸡蛋，泡在稀饭中作为我的早餐，并常常鼓励我多吃豆腐。每到立冬、立春等节气，总不忘记请住在故宅附近的一位邻居宰鸡，让我"吃补"。不知怎的，在我小时，遇到某种节日，或有亲戚来时，母亲喜欢把我打扮成一位小姑娘，她从一位我的堂嫂处取来一点胭脂，擦在我的两腮上；我还记得小时曾穿一件对襟的短衫，在那襟上，母亲绣了牡丹和蝴蝶……

母亲总是这样呼唤我："阿妹仔……"

大概到我结婚以后，她不用"阿妹仔"呼我，却一直以我小时的乳名呼唤我："阿桂仔……"

在母亲的眼中，我似乎一直是一位儿童，一位她所爱的幼儿，而我一直感到在她的身边最安全、最温暖，感到她的心灵中会发出一种保护我的力量。

1992 年

（收入《汗颜斋文札》）

偷闲小记

说"偷闲"

我已退休若干年，照理说来，此若干年来可谓闲居在家，无所谓"偷闲"。按规定办理退休手续以后，即可不上班；对此，说得具体一点，即不必坐办公桌以及参加本单位的种种会议了。从这一情况看，退休以后的日子，外间人或以为真是格外清闲的了，也就是说，无所谓"偷闲"；不过，认真说来，或至少就我个人退休以后的日常生活说来，也不尽然。退休以后，日常生活中间仍然出现某种"忙碌"，这种忙碌似能使已退休的我感到生活比较充实，甚至愉快；但有时也令人感到某种难言的焦虑、犹豫或不安。再说，退休老人如我者，生活中既出现以上所称的某种"忙碌"，自然也会出现所谓"偷闲"的情况。

先说所谓退休如我的老人的"忙碌"。我略为想一下，便知此等忙碌之所产生，与我是一位所谓"写作人"有关，或许与我又是一位老人本身亦有关。记不太清楚了。大约是六十岁开始退休，今年已有七十六岁了。本人体质自小至老均弱，看来主要早睡早起等有规律的生活习惯，使我的生命得以延续至老年。作为一位所谓"写作人"而言，记忆力虽然有些衰退（特别是一些姓名记不起来），但尚可用，思考力似乎也还过得去，也就是说，还没有到了完全昏聩之境。如此，退休以后，不免不仅要重操"写作"此一旧业，且将"写作"这一原来属于公余性质之事，作为"专业"来办了。有趣的是，大概由于脑力专用在"写作"方面了，以致与"在职"时相比较，说句不怕人见笑的话，自觉常有"文思如潮"之乐，或者，说得谦逊些，说是总处于"创作情况亢奋"之中。是否写出所谓"佳作"来，余弗敢言，但数量"激增"是事实。特别是近些年来，不少报纸扩版，办周末版、晚报更是增加不少，以致来信约稿者颇不乏人。写至此，不谈闲话，直截了当地说，在退休老人如我者，生活中间居然出现"忙碌"。另外，顺便略为提一下，大概由于我已是老人之故，有些年纪比我小的作家（我的熟人，或未曾谋面）约我为其书稿作序。对此，我均视为对我的尊重和信任，除个别情况外，总是"有求必应"。为他人的书作序，是一种学习机会，但往往担心自己的见解浅薄，不免犹疑、不安。但不管如何，此等事也使退休老人忙碌起来。不怕嫌我啰唆，还有同志向我要"墨宝"，我的书法当然不佳，特别是要想出某一合适的"佳句"写于宣纸上，颇感为难。但我确实不敢损害人家的美意和信任，也往往是"有求必应"。近来，托人以"汗颜斋"三字镌一闲章，把此章印在自己为他人所书的"墨宝"或为他人所作序文的稿纸上，以示有自知之明。

以上说了"忙"，现在我再来说一下题目所提出的"偷闲"。那么，应该说，我的所谓"偷闲"，也是微不足道的，无非是退休老人的一种"偷闲"。就我个人的具体情况而言，近若干年以来的作文，其"操作"已不能是一坐下便一口气写成；本人的散文，篇幅一般均短；但作了若干时刻，如感觉有点乏力，便躺在书桌边上躺椅上"闭目养神"——如此称之为"偷闲"，也许勉强或者附会。不过，就我自己的感觉而言，写作时的间歇休息，好像有点近于"忙里偷闲"。这且不管了。但看来真正可称"偷闲"者，在我的退休生活中，有两点可言。一是，邻居有三株古树，至今还会有某些禽鸟飞来，在树荫间鸣叫；每听到鸟鸣，我必放下笔来，到阳台上悄悄地听着它们的歌声。另一点是，每日上午八九时和下午五六时，不管是写作还是读书报，我必定走到阳台上为所植花木浇水，自己以为这也是很愉快的事。

鸟声

近若干年来，我很喜欢听见麻雀的鸣声。麻雀当然远不及著名的鸣禽如云雀、百灵、画眉等之善鸣。近若干年来，我竟然自觉喜欢麻雀的鸣声，作本文时，我曾想了一下，其中之一当是属于潜在的原因。何以如此说呢？大概由于从小就认识麻雀；在我的记忆中，在莆田故宅的庭院中，一如家禽鸡、鸭，小时便旦夕相见，可谓半似家禽。其次，稍长，甚至可以说直至老年，不知怎的，或者说，有点古怪，我对于麻雀的鸣声，有自己的一种认识或"分析"，即以为麻雀的鸣声是一种毫无装饰的鸣声，不论是它们觅食时相呼的鸣声，还是雌鸟衔虫饲养雏鸟的鸣声，或营巢时的鸣声，或雄鸟求爱时发出的鸣声，等等，其鸣声似有些许区别，然皆朴直，似乎有一句话便说一句话，绝无修饰。以上所云，可称为我喜欢麻雀鸣声的一种潜在之原因所在吧？现在，就自我感觉而言，似已明显地感到自己喜欢麻雀的鸣声了。我有早起的习惯，未退休之前，往往在三四点钟，即天未明时即起来"写作"，然后草草用了早餐，便上班去了。退休以后，这一点习惯有所变动，即改为平明时分，离床起身。说来有点趣味，不知从哪年哪月开始（反正是退休以后的近些年吧），则是听见窗外有麻雀鸣声，便立刻离床起身。麻雀的鸣声从窗外传来，总是在东方既白、天色微明时分，这又与季节、月份的变换而有所不同，冬季在晨六时以后，夏季在晨四时左右天便微明了；说得细些，是至少每个月有微妙的变化。譬如现在，即我作此小文的 4 月 29 日（1994 年）；今天，约五时十分，麻雀的鸣声便传来了，随同微明的曙色。于是我立刻起床了。我的心中有时会出现一种"奇怪的感情"，竟谓麻雀是在曙色中呼唤我醒来的"早催人"，一笑。

在一些小品文中，我曾提及寒舍所在地为福州的一条古巷，曰黄巷；居处原是清嘉庆、道光年间的学者梁章钜的故宅，东邻为《福建通志》的总纂陈寿祺的故宅。东邻尚存杜果、玉兰及一棵不知其名的古木，寒舍中则尚保存原来的庭院和一座名为"黄楼"的小园林，加上与福州市区内的于山、屏山、乌石山相去不远，如此，除了麻雀外，有时还会听见黄鹂、斑鸠以及一些不知其名的禽鸟的鸣声。我已年迈，感谢上帝，尚未患上老年的耳聋症。所以，在窗前写作或读书时，东邻那棵高大的杜果树间传来的黄鹂的鸣声，尚能听得见。黄鹂是著名的鸣禽，其声不以高昂著称，似属于低唱的一种流派。此鸟早见于《诗经》。"两个黄鹂鸣翠柳，一行白鹭上青天"，"独怜幽草涧边生，上有黄鹂深树鸣"，古人诗文加以赞美。至于斑鸠也会飞到那棵杧果树上来，但我听见它们的鸣声，则往往是从不太远处某民宅内的一棵榕树间传来，不知怎的，我总以为斑鸠的鸣声总好似是在求爱期间所唱出来的，似是一种呼唤，似是表达一种渴望。此斑鸠，其嘉名亦早见于《诗经》。1945 年间，我在读《圣经》（当然是作为一种文学书籍来阅读的），记得曾在当时所作的一则题为《鸟巢》的小品文中，引用了《圣经》中的一句话："斑鸠的声音在我们的境内也听见了。"此则小文现收入拙著《开窗的人》内，我查了一下，未标引自《圣经》的哪篇作品，感到遗憾。至于那些不知其名的鸣禽，似是近来才飞到东邻的那几棵树上的，有两种。一种体小，作灰褐色，一飞来就是七八只，分散在杧果和玉兰树的高枝上唱歌，其声激越，但完全是过路的样子，唱了一阵，便飞走了。另一种，似乎是因为杧果树开了花，来吃花粉的，或是被花香召唤而来的，不知怎的，我作如是想。这种鸟，体亦小，羽毛作黄褐色，声细碎，它们飞来若干次，都是五六只一起飞来。杧果花期过后，便未听见它们的鸣声了。我要说，凡听见斑鸠、黄鹂以及这些不知其名的禽鸟的鸣声时，我都放下书，或放下正在写作的笔，坐在窗前乃至走到阳台上，去领受它们的鸣声之美。

我忽然想起周作人早期的散文《鸟声》。这当然可称一则很好的小品文，因为文中提出的是作家自己的见解。我作本文时，重读了一遍《鸟声》，感到周氏之文虽佳，但他对于麻雀、啄木鸟、乌鸦似有偏见（不喜欢它们）。就我个人来说（特别是近些年来），可以说对什么鸟都会感到欢喜。我是在1986年访问波兰时，在华沙近郊看到啄木鸟的，我一直怀念这只域外的啄木鸟。

浇花

就我的年纪而言，或云就一位退休老人而言，住在五楼上，似不合宜。但当时考虑到五楼的这个单元多一室和一个阳台，暇时又可以远眺，乃决意从二楼移居五楼。

自此，我在五楼的两个阳台上，各种若干盆花木。这当然不可能是某些名贵花木，其中如南天竹、兰花、七角花、茉莉等，是从幼时就认识的，是家乡莆田民间一般均在庭院中种植的。此外，陆续种了杜鹃、石榴、柱顶红及蜡梅等。写至此，我忽然念及1981年访问菲律宾时，曾带回几包花卉的种子，说明书是用英语写的，我借用字典，略为知道这些花种包括康乃馨、非洲菊等。种下后，大半能发芽，但长不起来，虽然我按说明书的要求，浇水、施薄肥，但终于没有种成。看来外来花卉的引进种植，除土壤、气候等条件外，还有栽种技术问题——我的意思是，外来引进的花木要成为本土适合栽种的花木，需要客观和主观条件的和谐的结合。现在，福州的各花店，已有非洲菊、康乃馨、勿忘我等出售，但闻均系通过空运送来，非本地所种。我又想到茉莉、石榴等花木，皆域外物，其为本土所栽种，且成为民间传统花木，这中间可能有很美丽的故事，惜典籍中似未见记录耳。

在阳台上栽种一些花木后，不觉之间，为花浇水成为个人生活中一种看似无足轻重又不能弃置的课程。每日上午八九时和下午四五时，我必定放下手中的笔或书，为花浇水。当然，也施肥，主要是自制豆浆所留的豆渣以及洗鱼的水等，这都由我的女儿代劳，我只管浇水这一件事。此浇花一事，开始时不过是读书或写作目倦时，作为一种休息来看待，不想从中逐渐成为一种乐趣。这大概是因为我从中逐渐知道一些花木的个性和它们的生活习惯，以至开始对它们有了一种亲近。

现在我已能够约略知道，蜡梅每年在 11 月间开始结蕾，直到次年 2 月，即农历春节前后开始开放蜡黄的花朵。茉莉到了秋暮，其叶开始枯萎，但绝不脱落得只剩下枯枝；而至次年四五月间一边发出新芽，一边吐蕾，花期长达三个多月，盛夏期间更是花繁叶茂。兰花早春发出新芽，七八月及 10 月、11月间二度开花，只是我不知道应称此兰为夏兰或秋兰。而杜鹃实际在 1 月底便开始结蕾，慢慢肥大，然后脱下花苞，至 4 月、5 月开花，并不全在清明前后才有杜鹃花可观赏。在所种植的花卉中，我认为柱顶红的性情最是随和，其开花期也最是明确。具体地说，为它浇水或多或少均可，无太严格的要求；它又一定在 4 月中旬抽出花柱，然后至五一节左右开出深红的喇叭形大花朵来。在所有的花卉中，认为自己对之抱最殷切者莫过南天竹了，种了好些年，均未见开花；前两年，居然都开花了，但不结实。南天竹于 5 月间开花，然后结圆形的小实，直到次年春节期间，小实一一变红，有如一串串圆形的玛瑙挂在叶间，这是我小时便喜欢的一种花木。今年，它又结蕊了，我期待它

开花后能够结实……

看云

  我曾读到德国小说家黑塞所作的若干小品文。其中有一篇题为《云》的小品文，有几句话："在少年时代，我对于云曾经采取虔诚的、有点严肃的态度。就是踏入老境的今日，我爱云也不逊于往昔，但却没有从前那样真了。"我读时，感到这好像替我表达了心中要说的话。我现在也要写一篇有关云的个人感受，但觉题作《看云》较为合适。

  应该说，我在儿童时代便喜欢看云。那都是在故宅的庭院中仰望空中的云。想起来，可能是夏天的云最早给我留下美丽的印象。"夏云多奇峰"，诗所表达的诗人的感受，我觉得自己在儿时也有此等感觉。当然，儿时对于云，有时也会觉得像棉花，像绵羊，像孔雀。即对于云，作种种天真的联想。此等联想，带有直觉的性质，未含何等理性的思索，而这一点，儿童当然办不到。家乡的兴化平原上，崛一座高山曰壶公山。这座山，城关居民几乎均可在家门前眺望它。"壶山致雨"，为莆田二十四景之一；致雨者，具有天将雨的预示之意；那就是，只要见及壶公山顶"戴帽"，即有云遮住山顶，则预示雨之将至。当然，不可能具有绝对的效验。不过，此"壶山致雨"四字，似乎从小对我产生某种启示。譬如，山顶生云与气象的关系；又譬如，云遮住山顶或在游移，也是一种风景。

  因为年幼，未必有何等高的欣赏水平，但早霞和晚霞的美丽，能从直观上引起儿童之天真的欢乐。记得儿时在庭院中，和一些年纪相近的堂兄弟姐妹，看到天上的红霞，便一起又跳又欢乐地唱着民歌：

> 天顶红霞红杜杜，
>
> 界外亲家婆穿红裤……

所谓"界外"，指沿海一带的地区。清初，据云，为了对抗明郑的军事活动，定出一项极为反动的"政策"，划定"界线"，实行"清野"，强迫原住"界线"以外的村民内迁。康熙二十年（1681年）"复界"，一些居民迁回原地，但都被称为"界外人"。当时，沿海地区均较贫困，所谓"界外人"，似带有轻视之意。另外，这首民歌的原句是"界外亲家婶没穿裤"，明显带有诬蔑之意。家中大人大概认为不妥，教我们唱时才改为"穿红裤"。这虽是题外的话，但说一下似乎也有某种必要。

中年、壮年期间，也即我定居福州之后，似为生计奔走以及其他原因，现在想来，几乎没有何等有关云的感受可以记录。二十世纪八十年代以后，即我渐入老境之时，有两次出国访问的机会。为此，我在1981年从马尼拉回国的飞机上，看到黄昏时南中国海上空壮丽的落日和彩霞的风景。又在1986年5月间，往返飞行于北京至莫斯科，以及从莫斯科至华沙时，在飞机上看到西伯利亚以及东欧空中的云景以及落日风景也极为壮观。不过，此等景色的描绘，已见于拙作《马尼拉书简》以及《五月，在波兰旅行……》等作中，兹不赘。另外，在八十年代初期，我曾有庐山之游以及登衡山、登黄冈山极顶的机会。在庐山时，曾专程至含鄱口看云。那云，实在是飘忽无定，瞬息万变。更有趣的是，那云，就飞入我所立的含鄱口亭阁的梁间，这使我想起晋代郭璞《游仙诗》中的诗句："云生栋梁间，风出窗户里。借问此何谁，云是鬼谷子……"至于衡山，黄冈山（顺便说明一下，黄冈山为武夷山之主峰）的极顶，皆在两千米以上；我们站在那里，天风吹衣，云不仅从衣边飞过，山下的云海，似又被我们踏在足下，此景此境均有奇趣。大约七十岁以后，我就不太有外出观光旅游的兴趣。整日待在书室（也是卧室）内读书或写作，目倦时，则至室外，为阳台上的几盆花木浇水以及听听从东邻几棵树间传来的鸟声。早晨或夕暮，则往往在阳台上做某些活动，其中活动之一便是看云，看霞。寒舍居于福州的一条古巷内。原来，站在阳台上向南可望见五虎山以及市区的于山、乌石山等，天空也见得宽阔。近些年来，附近不断出现高层的建筑，那些山都看不见了（还可见及乌石山的西边一隅），天空也显得狭窄了。好在西边，至今尚可见到一些山和一片比较宽阔的天空。这样，如上提及的，早晚我便站在阳台上看云、看霞。在这中间，其实也没有太了不起的景致可记，只是看云时，观察云的变化，云的形式总是不相同，而感到某种愉快和某种有关人生的感悟。至于看霞，主要在傍晚，主要面向西天。我觉得，那晚霞以及落日的风景，有时是十分华丽的，但不管在什么情况下，在我的感觉间，彩霞仍然是瞬息在发生微妙的变化，落日的景色，也几乎每天每时每刻均不相同，即实际上从来没有重复过。我曾在一篇小品文中写道，它从来不曾重复，这便是自然。云彩、霞彩和每日的落日景色，在我长期（即使只在寒舍的阳台上）观察所得的印象中，更清楚地感到情况是如此的。

种瓜

这里说的主要是种丝瓜以及苦瓜的一些感受和情况。在我的幼年以至青年时代，即二十世纪二十年代以至四十年代，家乡莆田城关的居民，住屋一般为平屋，屋内有一庭院。暮春以及初秋，庭院内搭起瓜棚，种丝瓜以及花豆（亦称状元豆）。我的故宅据云是明代的典型的民居建筑，规模颇大，我家是这座古民居的最后一进，有颇大的一个长形的庭院，尚有一口井，可能是明代的古井。我家对面住的是四叔公一家人，也就是说，这个庭院是两家所共有的了？因此，我记得瓜棚也是两家共同搭起来，而又把各自所种的丝瓜以及花豆，各用草绳牵引到瓜棚上，让它们共同在棚上生长、开花，结下瓜和豆。我们郭家是一个大家庭，虽然各房早已分居，各谋生计，但颇为讲究儒家的所谓孝悌的家风，平日互助互敬，这么一点瓜豆种在一起，瓜熟豆熟，两家不分彼此，随意采摘，从未生过什么互相计较的事。

瓜棚给我留下比较美好的印象是，在丝瓜和花豆相继并随而一起开花、结实的时候。在这样的时候，每天清晨，但见瓜棚上的绿叶间，随意开出许多丝瓜的黄色的花朵、花豆的小蝴蝶一般的白色的花朵。在这样的时候，好多的细腰蜂、胡蜂、瓢虫、甲虫以及蝴蝶等，都飞来采花粉，仿佛都很愉快又都很繁忙的样子。坦率地说，这些蜂啊，蝶啊以及瓢虫啊，我从小都喜欢极了。及长，乃至现在已是暮年了也还是格外喜欢，我说不出它们有多么美丽，多么有趣。它们身上的色彩、翅上的图案，何以能够显出如此天然的美丽？它们何以能够从远处飞来采花粉呢？凡此，均使我十分感动。

　　1945 年冬，我从莆田移居至福州定居，初居西牙巷。这是向一位缅甸华侨所有的一座木楼租用了两间小室，我的夫人秋声随我同来福州，母亲则住在莆田故宅，过三年以后也来福州。站在木楼的栏杆前，夏天，可以看到邻家的庭院里搭着瓜棚，种上丝瓜，当时颇有感受，曾作小品文，写有关邻居种丝瓜的事，题目似为《成长》，发于报纸上。邻居门前有一小块废地，我的夫人一如莆田的一般妇女，极勤劳，她居然在这片废地上，也种起丝瓜来。丝瓜的藤沿着废地旁的一堵土墙爬上去，生长、开花、结实。她连续在这块废地上种了多年的丝瓜，此等自种的丝瓜，多年成为家居席上的佳菜。1971 年冬，此时家母已经离世，我和夫人以及幼年的子女客居浦城一小山村；那时，我是作为所谓"下放干部"，率家人客居此一小山村的。那时，我家也分配到一块自留地，我的夫人又在这块位于小溪畔的自留地上种四季豆、菠菜以及丝瓜等。我记得以丝瓜与泥鳅一起做汤，颇为可口。

　　现在，我想在此简单谈一点我在晚年时种瓜的事。退休以后，就是在前四五年吧，有一天，伏案写作之余，独坐窗前，看窗外天上的行云，忽生一念：是否在阳台上种几棵牵牛花？

让它们的藤、叶从窗前垂下来，并且在整个夏秋两季的每日清晨，开放蓝色以及粉红色的喇叭花。如此，读书或写作目倦时，可以看看牵牛花，当是一项赏心悦目之事。我真的以陶盆种下数种牵牛花。它们果然开了两三种颜色的花朵。可惜都是矮小的品种，其藤未能爬上窗前来。随后，我又忽发奇想，在阳台上用大花盆种丝瓜和苦瓜，这两年来都种成功了。它们按照我的设想，从我为它们所结的塑料带爬上我的窗前，发出许多绿叶，随后开花、结实，也招引来了一些蜂和蝶以及小红豆似的瓢虫，虽然不如当年在故宅的庭院中的瓜棚上，能招来那么多的各种昆虫，但亦能使我感到愉快。从阳台上摘下的丝瓜或苦瓜，作为菜肴，也许由于是自己亲手种植的，似乎尤为可口，且有一种亲切感。

与孙逗乐

我不算晚婚。十八岁时便与夫人秋声结婚（其实说是"早婚"了）。只是至三十余岁始得一子，四十余岁又得一女。他们成婚得子后，我已渐近晚境，或已进入老境。不过，晚年始得孙辈绕膝，似乎更具有某种人生乐趣。孙儿肖鸡，今年已十二足岁；外孙肖羊，现在才两岁半，他的父母上班去，又尚未达到进幼儿园的年纪，白天由邻近一位老婆婆代为带领。

先说孙儿。记得他出生时，媳妇系至闽北浦城娘家去分娩（因为我的老伴当时已故世，家中缺人照料）。记得那天得自浦城拍来的电报，得知我已得一男孙。此份电报使我读了多遍，乐何可言。孙儿在婴儿时期的情况我已淡忘，只记得他的身高达到可以从客厅的窗口向外眺望时，即三四岁最为逗人欢喜。他很爱猫。记得有一天，他站在窗前，看见两只白蝴蝶、两只麻雀，在对面屋顶上飞来飞去，后来又看见一只小白猫也走到屋顶上来，他多次要我和他一起看白蝴蝶、麻雀，因为我正在写作，没有理会他。后来，只听见他说："公公，你快来看，两只蝴蝶、麻雀和一只小猫在屋顶上相会了……"

我当然放下笔来，和他一起来看屋顶上的童话世界。孙儿喜欢走到我的书桌边来，找我谈话。记得有一次，他已进入小学一二年级了吧？他上学前，对我说："公公，我昨天夜里梦见一位马戏团的小丑……"

"怎么呢？"我放下笔，问道。

于是，他告诉我，这位马戏团的小丑，身上所穿的衣服，一边是红色的，一边是蓝色的；可是，一会儿又变成绿的、白的，又变成黑的、黄的；他的眼睛也一会儿又一会儿地变着颜色……

和这位孙儿在一起，真是深感乐趣。还有更为有趣的是，我居然从中取得某种写作灵感，居然写了诸如《屋顶上》《孙儿说梦》《玩具的住屋》等若干小童话、小散文，收入拙著《孙悟空在我们村里》（福建少年儿童出版社，1991 年版）内。不过，不知从哪一年开始，也许是孙儿上了中年级以后，他便很少跑到我的书桌前找我谈话。我于不觉间，开始发现他的课业很重。晚上不用说，几乎午饭后也在做课业。只是，有时我发现他在暗中看一些童话书；记得前年暑假里他就开始生吞活剥地在看

《西游记》，他似乎能够自己寻找课业以外的其他阅读空间，调剂自己的某种精神生活。

我想谈一谈外孙。上已提及，他才两岁半。我的女儿、女婿结婚后，暂时和我一起居住。由于在我家缺人料理，女儿到莆田家中分娩。那天，我接到她生下一男的长途电话，也真是乐何可言。大概满月后不久，女儿便带着婴儿回到我家。我很少去抱尚在褓襁中的外孙。不过有趣的是，由于平时的观察和思考，居然作了一则不像诗又不像散文的《婴儿世界》（记得发于《天津日报》）。以后，外孙可以坐婴儿车了。有一天，女儿让我坐在藤椅上，又让孙儿扶着婴儿，给我拍了一照。也算有趣，我居然写了《题一帧照片》，与另外两篇小品文，一起发于《诗刊》。老人和婴儿以及儿童合照，这中间也许有某种诗趣，某种哲理趣味，只是那则不像诗又似非散文的《题一帧照片》，似乎未能把其中的趣味表达出来，至今引为憾事。

幼儿在两三岁时可能最易逗人欢喜，这时幼儿正在学语，又似乎开始能用简单的语言表达天真的意思、意志。现在每天早晨，他便跑到我的卧室内，说："外公——早安！"

这样的时刻，我一般是坐在躺椅上看闲书。他又喊道："外公——起来吧，给我画画！"

外孙喜欢人家给他画画。于是，他拉着我的手，到客厅中去，站在茶几前，拿铅笔和纸给我。

"外公——画一辆公共汽车！"

我画了公共汽车。他又说："外公，画座楼——高高的，高高的！"

我画了一座高楼。他又要求说："外公，画只鱼吧！"

我画了一只鱼——当我画了鱼的眼睛后，他又拉着我的衬衣，说："外公，给鱼画眉毛吧……"

我笑着说："鱼没有眉毛……"

他举起手指着自己的眉毛，说："鱼有眉毛，外公，你画鱼的眉毛吧……"

我居然在鱼眼睛上添了一对弯弯的眉毛，外孙看了，哈哈大笑起来，又拍起小手来。最使我感到快乐的是，外孙用过早餐后，由女儿带他到邻近的保姆家里去——开门要下楼时，他便和我握手，又挥着小手，说："再见，再见！"又让我弯下身来，和他贴脸。又把小手一挥，说："拜拜！"这样，我往往感到自己在短暂甚至是瞬息中间，曾走进一个儿童世界中去，这也真是可谓此中趣味，何可言状。

关于"墨宝"

像我这样的老人，即年逾七旬者，小时大多上过私塾。所读者为所谓"四书"以及《孝经》《千家诗》等。与此同时，学写毛笔字。记得先是"描红"，即在从坊间买回的印好红字的字帖上，用毛笔把红字一字一字涂上墨迹。这"描红"的字帖，写的是"上大人，孔乙己，化三千……"，据云是孔子写给父亲的信。过了一段时间，则是在一块"粉板"上学写毛笔字。所谓"粉板"，为一块涂上白漆的长方形的小木板，其上画出方格。每日在此"粉板"的方格内写毛笔字，并交给塾师，由他批一"阅"字或"可"字。随后,把"粉板"上所写的字擦干净,供次日再用;记得我当时所用的是柳公权的字帖,每日学写二十字。大约八岁或九岁开始进小学(当时与私塾相对而言,社会上称之为"新式"学堂),每周尚有一写字课。入中学以后,除了作文以毛笔书写外,几乎都用的是钢笔。我说了以上一段闲话,无非想说明,像我这样的一位老人,对中国书法(世上最特殊的,或云奇特的一种艺术)可以说没有经过什么严格训练。

不过,我似乎从小对于中国书法艺术便有一种天然的,甚至说是一种血缘的喜欢。六世祖尚先公,嘉庆进士,累官至大理寺卿,但他是以书画及文学闻于生前及传于后世(《清史》《福建通志》把他列入《文苑传》)。五世祖及曾祖父慎行公的书法(以及篆刻),在世时似乎也有一定名声。小时,在尚先公所遗留的小园林芳坚馆中,便在假山石的石刻上,挂在小阁、回廊木柱的一个雕的楹联上以及悬于花厅四壁的中堂、条幅中,看到尚先公以及当时和更早的古人所作的书画。现在,我还记得芳坚馆花厅中曾悬一幅尚先公的画,画的是大白菜和萝卜等,上题"士大夫何可不知此味"。还记得挂着黄慎的画以及郑板桥的字(这些字画,估计是慎行公所置);但我似乎不太喜欢板桥的字,尽管他的兰、竹、石画得多么美妙,尽管他的字在当时可能是我国书法艺术的某种创造,但不知怎的,我总觉得板桥的书法在个性鲜明中有某种"怪"味,为我所不喜。说来,这真是对先贤的大不敬,且颇见狂妄,请读者鉴谅。

我想,也许可以作如是观:自1945年冬离开家乡莆田定居福州之后，若干年（二十余年？）之间，我几乎整日忙于工作，忙于写作；或可简单地说，忙于谋生。在此等情况下，遑论什么书法练习以及欣赏。有趣的是，在1967年春间，在我的生活经历中，居然有十余天练习书法的记录。当时的"革命造反派"之间，正忙于"内战"，一时无暇顾及"牛棚"中的各君子，以致所谓"批判会"以及所谓写交代材料等，均有所放松，但安排诸君子一些"工作"。记得当时我被指定整理中国人民大学所出版印发的有关文学艺术的剪报资料等。这项工作比较轻松，我竟然趁此机会练习书法。用的是一册仙游县陈姓（？）私家出版的字帖。这本字帖收苏轼、蔡襄、黄庭坚、颜真卿等的书简拓片。窃以为此字帖颇珍贵，是我"当权"时，有一次赴京开会，路过上海，在一家古旧书铺为本单位购置一批古籍时一起购得的。当时，我就想借回家中临摹、玩赏，但以事忙而未果。却想不到能在牛棚中临此字帖，奇哉妙哉。当时，我以为东坡书法，才情横溢，不可摹；又想起东坡曾赞蔡君谟书法"独步当世"，并曾称他天赋固厚，且后天勤学（大意），故其书法得以进入佳境。为此，我在牛棚里便开始临摹起蔡襄的书法来了。不想十多天之后，一日，有外单位的某一造反派的年轻头目来考察本单位"牛棚"情况，看见我正在专心按照字帖中蔡襄的笔法运气运笔。那位头目趁我不备之际，从背后把我的毛笔抽走，抛在牛棚外的空地上。以后的情况，我想本文就不必谈及了。但我想顺便说一下，那"牛棚"当时原是本单位的图书室。1972年我从下放的所在地调回工作，不知怎的，我首先做的一件事是去看看我当年经手购置的一些古籍以及这本字帖。可是，查了多遍，这本字帖已不知去向，心中不免怅然。

稍微回顾一下，自以为个人和家庭的生活比较安定，当在二十世纪八十年代以后。此际我已渐入老境，但居住以及读书、写作条件均较佳。不知为何一来，竟想趁与茅（盾）公、叶圣（陶）老、俞平伯先生等通信，求教问道之余，向他们求墨宝。他们均俯允了。后来，又向冰心老人求墨宝，也蒙她俯允了。这些墨宝，我均裱褙了，但并不悬挂于客厅中，乃是悬挂于卧室中。他们的墨宝自是一种艺术珍品，但对之日夕欣赏，我主要是想从中吸取某种道德力量，用以自勉，用以自律的。

在文末处，我想谈一下自己。大概由于自己是一位写作人(writer)以及年老之故，近些年来，确有不少相识者以及不相识者向我求"墨宝"。在本文一开始就提及，我根本没有经过中国书法的严格训练，作字之不得其法是当然的事。但当面或来信求"墨宝"者，其情均颇恳切，我这个人，的确总是不敢伤他人之情，不敢辜负他人的信任，所以大体上"有求必应"。此等事月必若干起。我往往择清晨精神较佳之际"挥毫"。自己以为，不欠人情，不负人情，自己的心情便会愉快。譬如说，把所谓"墨宝"寄出以后，这一天的心情至少感到比较轻松。

谈饮茶

记得是 1989 年间，北京中外文化出版公司出了一套小书，曰《清风集》（袁鹰编）、《知味集》（汪曾祺编）、《解忧集》（吴祖光编）、《说画集》（端木蕻良、方成编），约一些文人作文：

说茶，说饮食，说酒，说画。除了《解忧集》外，其中说茶、说画以及说饮食的小品文，我均应约而写了。有趣的是，自此之后，我竟然又陆续作了若干则有关说茶、说饮食的小品文，而且还写了若干则有关说酒的文章。关于此等事，此处就不详谈了。

不想本日忽发兴致，拟再作一则有关饮茶的小品文。发于《清风集》的一组说茶的小品文总题曰《茶小记》，记儿时初次饮铁观音事、下放闽北浦城一山村时作"野人饮"事、在杭州虎跑饮茶事以及在湖南武陵桃源洞与道人同饮擂茶事。随后读《茶经》（陆羽）、《煎茶水记》（张又新）、《茶录》（蔡襄）以及宋徽宗的《大观茶论》等，作若干有关古人饮茶的读书札记发于报端，但均未写我个人日常生活中的饮茶事，本文拟在这方面略记一点私人琐事。

茶虽为开门七件事之一，但想起来，如拙作《茶小记》中所记曾于儿时喝过一次铁观音留下印象外，小时、少时乃至青年时期，我似乎都未曾养成饮茶的习惯。另外，我至今也还记不起来到底于何时真正开始养成饮茶的习惯。据我的估计，我逐渐养成饮茶的习惯当在我学会吸烟之后。二十世纪四十年代中期，在永安、南平就读期间，课余数位同学常在宿舍里闲谈，甚至互相戏谑、开玩笑。在这种情况下，有人递我以卷烟，如此一次、两次以至若干次，便慢慢有些上瘾了。其实，当时所吸的不过是自造的卷烟，即把沙县烟丝用烟纸自己卷成的卷烟，比当时流行市上的老刀牌、哈德门牌等香烟，价廉得多。吸了烟，便自然而然地需要饮茶解渴，大约从那时起便养成饮茶的习惯了。

对于酒，我一滴不沾，我连啤酒都喝不来。至于烟，也于1974 年间被我断然戒掉了，至今见到有人吸烟，十分厌恶。只有饮茶的习惯尚保存在我的日常生活中间。写至此，我忽然想到拙作《茶小记·随意》中有一段文字，可以引录：

> ……至于茶，至今还是每日泡一壶茶；可是，则未必是一位茶君子。福建产茶，出名茶。我却什么茶都能泡一壶，斟入茶盅中，喝得津津有味。看来，我是一位平庸的老人。不论穿衣、住屋，均不知讲究。在喝茶方面，似乎亦如此。看来，我似乎总想在随意中，求得生活的平安，并借此减少无谓的苦恼？

这段文字大体上从饮茶方面谈及我的为人和生活态度。不过，写得实在太过简约。于此，我想说得稍为明白些。首先，我逐渐养成饮茶习惯以后，就从来不讲究要饮什么茶。记得很清楚，我定居福州后，寓所的两面巷口均有茶庄，我总是急匆匆在商柜前随便买一两包带回，也不问是绿茶还是红茶，更不问其为"雀舌""清明前"还是什么岩茶。反正随便什么茶叶，泡了以后，喝下去有点茶味就行了。"文革"后期，下放浦城一小山村，喝的是那里村民自制的野茶，亦感有味。近十余年来，我已进入垂暮之年，居然有一些年轻同行约我为其书稿作序，甚至有向我求"墨宝"者，尽管对此等事，自知不能"称职"，但从来未敢"违命"。大概为了"回报"，有的同志便送了茶叶来，其中有的是以包裹寄来。如此一来，就省内而言，我所

"接受"的茶叶，有安溪的铁观单、武夷的岩茶、福州的花茶以及闽东北的绿茶等。这些友人馈赠的茶叶，品种不同，其中且可能有"上品"，但我泡了以后，喝下去也都不过知其有茶味而已，未能尝出其间有什么品质的高低或风味的差异。对我来说，饮茶已经数十年，也的确能喝得津津有味，但归根到底，不过为了解渴而已。大概由于饮茶不过为了解渴，所以，在此顺便提一下，我对于茶具也一点不讲究。前几年到宜兴参加一次散文笔会，当时有人赠我一套紫砂茶具。茶盅、茶壶等的造型、色彩均颇可爱。可是，我用不了几天，由于不慎，茶壶的盖被我弄破了。记得当时我并无十分痛惜，随后便"一如既往"，用的都只是粗瓷的茶壶。至于茶盅，冬天有时用"保暖杯"，夏天则随便抓一只茶杯用用就是了。我总觉得在生活中，不奢求什么，随意而行，反而适意。

在本文中，我想略谈一下有关自己"醉茶"的事。在二十世纪五十年代，我曾在厦门鼓浪屿度假。一日，在友人处喝闽南的工夫茶。这当然是一种古老的传统的茶道；茶具、用水以至泡茶斟茶方法均极讲究。茶杯极小，饮时放在唇边细细地品尝。我却不理此等品茶方法、方式，只觉得茶杯太小，一下子自斟五杯饮下。如此糟了，因为茶太浓，饮太多，不久就感到恶心，只好托词回到自己度假的休养所，躺在床上休息。后来有人告诉我，此现象曰"醉茶"。我在生活中还有一次"醉茶"的记录。前两三年，为了赶写一篇小品文，使得能及时寄到某一期刊，我忽然想泡一壶浓茶，以为饮此浓茶，可以提神，使这篇小品文尽快写出来。不意饮了两杯后不久（文章还未写毕），就感到胃中不适，"醉茶"了！这当然是小事，但后来我想，凡事从容为宜，不可凭借外力来"促成"。另外，还想，我的性情以及身体状况，只宜于清淡者，连饮茶都只能是淡茶。

（收入《汗颜斋文札》）

杉坊花鸟志

题记

二十世纪七十年代初期，举家四口旅居于闽北浦城县的一个小山村——下杉坊。连同我家，这个自然村当时只住四户人家。就当时的乡村行政体制而言，它隶属于九牧公社的杉坊大队。而此大队又辖九个生产队，共有二十个自然村。

最远的一个生产队，离下杉坊村约五公里，它在渔梁岭上。那里，至今还能见到古驿路和寨门；从蔡襄等有关的诗文中可知渔梁驿至少在宋代已是一座繁华的山镇。全大队都在海拔八百至九百米的深山重岭之间，有三条山溪流经境内，其中有两条山溪便在我当时的居屋的门前汇合，出山口流入浙江。溪上有木桥，溪畔有水磨坊，林木蓊郁，鲜花遍野，鸟声时或传来。在 1984 年间，曾作一组散文，题曰《杉坊花木志》（收入拙著《给爱花的人》，1986 年，湖南文艺出版社出版）。现作《杉坊花鸟志》，除记述我在杉坊的所见的花木、禽鸟外，也将记述我对于那里的鱼、虫和小山兽等的印象以及感受，以作为他日写地方志（譬如《浦城县志》）者的参考。

果子狸·夜雁

记得是 1971 年 11 月中旬来到杉坊的。先宿浦城城关一夜。竟夜大雨滂沱。次晨雨止，驱车至九牧公社报到，只见办公室内，中央置一火盆，盆内炭火融融，几位干部围在火盆边学习文件。他们见我一家人来，都让座，且说山岭上已经下雪。

我在杉坊住下后，记得从秋暮到冬天，下过几场大小雪。若在晴日，则往往下霜或结冰。秋收以后，村里的梯田，除了一部分种上荞麦和紫云英以外，皆裸露着，上面结着薄冰。至于霜，每在结冰之前的晴朗的深夜里下降。一天下午，我作为当时的所谓下放干部，参加大队党支部所召开的各生产队队长会议，内容主要是落实次年春耕生产的种子、肥料等的分配问题。我不记得是什么缘故，直到将近半夜才结束。会后，我与住在离我家不远的一个自然村的老王同行，一起回家。老王四十开外，满腮胡髭，山间天冷，但见他只穿一件到处补丁的旧棉衣，腰间束一条腰带，那旱烟管斜插在腰带里，却又不时取出，吸它几锅。且说这天夜间，我们从大队部出来，向下杉坊村走去，一路上只见田埂上、篱笆上、村屋上，枯叶尽脱的乌桕的树枝上以及那些稻草垛上，一一凝上白霜。霜夜的月色格外清明。老王在全大队是爱说笑话和编造趣闻而出名的，那夜在月光中冒着彻骨的寒气，在村路上边走边听他讲些趣闻，忽然，他停下话，按着我的肩膀，要我和他一起蹲下来，说："瞧……"

我蹲下来，向路边不远处的一座稻草垛望去，只见垛堆间有一只小山兽喷着鼻息，两只绿宝石一般的眼瞳里发出亮光；它似乎在警惕什么，似乎在思考怎么逃脱，似乎在估量目前有什么危险⋯⋯

只见老王蹲在我的后面，从腰间抽出旱烟管，在地上敲着，好像小孩子那样，笑嘻嘻地说："别怕，别怕，你尽管躲着⋯⋯"

只见那小山兽却从稻草垛里闯出来，箭一般地从路边跳上附近的田埂路，一路踏着浓霜，往一片树林里躲进去。在月光下，我看见这只小山兽好似一只山猫，但体长，眼边有白色条纹。老王扶着我站起来，笑笑说："别管它了——等下它还会回来，躲进稻草垛里⋯⋯"

他告诉我，这小山兽，当地人叫它笑面狸（我查了词典，得知学名为果子狸）。霜天，山上更冷，这小山兽便跑到村里，躲在稻草垛里取暖。据老王说，笑面狸跑到稻草垛里，有时也为了寻觅未打干净的稻穗上剩下的谷子。但它主要是吃山上野生的山楂呵、杨梅呵、野李呵。老王还对我说："这小家伙还会吃小鸟呢，哈！哈！"

他说，有一次在林中找蘑菇，不意树上的鸟窝里掉下一只雏鸟，没想到一只笑面狸从林间跳出来，把雏鸟衔在口里，就往树林深处跑去⋯⋯

记得又有一次，也是下霜的深夜，开会后，老王陪我从大队部回到我家（他总是送我到家，然后自己回去）。他在我家门口的石阶上站住，望着湛蓝的夜空，忽然说："你看——天上有雁阵⋯⋯"

我抬头一望，真的看到在北斗星座的斗柄下，有排成人字形的雁阵自北往南飞行，我好似还听得有"咯咯"的雁鸣声，自远天传来……

老王说："它们从苏武牧羊的地方飞来，已飞过开封府、苏州府，正向延平府飞去，最后飞向兴化府、泉州府的海滩上去过冬……它们飞过的路远啦，嘻嘻哈！"

不知怎的，那夜久久不能入眠。心里一直在想，儿时也曾在家乡莆田（即老王所说的兴化府所在）的秋空中，看到雁阵，但感到那样的岁月离我已很遥远，一如秋雁的旅途！

小鹿·刺猬

那天夜里，村里下了一场可能是入冬以来最大的雪。山中有一段冬闲的日子，天又冷，这样，村民们往往在天暗后不久便闭户就睡。这场雪大约就在这时候开始纷纷飘落，可能直到夜深才止。就我自己而言，可能是所见最大的一次雪。记得当时我所居住的下杉坊村，只见四面的山峦都盖上白雪；村屋前不远处的木桥盖上白雪，溪中的岩石盖上白雪，溪边的水磨坊和一座土地庙以及田埂路，还有晒谷场，都铺满了雪；我和邻居的屋顶上更是盖着厚厚的雪，而且，早晨起来时，屋前的石阶都给雪封住了。这样的雪天，山上的雪必定下得更大，有一些小山兽便跑到村里来，寻找取暖的处所。

有一只小山鹿就从山上的密林里跑下来，躲在我当时的邻居阿方伯家灶间的干草堆后面。根据一点迹象，我估计这只小山麂对于山中大雪之欲来、将降，有一种本能的预感，而且会本能地去寻找可以躲藏之所。记得当时我竟会做这样的"判断"，以为这只小山麂是在大雪下降之前，便跑到山下村里来；而且又是在阿方伯一家闭户就睡之前，便悄悄地走入灶间里的，它在干草堆后面安安稳稳地躲藏（取暖和睡觉？）了一个整夜。

记得那天得知阿方伯家里跑来一只小山麂，我立时走来看望这只小山兽。只见阿方嫂坐在灶下，边用铡刀切着干草，边喂着那只躺在她身旁的小山麂；只见它扑哧扑哧地喷着鼻息，好像感到十分可口地嚼着干草。我似乎还是初次见到一只小山兽和人能够处得这么亲近；并且，当我走近它时，它似乎也不感到陌生和畏惧……

我不觉随口说了一句："就把这只小山麂养下来……"

听了我的话，站在一边尽是吸着旱烟管的阿方伯，笑笑道："还是要把它放回山上去的……"

我仔细地观察一下这只小山兽，感到它有点像鹿，但体形比平日在动物园里所见的梅花鹿小得多；其毛，背呈棕褐色，腹呈白色，油润而光滑。我感到它很可爱。却见阿方伯抚着它的头，又笑笑说："你看，它头上无角，是只雌的——放它归山，可以传子传孙，哈哈哈！"

在整个杉坊大队，这位五十余岁的农民阿方伯，都受到尊敬。有人说他能知天文，说他看星、看云、看天色，能知若干天内的气象。他还熟悉当地的水利以及传闻轶事和民俗。有空时我喜欢和他闲谈，感到他的随意谈吐间，常常出现一种山地农民的幽默感，又含有某种朴素的民间深意。那天，他还告诉我，按照村里自古以来传下的习俗，凡山上有小兽躲到屋内来，不论是为逃避猛兽的追逐而来，还是为逃避某些祸害（譬如山中风雪等）而来，均不得杀害，且要挂红送回山上……

这只小山麂被养在阿方伯家两天两夜。阿方嫂每天给它喂谷物、干草。第三天，雪开始消融了，早上便出了太阳。阿方伯找到一方红布，系在小山麂的耳朵上，自己怀抱着，准备放在村里的土地庙前，然后让它跑到山上的密林中去。下杉坊村的一村民，包括我这位下放干部，都陪同他一起给小山麂送行。我们走过木桥，走过长长的一段溪边的小径，正走近水磨坊时，阿方伯忽然停下脚步，他似乎听见水磨坊内仿佛有什么动静……——原来是一只刺猬在水磨坊的小房里面；它大概听见人声（以及人的气息），下定决心从里面冲出来；只见它喷着鼻息，隆起全身的针刺，像突围似的冲出来，几箭步便冲在土地庙前，然后沿着被融化的雪水浸透的小泥路向密林中逃去……

对那逃荒似的刺猬的背影，阿方伯笑笑说："别慌，别慌——只要你不偷走地里的番薯，不会抓你的……"

有人在水磨坊的小房里看一下，只见地上有一大堆灰烬，是舂米的村民烧木炭取暖时留下的灰烬。这只刺猬可能便躺在这灰烬上度过寒冷的积雪的夜晚。

再说大家跟着阿方伯把小山麂送到土地庙前，便放它自己往山上密林中跑去。却见这只小山麂真像有心人一样，跑了几步，便站住回头看看大家——最后才跑进林中，不见了。记得在杉坊时，我有时感到某些小山兽能察人意，能与人亲近；有些小山兽，对人则永远保持距离，永远保持警惕。

杜鹃花·虾·竹鸡

　　多次想到西源垄去走一趟，好好地看一看，但总被别的事耽搁了。西源垄是杉坊大队的一个狭长的山垄（沟），有一条山溪从这里的山间流出来。想到西源垄看看，有若干原因，譬如很想实地观察那里的自然环境以及到独户住在那里的老杨家里去坐一坐，等等。老杨本人曾多次约我到他家里看看，这中间更仿佛出现某种需要履约的情分，使我难以忘怀。记得是清明节后的某一天上午，我一人沿着溪岸陡坡上的小径，随意漫行，且看，且在笔记上写下一点记录，有时便坐下休息，准备在午饭前来到老杨家里。

　　我平生第一次见到在如此广阔的范围内开放的杜鹃花，自是在杉坊大队这一带地域内。从我当时居住的下杉坊村，南至渔梁岭，北至九牧公社，遍山遍坡，一座山峦连着一座山峦，视线所及，我觉得满目都是血红色的杜鹃。有一次我到九牧公社去开会，途中曾见到岩石上只有一点泥土，也会长出小棵的杜鹃，并开放血红的花朵。据我现在的回忆，整个花期长达二十余天。不过，据当地群众所称，杜鹃花开放得最旺的还是西源垄一带。那天，我一进入西源垄，便见从山口开始，沿溪的山坡上全是杜鹃花。其间，我很快发现，全是一种灌木，有的甚至高达十几米，花形看来也较为硕大。最使我感到有趣的是，在满山灿烂的血红的花朵中间，见到有的杜鹃开放的却是雪白或桃色的花朵；更见到在杜鹃树下，金银花也在开放花朵。

　　记得那天我是沿着溪流北岸的斜坡深入西源垄里。在垄内行了一公里，岸边出现一片开阔地。不知怎的，这开阔地长着矮矮的、褐色的不知名的小草，无树木。远远地，我便望见那开阔的草地上有一群斑鸠在觅食草籽，它们咕咕地叫，至少有两百余只。这又是我平生第一次见到这么多的一群斑鸠。和我小时在家乡莆田所见的斑鸠相比，它们体形较小，颈部的羽毛呈灰蓝色，很有光泽。当我走近时，它们也不高飞远走，只是各自转身向四面稍为分散飞开；待我稍为走远——我回头一看，它们又都飞回草地上觅食，并且咕咕地叫。我心里想，这大群的山斑鸠，好似知道我是不会损害它们的；但当时我又想，这是一群警惕性不高的山禽？记得离这片草地大约又一公里，有一道用三根树干拼成的木桥，从岸上搭到溪中的一堆大岩石上。过此桥，便走向南岸。桥下溪水汩汩，激着错列的溪石，溅起水花。不知怎的，当时忽生一奇怪念头，即想蹲在桥下观察溪中的"动态"。有趣的是，居然见到一只溪虾。它全身呈一种透明的灰绿色，长约八厘米，头上有很长的触须；我见它一动不动地停在水中一块平滑的溪石上，有时稍稍地动一动触须。我至今还想不出来，这只虾何以一直静静地停在那里？

溪的南岸有一些梯田，村民称之曰"山垄田"。这山垄田原来只宜于种单季稻，但当时有关方面，却强制推行双季稻的种植，虽然有不同意见，但被用"保守思想"的帽子压下来。这样，自古以来不种双季稻的山垄田，这时节也种下秧苗，并且正在发青。一路上，我想着老杨当时曾因对在山垄里种双季稻，在思想上不通受过批评，但村民们却因此更看重他……我边想边走，沿着山路向老杨家里走去。不想，我过桥后才走了一段路，老杨和他的一只纯乌毛的猎犬，便从前方迎我而来了。像村里的一些中年农民，老杨也满脸胡髭，吸旱烟管。我初到杉坊时，便听人说过，老杨一对公婆独户住在西源垄，主要是为便于打野猪，好保护山垄里大片梯田的收获。又听说，老杨枪法虽好，但只打野猪，山上一禽一兽，全不损害。甚至有人说，山垄里的有些野禽野兽还和老杨交成朋友呢。记得那天到他家里，只见屋后山上种了一片杉木林，又种一片竹林，都管理得很好。家里还养了三四只鹅，一见我来，便咯咯地冲上来，好似要咬我的腿。老杨说："山上有蛇，养了鹅，蛇不敢来了。"

据老杨说，鹅吃的全是山上的草，其中有的草能治蛇毒，且为蛇所畏惧，鹅粪中含有这种草的渣，蛇一见到（嗅到？），便不敢来……

那天，老杨留我在他家里吃饭，并喝清明前刚焙的新茶。这午饭真是饶有趣味，除干饭外，汤都是用临时在门前的水沟里抓来的泥鳅、黄鳝等做的。午饭间，老杨忽然站起来，向外面的竹林，呼鸡一般地唤着，却见从竹林中走出一群竹鸡；它们有鹧鸪那么大，全身是褐色的羽毛，它们咯咯地叫着，争吃着老杨抛去的饭团……

后来我知道，老杨在早上或午间用谷物或午饭喂养竹林中的竹鸡。说也有趣，时日一久，这些山禽一听老杨的呼唤声，便从林中跑出来了，好像家禽一样。我有时想，这位老杨不仅是农民，更是一位对于山禽山兽怀有某种特殊感情的猎人。

1994 年 4 月

（收入《汗颜斋文札》）

福州的公园

今年 2 月间，蒙福州市民间文学家协会、福州市城市建设档案馆有关负责同志的邀请，与在榕的几位文艺界老叟（个别被邀者尚在职，即年在六十岁以内），以两天的时间，游览福州十座刚刚建立并开始向百姓开放的公园。

这种邀请，就我而言，可谓正中下怀。因为当时曾与子女商量，请他们陪同我去看看这些公园。近年来，有客至舍下闲谈，往往提及近日福州市容大为改观，赞赏不已。由于我于一年多以前移居西郊凤里村，不若往年寓居黄巷时那样，随意至若干书店访书，以致偶尔访亲以及至医院取药等，皆安步当车。寓居凤里村后，凡公事不得不坐公车，凡私事，只好打的。如此，从车窗间所见，确如来客所称，道路大见拓宽，市街两侧以及道路中心的绿带等，大种花卉树木。不少地段拓展了草坪。一年中间，新建十座公园。凡此等等，就我而言，不拟以某些流行的语言来"赞美"，窃以为以古语"德政"二字来"称道"是合适的。于此，我突然想起一点古怪的或云是牵强乃至没有根据的话，这便是，天空中的月亮，僻巷前的一棵古树，以致路边生出的一丛野草及其鲜花，对于居住城市的少年儿童（如果他们偶尔见及并加以注意的话）的性情可能引发某种深远的影响，也未可知。

　　毕竟年迈体弱，十座新建公园中，只游览了其中的若干座，因为虽是从容游览，至第二天下午我就体力不支，不能坚持下去了（而且不几天就住进医院，一住就是四个余月）。即使如此，游览这些公园，更加认为，如上所述，其与辟草坪等一样视之为一种"德政"，至少称之为一种"善举"，绝不为过。有关这些新辟公园"创业"之难，不拟于此记录。不过有一点事实不可不告知本文的读者。这便是，这些公园原来均不过是荒山、低产烂泥田以及垃圾堆地。比如，位于台江区鳌峰洲的鳌峰公园，堆放垃圾达十三年以上，倾倒垃圾的覆盖面达六万八千六百多平方米。单说把如此庞大的污染源以及病毒的"发祥地"加以清除，以建公园，不亦善乎。又如，居于福州广达路的茶亭公园占地五万三千三百平方米，其中水域面积（池塘）近两万平方米，竟清理垃圾达五百立方米。工作之艰巨，概可想见。还有一点值得提及，即这些公园似专为市民以及客地人至此休闲而设。对于此等宗旨，我极赞赏，只是眼下尚无力阐明其内涵，以及可能具有的一种潜移默化地、微妙地对于人们的性情、德行、智性所引发之影响和作用。我愿意略为记录对于其中三座公园的个人感觉，以说明我的这点见解。

　　温泉公园和茶亭公园各具自己的趣味和品性。茶亭公园明显地出现一种东方园林或云明、清年代某些文人府第及其园林之古典的布局。公园内有广场，然极似古民居的大庭院，而其主体建筑物，窃以为是那座木结构的居室古建筑。此建筑就其艺术风度而言，或可断言，颇近清中叶以后民间建筑师的设计。

这座建筑，二进，有大厅、厢房、天井，瓦当、梁栋、窗户的造型或雕塑，皆清雅、古朴。而从此建筑物的总体观，我的印象是，沉稳而又敞明，华贵而不落鄙俗。现在，天井中置一座以斧劈石造成的大假山，其势伟岸而又自然成态，无人工着意安排之弊。园中有长廊，以假山石造成的小溪和石桥，以及湖上的石桥、木桥，加上近处的花圃、林径、树墙等，不备述。总说一句，此园之贵全在其具有东方园林之妙境和趣味。此等看法，不知然否。至于温泉公园，总的印象是深远，是开阔、清朗，是豪迈而又明丽。在这座公园中，我还有一个感觉，似乎见及久已不见的一片平野上的宽广的天空。园中有一座位于七十米直径的圆形台基的玻璃金字塔，它高达二十七米，与巴黎卢浮宫前的玻璃金字塔相比，并不逊色。其基座以花岗块石垒筑而成，则又具有东方色彩。温泉公园比之茶亭公园，现代感可能较为强烈，但园中又有假山、小桥、流水泉、瀑布。一块大假山石上有摩崖石刻，其行书不亚于古代名人书法，然未署名，未知为何人所作。如此等等，则温泉公园又似有明显的东西方园林文化融化的美感。另外，我还以为温泉公园在某种意义上，称之为兼而有植物园之科学性和观赏的趣味性，似无不可。此公园内除了水景观赏区、热带风情区以及绿荫休闲区外，更有桂花园区、茶花园区、榕芳游憩区、竹园区、古铁思源区以及珍稀树木园区等。各园区内可谓为同一树木之多样树种的展示。如榕芳游憩园内，除移植三棵古榕外，尚有日本金丝榕、黄心榕、金叶垂榕、花叶榕等品种，古铁思源园内有苏铁、凤尾铁、美洲铁、泰国铁等三十多个品种。总之，温泉公园之可以称道者，是人们与自然相近外，在休闲、游憩间得到某种德行的安抚、性情的寄托，以及在心智方面得到某种科学文化的充实。最后，我拟略为提及位于白马河北面绿化带内的一座小小的街边无名公园。此园占地不及一亩吧？园内绿草如茵，仅有一石桌，二三石椅，立几块岩石而已。但从此园左侧的石级而下，可见白马河岸上一列十多株榕树，树间竟然有千百只黄鹂（绝非夸大）在飞来飞去并且唱歌。或谓此小景也，余则窃喜之，以为其境界，其所具有的当代意义，一时尚无力以笔墨记述也。

（首发于《解放日报》1997年12月29日）

秋窗日影

　　白露节之后，向南的玻璃窗已开始有一片日影映照在窗框的壁上。此日清晨，从我躺在那里休息的摇椅上，看日影和窗外的天空，心中默想，这经过多少光年始抵达本宅的日光及其投影，眼下和天空里的流云一样，均具有秋意。

　　窗台上若干盆栽草兰，或从闽东山区或从闽南野谷采来，其叶宽狭长短不一，此时均非它们开放花朵的季节。此外，有一颗牵牛花的种子，不知何时如何遗落在一盆草兰的泥土中，并且发芽；随后，其藤沿着窗前的栏杆攀缠上去，眼下正在开放花朵。此外，还得说一下，从窗间可以望见不远处有一棵古榕。

　　这些窗外的花卉以及那棵古榕，还有诸如栏杆、玻璃窗格，或许还有附近并不存在生命之某些器物，正在日影中共同构思和一种小品文一般的画面。此日清晨，我卧在摇椅上，注视此等画面。说来实乃平常不过的事，即诸如牵牛花的蓝色、窗棂之铝合金的灰白色、栏杆的褐色以及草兰叶子之深浅不一的绿色，作为日影，在画面上成为同一色调的墨色。是的，作为日影，不论其为五彩缤纷、华丽堂皇的宫殿，其为长着苔藓的古代碉堡或是茅屋等，其在日中影皆呈某种墨色，此乃物理现象，所以实乃平常不过的事。不过，说来也许可笑，对着秋窗间的日影所构成的画面，此番始有一种感悟或发现，即作为影子，不仅皆呈墨色，且有微妙的变形、变化。如挺直的栏杆，在影中成为倾斜的、长条状的组合，窗棂的方格形成菱影；如兰叶，成为写意的、或则夸大或则缩小的墨色叶子，而牵牛花的花朵及其枫叶般的叶子，在影中互相重叠，并与不远的古榕的部分枝叶的影子汇聚，形成朦朦胧胧的一片形象，有时还会摇动，仿佛在传达一种过路的风之信息。此日清晨，我躺在摇椅上休息，并注视日影时，还曾念及其所构成的画面，似乎可以从中领悟时间以及天体的某种哲理运动，但此等事太深奥，非我的心智所能企及，不敢妄想。我仅仅想到此出现于寒舍秋窗前壁上的日影，实在可观，实难以表述。我只好说（或云重复已说的话），此晨间映照于窗前的日影的画面，就我的直感而言，有如出于大手笔的一篇小品文，也是不可企及的。

（首发于《人民文学》1998年1月号，收入《八旬斋文札》）

古树·公园

　　传说居于陕北黄陵县桥山上的黄帝陵，古柏森森，中有一柏为黄帝所植。只是我迄今尚无由登桥山拜谒黄陵和这棵古柏。我自己曾拜见的古树中，其最古者当推居于河南登封县北郊嵩阳书院内的两棵古柏，传说汉武帝游嵩岳时，曾封院内的三棵柏树为将军（其中一棵已殁），一如秦始皇曾封泰山上的松树为大夫。我觉得这两位帝王，此等行为颇可嘉，因为爱树。再说，我所见的这两棵古柏将军，至今仍然苍劲强壮，并不自以为老。与嵩阳书院的古柏同样为世人所传颂者，当推庐山的三宝树：两棵柳杉，一棵银杏。那柳杉高达四十米，银杏亦极挺拔苍郁。传说这三棵宝树是晋代昙铣和尚从西域携来树苗，种植于庐山的。不知为何，我对于这个传说有点怀疑。此三棵宝树，在庐山庐林大桥之西一座深谷间。凡古树，我均景仰之至。记得当时曾在树前肃立良久，心想，这三棵古树也许是冰川时期在庐山幸存的银杏和柳杉的后裔。因为，我曾从庐山的西北麓登山，车经一条山间公路时，从后车窗间曾见及一条枯涸的溪流，其中堆叠、沉积许多巨石。有人告诉我，此乃冰川的遗迹。这样，我在心中对于此三棵宝树的猜测以及对于有关传说的一点怀疑，看来也有一点"根据"。

请允许我谈论一下故乡莆田的古树。其中在我看来，可首推为吾乡古树中之先贤者，当是一棵古樟；据称，它乃早在晋代即出现于吾土的祥瑞之物。这棵古樟，极强壮，大可七八人合围，卓然屹立于城关西北隅的东岩山上。吾乡称为水果之乡，似亦无愧于世。若名果荔枝，蔡襄《荔枝谱》所盛赞的"宋家香"，看来当是唐物，至今尚存，且每年结实累累，亦苍然呈祥瑞之气。我还想约略谈一下延寿溪。它流经离城区外十余里处，有一古石桥，桥头有一石，上镌"延寿桥"三字，为邑人陈密手笔。陈密乃南宋名相陈俊卿之子。桥之左右岸上，各有若干古樟，高可数丈，树影铺于桥上，有一种难言的清凉感，一种难状的景致。从这些古樟开始，两岸约为果树。我到延寿桥时，正是橄榄收获季节。林中有一橄榄树，围可四人合抱，我至时，看见果农正以三架高可两米左右的竹梯相接，在树梢采摘果实。据在场一位果农相告，村里有位年过九旬的老姬，曾说她小时见到的这棵橄榄树，就是这么高大了。我忖测，它至少在明末清初已开始生长在这片沃土上。

二十世纪四十年代中期，由于一种因缘、机遇以及为一种说不清的感情所引发，我开始定居福州。但当时忙于谋生，除偷闲至寓所附近的南后街逛古旧书肆外，似乎无暇去观察、观赏福州极为可贵的人文以及自然景观。说来可笑，比如游览居于市内的名山如于山、乌石山以及古迹等，大抵是到了八十年代，由于陪同外宾或省外客人的需要，始得此因缘。与此同时，得以拜见久闻其名的几棵千年古树，如西郊西禅寺的宋荔，北郊（现辟为国家森林公园）的千年古榕，鼓山的古桂、古枫，鼓岭的千年柳杉，等等。子曰："仁者寿。"这些古树无不气宇轩昂，强壮祥和，凉荫铺地。它们是树中的仁者吗？或者说，孔子当年也许就是从对于古树的爱和观察中得到今天所称的灵感，从而发出"仁者寿"的箴言？不过，这些闲话近乎"异想"，就不多谈了。

我欲约略谈一下福州的一棵千年古樟。此位"仁者"，屹立于原市区古仙桥附近（现为五四路）。1950年初，福建省文联成立，我参与其机关刊物《福建文艺》（刊名几经变更，现称《福建文学》）的筹备工作。福建省文联的办公地点，可巧与此棵古樟相邻。当时，中午和傍晚均在省文联用餐。如此，暇时常至古樟树荫下闲坐乃至冥想；记得当年尚有不少白鹭栖息于此树上。当在年少（？），尚无力理解此等古树品格所特有之某种崇高的哲理意旨，只隐隐约约地感觉它有一种不平凡的生命力量，是一种风景，一个很好的休息地方。不过，最近数年，不知为何，会无端地念及这棵古樟。前几天，便约一位友人驱车来寻找这棵古樟。真是太好了。围绕这棵古樟，这块（在我看来）福地除了大草坪以及开辟石砌小径外，并筑一亭以及以卵石筑起一条小溪岸、一座小石桥、一座颇大的木造大水轮，等等。应说明，那小石桥上镌"古仙桥"三字，而这块福地现在是一座闹市中的小小公园，被命名曰"同寿园"。我来时，便遇见亭中闲坐数位老妪，不知在那里笑谈何等事。还见一位文雅的老妇，与数位比她年轻的男人，在桥畔徘徊，似在追寻某种旧梦、某种默契。写至此，本文可以结束了。只是我忽又想起不久前在报上看到刊登有关袁启彤等同志关心鼓岭那棵千年柳杉（号称柳杉王）以及以此树为主体，设计、开辟一座岭上公园。苏东坡在西湖筑堤种柳，张伯玉呼唤福州市民植榕，世称一种德政。爱护古树，颂赞古树，对于为政者，亦为德政吧。

（首发于《福建日报》1998 年 2 月 1 日）

电话

　　有位友人从电话里向我说："我深信你喜欢蝴蝶……"

　　我们二人都是年届八旬的老者。这位友人偶尔至寒舍闲谈。这天，他回去，即从电话中告知他的这个"见解"。我想，可能由于看到我的书橱里，放置若干装于镜框内的蝴蝶标本；这天，他光临寒舍时，可能发现我的书案上竟然只放一部周尧教授主编的《中国蝶类志》，并正在翻阅；容我再啰唆一句，这位友人以前可能偶然读过我有关蝴蝶的小品文；大概由于这些原因，我和这位友人，自从1945年我定居福州以后，过从甚密。这些年来，由于我们均已年迈，行动不便，往往只能在电话中互相问候，一年之中，只有一两次在寒舍或在他的府上闲谈、约会。

　　我们二人均爱写点小品文，数十年未改初衷。有趣的是，二人相见，从未谈论文学问题以及彼此的作品。我的这位友人喜欢讲笑话，其所讲者，往往是对于《笑林广记》《笑府》（即冯梦龙所编著的《古今谭概》）中某些笑话加以些许的变动（改动？），则此等古代笑话便隐约出现现代世情的某种暗喻、某种嘲讽以及滑稽感。坦率地说，对于这位友人讲笑话的才智，我从未赞以一词，可是总是盼望他永远成为寒舍的不速之客；要是若干天内未见及他，我便驾临他的府上。

我要说，本人确是喜欢蝴蝶，还要说，我写过若干谈论蝴蝶的小品文，从中表达一点可能是微不足道的美学意识，或是哲学思考。换言之，我写的不仅仅是对于蝴蝶的赞美。此等近于自负之言，或云不自量的自我评论，本人一向不敢向他人，包括我的这位友人表白。这天，我在电话中，似乎感受得到友人对于我的喜欢蝴蝶，表达一种同情之意，不免心中出现一种轻微的感动。于是，我打电话给他："我深信你喜欢讲笑话，你是现代的冯梦龙……"

　　他在电话中大笑，说："我深信你喜欢蝴蝶，你是现、当代的庄周……"

　　我在电话中回报大笑。

　　我和这位友人相识半个世纪，似乎是初次互致赞赏之词。

　　（首发于《散文》1998 年第 4 期）

漫记一位教授

这位教授是我的同乡。他的祖宅在莆田沿海贫瘠地区的笏石小镇上，据云其家颇殷实。我的祖宅在城厢。对我而言，他属后辈，因为比我年少五六岁。我们原来并不认识，但在二十世纪四十年代中期，我移居福州后，一些客居福州的同乡或同学，闲谈间时或谈及他的大名，直至七十年代"文革"后期，还有人与我谈及他，语意间莫不出现一种尊敬之情。

据称，这位教授曾就读于厦门大学经济系。当年，厦门大学的莆田、仙游籍同学中，有不少参加地下党（共产党）者，他为其中的一位。解放战争期间，一些同学毕业后以某种工作（职业）为掩护，继续从事党的秘密工作，一些同学上山打游击。这位教授当年却在沿海组织一支游击队，被称为"独树一帜"。中华人民共和国成立后，这位教授投入北京中国人民大学研究生班，攻读《资本论》三年，随后在福州一些大学任教，并常以教授身份讲学（包括为机关干部上大课）。说句古怪的话，这位教授其实是老干部，不从政而从教，其选择似乎又"另树一帜"。最有趣的是，这位教授在"文革"期间"跳将出来"，在某小报上连载其所作纪实章回小说。二十世纪七十年代初期，那些所谓"牛鬼蛇神"——平反，而这位教授却被投入某一拘留所（看守所），监禁达四年九个月之久……我在本文中一口气写下这位教授的若干"履历"，只是当时一直未曾与他谋面。

去年春夏之间，我住在省立医院四个月有余。先后轮换四位病员和我同住一室。记得是 6 月间，一天，刚好有位病友出院，住进一位新病友，互通姓氏，原来新病友正是这位教授。彼此不约而同地说"久仰大名""神交已久"。一般说来，这些可能均是客套话。我自己感到，其时心中尽是一种老年人的欣喜之情。这位教授体高而壮，虽已年逾七旬，而眉宇间时或出现一种豪爽之情。出语诙谐，与夫人的感情甚是和洽。其夫人每日必远从仓前山前来侍候，他总是向她说些开玩笑的话，诙谐中体现一种夫妇间的相互体贴之情。夫人不在时，教授多次和我谈及在他被拘禁期间，其夫人冒死多方奔走营救的情况，以及如何在艰难中维持家庭生活，教养子女等，感恩之情和老年人的激动，似乎难以自禁。何谓爱情，何谓夫妇关系？无非恩爱，无非是患难与共的关系。我颇为赞赏这位教授的看法，这种古老而又新鲜的看法。从他的陈述个人经历间，不经意谈论的这个看法，我还觉得十分亲切。

这位教授患的似是胰腺炎。由于他体质好，经过一个疗程的有关药物的"抽瓶"，很快就康复了。他大约住院三周吧？由于他是研究《资本论》的经济学专家，对于当前市场经济有许多独到见解，他的论述使我得益匪浅。这就不多述了。他在出院前不久，提及他在仓前山的住宅后有一块空地，由他的夫人亲手种植若干花木。不知怎的，宅后有空地以及花木，这颇使我心生爱慕之情。我曾暗自设想，出院之后当择日到教授府上，和他闲谈，看看他住宅前所种的花木。

今年春节期间，我由儿子陪同驱车至仓前山，到这位教授的府上。这是属于他夫人工作单位的房子——某中等职业学校的教工宿舍大楼。这位教授和夫人住在大楼的第一层。所居并不宽敞。说句"庸俗"的话，按这位教授的职称或按他的革命经历，欲取得所谓诸如"四房一厅"是轻而易举的。我知道教授有两男一女，其女在美国任教，两个儿子于他住院期间，常来探望，甚有教养，各有其住宅。老两口现与一个外孙女住在一起。我随意猜想，这位教授如此依恋这里的居处，或许有某些原因，其中可能出于个人情感及某种道德因素，比如考虑到其夫人的工作方便乃至夫妇曾经于此度过最艰辛的年月，不忍离弃而去等。我领略其住宅后的那片空地及其花木，我以为此宅出现的某种生活情趣，亦可能是教授眷恋此宅的一种因素。这块宅后空地，围以土墙，沿墙种植桂树、含笑，多种山茶、南天竺以及安置若干盆栽草兰。报岁兰的花期刚尽，而白色山茶、重瓣深红山茶正在开放。这些花木——为家乡莆田民间庭院中所植的传统花木。处于树荫花影间的这块空地，我以为可置木桌木椅，用以下棋、喝茶，谈论世情世事，凡此等等所出现（或可能出现）的生活情趣，近似莆田民间住宅庭院中时常出现的生活情趣，我甚感亲切。重复地说，这位教授可能亦深爱之。在陪同我观赏其所植的桂树以及山茶花时，教授告诉我，现在时常有各种禽鸟，包括善鸣的黑鸫以及蜂鸟飞到他的这块"领地"来唱歌，或在地上跳来飞去，并不怕人。他说，家乡常见的斑鸠，则很少飞来，只听见这种禽鸟在不远处的榕树上传来的鸣声。我说，斑鸠不善亲近人，凡鸟，亦各有其个性。我和儿子、孙儿在这位教授家里逗留约半小时，乃告辞。

我和这位教授相见太晚，但总算有了一点友谊，特作此文作为纪念。

1998 年 4 月 11 日，屏山南麓

（首发于《解放日报》1998 年 6 月 12 日）

花·鸟

一

今年春节前约半个月，内侄从后洋村来福州。我吩咐他回去后，为我在山间采集一些草兰，托人带到福州给我种植。后洋村为故乡莆田西北隅山区重岭间的一座小山村，是亡妇秋声的出生地。二十世纪三十年代中期，我和秋声结婚后不久，曾两次与她至后洋村小住。其地杂树繁茂，山谷间有潭、小瀑，林间随地可见野生草兰。却说内侄回去不久，果然于春节前夕托人带来一麻袋的草兰，我随即分作三盆种植，并置于书室窗前之阳台上。我对之并未悉心培养，仅仅隔日浇水一遍而已。某日，无意间发现三盆草兰的旧叶间，均有新芽冒出泥土。心中不觉有些许兴奋，些许欣慰。4月间，至女儿的新居做客若干天，盆兰交由儿子照顾。回来时，我刚将书室的窗户打开，立时有风送来清香。我发现三盆草兰各自抽出若干花蕾，其中有一蕾正开放花朵了。心中不免暗自欢喜，而似乎又有些许淡淡的惆怅。

二

曾作小品文一则，记述一位教授（他是我的同乡，而二人迟至老年，因某一机缘始相识）的住宅前有一空地。某日，我到教授府上看望他，始知其夫人将空地围以土墙，沿墙种植若干诸如桂、含笑、山茶、仙丹等故乡民间传统花木。此外，尚种数盆草兰。此块宅前空地，成为教授晚年会友的"露天客厅"（教授如此说），或茗茶，或下棋，或谈天说地，"洵可乐也"（这是教授原话）。除此之外，教授告诉我，早间时有善鸣禽鸟前来唱歌。它们是蜂鸟、黑鸲、黄鹂等。我问："见过斑鸠吗？"教授答："未见斑鸠光临。"不过，他说有时听见斑鸠的鸣声，自住宅前不远处的一棵老榕间传来。临行时，教授特地把我带至这棵老榕树前站住。算是一种机遇，当我举目于榕荫之高处，竟然看见一对斑鸠对立于横欹的树枝上，用嘴啄互相摩擦羽毛。斑鸠为我自幼喜欢的一种禽鸟。此种鸟类，性胆怯而又机警。此番看见一对斑鸠情侣相爱相亲的风景，"殊可乐也"。我把这种感受告诉教授，教授不觉哈哈大笑。

三

就我而言，一向以为海棠是民间庭院种植的传统花卉；当然，还是今日某些公园乃至公司、机关单位所谓美化环境所种的普通花卉。噢，这可不必多言了。直截了当地说，本人一向未曾念及海棠在城市（比如在福州）某些地方竟然是"野生"的，或云自然（自发？）生长的花卉。这个发现或认识虽然微不足道，但有一个过程，且有所"深化"，自认说来有点意思，或可供笑谈。却说，我在阳台以及书室的窗前养了若干盆草兰。今年（要明确记下：1998年），发现这些草兰的花盆里，长出海棠且很快开出浅红花朵。对此，我原来不在意，以为当是草兰更换泥土时，土中或有海棠种子也未可知，此念不过一闪即逝。一天，偶然发现北窗前面若干户农民近些年在山坡上建筑的洋楼群中，有一家乱堆在二楼预制板上的断砖间，竟然有大丛大丛的海棠正在开花。这些农民所建的洋楼群中，不知何故，有若干座一直未见全部（或云按计划）建成，一直只见建至二楼后便搁置在那里，且未见有人居住；而这些无人居住的"半成品"的楼屋，又形成一条空巷，地上生出荒草，这一天我且发现荒草间也有一大丛一大丛正在开花的海棠。我颇为琐屑地写下这点景象，是因为我欲说明上述有关海棠的发现，隐隐约约地动摇了似乎自小就有的一种见识，即海棠是普通居民（指家乡）在家庭院中种植的花卉，一如人们在夏季种下鸡冠花、胭脂花一样。这次，居然发现（如前面已提及）有野生的、自然繁殖的，不必人来浇水亦能开花的海棠。本来，此等认识至此也可以结束了，因为实在是平平常常的事，因为这只不过说明个人见识（知识）狭窄罢了。不过，我还欲就此等小事（噢，海棠……），再说一下情况。过若干天，至女婿家去看看外孙。女婿所住宿舍楼，居于屏山（福州市区名山）南麓。又发现其楼对面护坡所用的一块块砌石隙缝间，居然一一生长出海棠，且在开花。此等景象颇有趣，心中忽然想起：海棠之野生状态，其间似乎存在植物界某种生命原理或生存哲学理念。想后，不觉暗自发笑。

1998 年 6 月 18 日上午九时

（首发于《湄洲日报》1998 年 6 月 26 日，收入《八旬斋文札》）

画眉

　　说来也许有点"意思"。前年 5 月间，自寓居二十余载的黄巷迁居西郊凤里村以来，有时会念及黄巷的种种往事以及邻里人等。此或为情理中事。不过，至今还会念及在黄巷寓所所见的一只画眉，乃至"拂之不去"，此等事或许可谓有点"意思"，只是也不免有点古怪吧。居黄巷时，我曾在一些小品文中提及，本人居五楼的一个单元。从阳台上可见及隔墙的一棵高大的杧果树。树荫中间或有斑鸠以及不知名的鸣禽在小憩或唱歌。此隔墙地界，原为前清学者陈寿祺故宅。而我所居的宿舍大楼，则是在嘉道年间另一学者梁章钜故宅第三进的旧址上筑起来的。从五楼的阳台上，尚可俯瞰二进大厅及其两侧居室的屋脊和屋瓦、屋檐，还有火墙上的泥塑，那么古老，又隐隐出现一种传统民居建筑的文化气氛。话有些说远了。却说那年某日上午八九时许，我在阳台上偶然看见一只画眉从杧果树上飞过墙来，悄悄地停在屋檐上，似在寻求什么，不一小会儿，又飞开了。有趣的是，从是日起，我竟然连续若干日，于八时左右即至阳台上，看看这只画眉是否再飞来。可真是的，这只画眉如约似的不到九时就飞来。不知系从何方来，总是先停在杧果树上，然后越墙飞至屋檐前，在寻求什么，期待什么。不大一会儿，又飞开了，不知何往了。这在最初数日，所见大体如此。这样，心中稍为感到疑虑。比如，这只画眉能够持续一日又一日按时飞来？比如，这只画眉真如我所感觉的，在寻求什么，期待什么吗？等等。当然，此等思念不过一闪而过而已。记得待至第八、第九天？这只画眉飞来后，在屋檐上悄悄地向四面窥伺小会儿，于是，事出我的意料——这里，这只画眉似为一种非常的热情所推动，猛飞至住在我家西侧四楼一位音乐家的阳台上去——噢，那里摆着一只鸟笼，笼内有一只由那位音乐家饲养的画眉——又猛扑到那只鸟笼上去。而笼内的那只画眉，亦像为某种热情所引发，在笼内上下飞扑，伸出鸟喙去擦飞来画眉的羽毛。我在阳台上观察这种现象，当时自己的心情如何，一时不必多说。却说只见这只飞来的画眉忘情地扑打双翅，不大一会儿，又突然飞回到屋檐上，悄悄地向四周窥探，随着又猛扑至鸟笼前来。如此，两只画眉又隔着鸟笼上下飞扑……

这中间似乎表现了鸟类的某种情感世界或者生活片段，而这种情感世界或者生活片段，是否寄寓何等深意，弗敢臆测。我只想说，那只画眉最后还是飞开了，不知飞向何方了。而且，我还得直截了当地说，以后就不再看见这只画眉飞来了。

但是，如本文开头所称的，说来也许有点意思，我有时会念及这只画眉；在念及黄巷的种种往事以及这条古巷的古老而美丽的文化景致时，往往会念及这只画眉。

（首发于《海峡都市报》1998 年 7 月 26 日）

和秋声的合照

可以这样说，在二十世纪八十年代以前，我很少为自己拍照；说得具体些，几乎照的全是所谓免冠半身照，所谓生活照，可以说一次未曾照过。此外，在那些年代，与家人（包括与先母、亡妇以及子女）合照"以资纪念"，或云用以留下某种福分或亲情的事宜，亦未曾办理过。

我和秋声是1936年秋间结婚的。我在拙作《致亡妇——秋声去世五年祭》中，曾记述我们结婚的情况。但未记上这么一点小事：即我们未曾合拍"结婚照"。那时，我刚从高中毕业，十八岁；秋声只有十六岁。大概由于年轻，二人均未念及作为人生旅程中共同生活的开始，二人合影留念是可取的。1945年11月间，因工作关系，开始和秋声一起由莆田移居福州，在西牙巷租住两间小室。此时，我忽生一念，应该和秋声合照，以纪念两人共同生活中到达一个新的人生驿站（迁居异地）；而对我而言，与她合影似乎还为了表达对秋声的一种永恒不变的情感，表达对她的一种感恩之情。这张夫妻合照，我们二人均未留意保存。及至八十年代某年，北京中国现代文学馆有同志来福州，向我征求有关资料（包括旧照片），这才想起这幅照片，可怎么也找不到。于是，写信给在杭州工作的内弟，他居然保存这幅照片并为我寄来。从照片的背后看，原来是我赠给岳母的。照片原件现存中国现代文学馆。承该馆有关同志的厚意，给我寄来三幅翻拍出来的照片。

除了母爱，此生所得到最深刻、最真挚以至报偿不了的恩泽，不能不说是妻子的恩爱。为了我的工作以及写作，秋声任劳任怨地，几乎包揽一切家务以及抚育子女的事务。其中的艰辛，此处不必多费笔墨。只说"文革"十年间，她一人如何照顾年幼的子女，承担家庭经济负担，以及她的忧虑，我至今还难以设想。1970年，有关方面不得不宣告本人无罪，并作为毛泽东思想宣传队的成员，下放闽北一山村，妻和子女随我一起至是村落户。我白天忙于和大队干部一起至各生产队检查工作以及参加劳动，客居中的一切家务亦得由她一人负担。她太辛苦了。当我调回福州工作，以及个人境遇不断好转时，她竟于1980年去世。我有时想，何谓爱情、夫妇关系？无非是恩爱，无非是夫妇患难与共的关系。上面提及的三张翻拍照片，一给儿女，一为我和儿子共有，一寄给内弟。

（首发于《湄洲日报》1998年9月25日，收入《八旬斋文札》）

家乡风景点

从小得知，家乡莆田就自然景物而言有二十四景之著。此二十四景分布于本县所辖的广阔地区，我至今未曾游览所有这些为先人所赞美的风景区；我的确深爱吾乡吾土，但说老实话，我如果不依靠文献资料（譬如《莆田县志》之类），这二十四景的名称也的确背不出来。不过，这不太重要。我只感到此二十四景之提出及其命名，对我而言，似乎从小就曾引发一种启示，一种期待以及向往；或则，我是否可以用较为概括和浅近的语言来表述？即无形间、不知不觉间使我接受一种美学教育。虽然如是说，仍然不足以把自己在这方面的感受说清楚。这且不管了。

二十四景中的"壶公致雨""梅寺晨钟"给我的感受最为深刻、美好。我似乎曾在某一小品文中提及此事。在本文中不妨重复记述个人对此二景的爱慕之情。所谓"壶公致雨"，其实是赞美壶公山的云景。壶公山屹立于兴化平原南部，临兴化湾。据称，它原为沉浸于海湾的一座火山；不知在哪个地质年代，由于古代地理形势的变化，出现了兴化平原，出现了壶公山，此所谓沧海桑田也。我曾登壶公山，其上风景绝佳，油松以及其他林木郁然苍然，庙宇寺宇巍然。也的确见及火山口，但壶公山已是沉睡不知若干千年的火山，已不具备火山的品质，吾乡先贤在考虑壶公山为吾乡二十四景之"对象"时，并不以其山景中若林木、古建筑以及地理遗迹（如火山口）之胜为依据，乃取其山间云景之变化无穷和独特，把壶公山定为二十四景之一，此等眼力，此等才智，殊感钦佩。大约壶公山既临海，而四近皆为平原，西北隅又为县境内陆岭高山峻之区，依我之见，其所处地理环境，四季气流可能变化无端，故常出现美妙云景；而云景中最为可取者，可能是山巅突然为阴云（雨云）所覆盖（莆田民众称之为"壶公戴帽"），于是，一阵骤雨随即降临了，那雨水有如一串串珍珠般洒在兴化平原的稻田、甘蔗田、黄麻地上，也洒在城厢的古老民居的瓦屋上，云景和雨景似乎均甚美妙，此等景象，记得在夏季最易出现。

至于"梅寺晨钟"，指的是居于城厢内梅峰寺钟楼上拂晓时分的钟声。此等僧侣和尚晨课礼佛的钟声，不仅古城内的居民可以听到，据云远至与邻县福清交界的江口镇亦可闻及。梅寺的钟声，似乎具有这一特定佛门（我的意思是，其他佛门也不可能具有）的一种宗教的清净感，其美难以言状。这且不管。我只想说，从听觉方面来感受某种美丽，"梅寺晨钟"被确定为二十四景之一，说明吾乡先贤的文化素养之深，以及美学素养之别具一种趣味，使我钦敬。

顺便谈及"石室藏烟"的命意之可嘉可珍。石室为西郊石室岩之简称，此石室岩有石塔、古刹、石洞以及流泉、油松林等胜景。然此石室岩，若从城厢高地向西远眺，所见石室岩上诸胜景，往往朦朦胧胧地氤氲于一种微妙的淡蓝或是暗蓝的烟霭之间，其美亦难以言说。此从对于远景的感受以确定石室岩为二十四景之一的设想，同样使人念及先贤文化素养之深且厚。

二十四景中与"水景"有关者颇多。若"湄屿潮音"，则认为湄洲岛的潮水声甚可取，此亦从听觉取景者。我上湄洲岛拜谒妈祖若干次，往往随缘游览岛上的一些风景点。我认为湄洲岛的岩石以及由于海潮冲刷海岸而形成的"海上一线天"（我曾称之为"海巷"），还有沙滩，俱极美丽。若"北濑飞瀑""钟潭噌响""智泉珠瀑"等，俱与瀑布、潭泉以及流泉与瀑布交错出现的景致之美而被列入二十四景。这些胜地，我在少年以至暮年均曾先后前往游览，这些胜景，得身历其境（如有机会，最好是多次前往游览），始可得稍为深切地领略其胜。"北濑飞瀑"是在砺青小学就读期间，于春游时随老师和同学们至此胜境的，有趣的是，当年我可能才十岁左右，但路过延寿溪直到北濑的途中，所见村野、溪流景色，至今似乎看似模糊又颇清晰。至于北濑，至今记得所谓飞瀑，并非从悬崖高处泻下，而是不竭的泉水从似乎是平铺于土地上的、面积极为宽广的、平面的岩石上飞流而过，此等"瀑布"，与一般所称恍似银河从天落的瀑布大异其趣，而具有明显的个性。闻此景因上游修建水库已不复存在。"智泉""钟潭"等俱佳，我曾作一小品文记述个人感受，本文就不再啰唆了。

与水景有关者，尚有"木兰春涨"。木兰陂具有极高的古代水利建设的历史价值，以及流传着诸如钱四娘等为修建木兰陂而献身的历史事迹，而举世闻名，为后人所景仰。"木兰春涨"所出现的美景，窃认为乃是一种壮丽之美、雄伟之美，与这座规模伟大的古代水利工程及其历史颇能相称。

我不一一提及二十四景中的其他景物，因为其中有些景区尚未及往访。但在文末，不可不略为提及"东山晓旭"。东山即东岩山，居城关之西北隅，上有古樟、古刹、古塔、古祠、古城墙，我曾多次在小品文中谈到东岩山。我记得，在拙作中，曾提及初入山境，即见为数甚多的乔松，随意而又错落有致地出现在若干随意散布山坡上的岩石之间，既具有一种东方色彩的自然美，又具有中国文人画（比如松石图）的趣味。这还不算，上山之后，就有一种天籁，一种风和松树造成的松涛声，似从天末传来。我曾异想天开，"东山晓旭"若改为"东山松涛"，或许也是合适的。这有点对古人不恭。只是人已老，觉得心中有话，不妨随便说一说，知我者谅能宥我。

1998 年秋，屏山南麓

（首发于《羊城晚报》1998 年 10 月 14 日）

有一些花卉……

　　有某些花卉，能适应，能生殖、繁衍于某些特殊的环境间，能生存于一般植物无法立足的某种土地上，而显出其与众不同的性情以及生命追求。当然，此处指的并非诸如极地的雪莲以及沙漠上某种草木而言；对之未有亲身体验以及所得的感悟。直截了当地说，此处所言不过为若干年（我想，约二十年）来所见一些花卉而一直留于心间的印象，并于不觉间心生的一种见解而已。二十世纪八十年代以后，有若干出访、度假机会。到过一些海岛、海滨旅游胜地以及高达千米以上名山顶峰。我在高山以及海岛见及一些花卉，留下印象乃至有了一点见解。

　　在家乡莆田的湄洲岛和福建其他岛屿如东山岛、平潭岛以及晋江永宁的海边沙滩上，我均见过一种不知名的野生植物开放的花朵。上列诸岛以及永宁的沙滩以及从海岸所见的海景，若海潮、海天相接的海平线、岸上和海中的岩石等，当然超凡。只是海岛上树木稀少，野花罕见。这或许与海岛上往往缺水有关？与其地土壤贫瘠有关？而恰恰就在上述诸岛（包括永宁半岛）的海岸与其沙滩接连的大片土地上，我均见过一种野生植物，从如沙门佛家所称的"恒河"无量沙砾间生长出来并且开花。沙滩上可能保有自然积蓄的雨水，夏季旱暑，沙粒灼热，沙间水分蒸发。而恰恰如此特殊环境间，此等我不知其名（为此，深感惭愧。下同）的草本植物，其茎伏地四向延伸；其叶呈扁圆形，丰厚茂盛，暗绿色；其花繁密地开放于茎叶间，花状如大朵的紫荆花，而呈淡黄色。我有一个感觉，此繁衍于海岸沙滩上的野生植物，具有一种对于生命存在的选择之独立自在的性情和适应力量，令其生存出现一种超俗的品质。

我欲说一下所见两种不知名的，其花状若百合的花卉。其一出现于家乡莆田的名山壶公山。在其他一些小品文中，我曾提及，此山在不知什么样的地质年代，原属海底的一座火山。又于某一地质年代，成为屹立于兴化平原的一座高达八百米的沿海名山。山上名木苍然，而在其绝顶，有火山口遗迹，草木稀疏。我于二十世纪八十年代初期，登此山并至其绝顶。却见在只存碎石、干旱、枯涸、泥土稀薄的绝顶，在气象台不远处，出现一株开着花朵有如百合花的野生花卉。其茎直立，高约二尺有余，其叶间隔互生，扁圆形，硬厚而呈暗绿，其花瓣色白，又有紫色线条。我在花前停留良久。我想，此美丽的花卉，为何选择此山之绝顶来开放花朵？如何从此缺水、坚硬、几无泥土之处生长而到达其花季？这个过程当是如何艰辛？我当时大概还作其他种种冥想，已淡忘也不必都记载于本文内。接着，我要说的是，曾在北戴河见及上述近似壶公山绝顶上开放的花朵。北戴河有一风景区，曰鸽子崖。此乃一座有如以太湖石构成的假山似的断崖，屹立于海岸近处的海中。此种近似百合花的美丽花卉，乃出现于鸽子崖之崖顶。壶公山以及鸽子崖上的这种花卉，我所见的均只是孤零零的一株，均不构成花卉的群落。而鸽子岩的这一株孤单而美丽的花卉，其生长过程可能格外艰难？那里除了雨水（什么时候降雨，只有上天知道），只有溅起的潮水把水沫泼过来；悬崖之赤裸裸的、坚硬的岩石更谈不上有什么泥土。除非亲眼所见，如何能够想象在如此所在及其环境中，能见及如此美丽的花卉？对此，记得当时我的心中暗自有许多想法，但也一一淡忘。只记得有一泛泛的想法，即有的花卉就是要选择某种特殊的、艰辛的生存环境，在其生长并到达其花期，以显现其天才和其生命的存在价值。另外，我记得清楚的是，当时在鸽子岩似乎颇为痴心地观赏这株花卉时，有一游客拍着我的肩膀，说："这种花朵的根，会伸得很长，很深；据说崖中的空隙间，有夏季降下的雨水，汇聚在中间……"

记得早年在中学就读时，在生物学的课堂上，曾听教师说，植物有向阳性、向水性等本性。这是从科学研究方面解释植物的某些生命现象，于此不必多说了。

临末处，欲约略谈及南岳衡山和华东地区的最高峰黄冈山。二者的绝顶均在千米以上，且均是一片广阔的平地（黄冈山绝顶尚有一堆岩石，而衡山绝顶几无一块岩石）。二者的绝顶总是短暂间隔地吹着无定的天风，又总是忽而弥漫大雾，忽而又消散殆尽，可极目远望。古人信五行，南方属火，衡山绝顶乃有火神庙。庙极庄严；庙门厚重，却因为防止天风碰撞，只好紧闭着，门后且以大石条顶着。庙前有新辟的广场，种植若干黄山松，在风中似在伏地膜拜火神。正是在那些当是从异地移植的黄山松近处，各出现一些从坚硬稀薄的泥块间生长的高山小草，且在开放淡黄小花；当时见到此等小草小花，有一点印象，未予多少留意，现在想来，作为一种生存的自在选择，这种小花卉，同样值得尊重。至于黄冈山，据云绝顶上有一些名贵中药草，但我只见一种匍匐于地的偃竹。只是听说，到了夏秋之交，此黄冈山的绝顶会出现大面积的野生金针菜的群落，花茎金黄色，使这风大雾大、而于秋季便开始降霜的绝顶，出现花朵大天地。由于未亲眼见及，我只能通过想象，来"领略"其群体存在选择和生命的灿烂和辉煌了。

（首发于《广州日报》1998 年 10 月 20 日）

致九曲溪竹排

在这里，并未出现玉女峰和大王峰的日夕相望，以及他们之同的恋情。

看不到诸如天游峰的高旷，以及在他的俯视下，为烟雾笼罩的下界天地的迷茫。

结队行过九曲溪的竹排呵。

——你是武夷所有景色的追寻者和见证人，是把这里所有的神话和传说，向世界宣讲和传播的人。

你会感到，这里，是九曲溪的一段看似平凡的风光吗？

在这里，可见到溪岸的岩石，以及岩石与临溪处的岩洞。

可见到普普通通的林木，藤萝和蔓草形成的亘古的苍茏，见到他们各以不衰的生命的绿色，映照水的明净，水的清澈，水的亘古的流动……

你会感到，这里，也许是一段并不受人关注的风光？

结队行过九曲溪的竹排呵。

——你对武夷的心灵和才智，以及他的品质之不懈的审视和深沉的感悟，使你感到，这里是武夷心灵中最是谦逊而又美丽的一种品质的自在显示之所。

我和你一样，把他的这种品质及其所体现的风光——永远存在心中，永远铭记在心中，并决心随时传播给世人……

附记：

九曲溪的竹排，以前是以六根武夷大毛竹制成，一位艄公撑排，可乘坐三位游客。如今是将两个竹排捆扎在一起，两位艄公撑排，可乘坐六位乘客。

乘九曲溪竹排，能一一观赏武夷的风景（以及溪中众多大小不一的鱼儿），又能听到艄公讲述各景点的由来和传说；就是外国游客，艄公也能以外语讲述武夷的故事，精彩时让中外游客笑颜开。

（首发于《香港文学报》1999 年 2 月 5 日）

看，我们五位小孩……

看！我们这五位小孩，都是邻居。

——不要以为我们有的才七岁，有的才六岁……

我们常常趁爷爷、奶奶、爸爸和妈妈正在午睡的时候，在一起玩耍，表演我们的节目……

看！我们用一张大大的、长长的木桌做舞台。我们五人中，一人当报幕员，三人当演员，还有一人就站在木桌前当观众。

——当报幕员宣布："演出开始……"

我们的演员便开始表演节目了。我们表演的节目可多哩。

——比如说，表演孙悟空叔叔给我们讲故事的节目；表演我们和青蛙小弟弟一起游泳的节目；还有一个节目，表演乌鸦叔叔和喜鹊阿姨辩论会的故事；等等。

今天，我们表演的是小白兔和小乌龟赛跑的故事。

看！因为骄傲而输给乌龟的小白兔，现在正抱着头，显得后悔的模样，乌龟和裁判员正在安慰小白兔呢……

我们表演的都是我们喜欢的节目。我们的爷爷、奶奶、爸爸和妈妈虽然没有看过我们的节目，但他们知道我们能够演出好节目，演出自己的节目，也很高兴哩。

（首发于《福州晚报》2001 年 5 月 23 日）

古榕·竹

十八九年前，我的工作单位迁址至福州近郊凤里村的一座小山上，前临通往洪山桥的古道西洪路。最初数年，目及的都还是一派村野景象，除了低矮、简陋、富于民俗趣味的民居、小店、稻田、菜地之外，还能见到几口池塘和几棵古榕。后来由于郊区逐渐发展商业和趋向城镇化，池塘被填成平地，用以建筑七八层高的住宅楼房，楼房底层有农贸市场、小型超市、米店、饭店、茶店、药店、个体诊所、美发美容店等，环境因之起了变化，人为的原因与天灾的原因，使稻田、菜地、池塘没了，古树少了，原有的村野气象消散殆尽。

我的工作单位地居山麓，大门口通往办公楼的道路，虽然铺上水泥，仍然具有山坡的地势，坡陡。路之右侧有一棵古榕，树高超过八层楼。此前，这棵古榕早已成为村民崇拜的神物。记得在此筹建办公楼和宿舍楼之初，曾见到古榕粗壮的树干上设置有供奉神明的神位，神龛挂着黄帐，香火鼎盛。其实，榕树确有其引人尊崇的品质。比如，那些古榕，越是高寿，越见其生命不衰，越见其强壮，似乎能给人以一种吉祥之感；其树荫往往覆盖面很广，加上垂下很多胡子一般的气根，似乎能给人以一种老年人的仁慈之感。我为这棵古榕深感欣慰，早晨或夕暮，常到树下休憩，或散步，或坐在树根上听听树上的鸟鸣，听听树间的风声；有时冥想，有时思考个人的人生历程。对于这棵古榕，我曾想及一件史实：宋代有一良吏名曰张伯玉，在任福州太守期间提出"户植一榕"的倡议，受到公众的欢迎。福州地区迄今尚能见到一些古榕，如生长于本单位的这棵古榕，倘若与当年张伯玉的倡导有关，就更值得珍重。

那具有斜坡地势之通道的左边、古榕的西侧，有一块五六平方米的小草坪，上长若干罗汉竹，置两块瘦长的太湖一石，自成格调，具有一种我国传统小品画的意境。所谓中国小品画，始见于北宋中期，盛于明清。篇幅很小，多为文人抒发某种情意之作，其佳者，很能感人。那一小块草坪上所出现的一种画意，不俗自在，亦颇感人，心窃喜之。

（首发于《福州晚报》2003 年 2 月 3 日）

父亲

父亲故世时只有二十九岁。当时，我约四岁，有关他的情况，给我留下的印象并不多。当年，他在莆田兴郡学堂任职。据说，由于学业优秀，致使他得以被母校留用。兴郡学堂在故乡莆田东门附近，学堂的庭院建筑颇具古雅，种有松竹。当时，任校董和教师者多为光绪年间的进士、秀才以及从京师学堂深造回乡之士。那时，父亲经常领我到学堂里来。我家离校不很远，父亲有时抱我走一段路，有时携我的手教我自行一小段路。他的办公室狭窄，一张小桌上堆满许多讲义。这是在学堂里任教的老进士、老秀才所写的讲义。当时我虽年幼，但似乎感觉到他对某讲义的文字和内容不满意。一天，他忽然对我说："过几天，爸爸不再到这里教书了！"

不久，我就没有见到父亲，当时我只是朦朦胧胧感到家中有些不安宁的气氛。再后来，我才知道，父亲在誊写某一名人的讲义时，坚持要改动两处用意不妥之处，与这位名人争执，以致吵了起来，随即被解聘。父亲带着很少的路费，前往上海，并要乘船去法国勤工俭学。由于过于节省，在沪候船期间，日食杂粗粮，经常食不果腹。因此，身体原来欠佳的父亲，患上严重的胃病，只得返回故里。

病中的父亲，也多了舐犊之情。记得正是故乡荔枝大熟时节，父亲回来了。他一到家就把我抱到屋里，坐在床沿。我依在他身边，他剥开一粒粒荔枝，送进我的口中。他还不时抚摩我的头。我虽幼小，父亲给我的爱，终久不忘。

父亲为人善良，为当年的乡人所共识。据说，他关心公益事业，往往参与乡人所办的一些善举。在家庭里，不仅关切妻子和我，对于年轻守寡的母亲——我的祖母，更是百依百顺，是县里有名的孝子。平日看来，在家庭，在他教书的学堂，他十分和蔼、平易近人。但他心中有一种抱负，要求自己的工作能达到更高的水平，能无负于自己的良知，无负于人们的热望。在当年年轻的知识界，几乎在全国的范围内有一股风气，即远渡重洋到法国勤工俭学，以求深造。父亲便是在此等氛围和自己的意愿中，离乡背井，走上往法国的路途。可是，他离家时，筹不到充足的旅费，一路省吃俭用，甚至挨饿，没多久病情就加重了。

父亲壮志未酬，连一点朴素的志愿也未能实现，便英年早逝。作为他的儿子，现在虽已年逾八旬的我，每当念及父亲，心中十分难过。

（首发于《新民晚报》2004年3月9日）

晨、夜二记

晨记

1970 年 11 月，我们全家四口租住在下杉坊村一家农民的两间茅屋里。这两间茅屋前后相通，前为住室，后为厨房。屋后隔着一条排水沟和一条小径，便是山冈。山冈上有竹、松和其他林木。树荫铺地，时有小兽出没其间。

我们在杉坊村住了数月，春天来临了，天气开始渐趋暖和。只是不论冷天还是气候暖和，我的爱人都于天刚亮时便在厨房忙碌。这年冬天的一个早晨，山区天冷，她刚走进厨房，便听到灶下传来一种小兽的气息。往前一看，是一只幼鹿蹲在灶口前的薪火堆间取暖。我的爱人天性善良，平时也喜欢小昆虫、小鸟等。她陪同我到山区来，很快喜欢这里经常出现的小山兽以及城市罕见的禽鸟等。比如说，有一天，她和女儿上山砍柴，在山路上遇见一只穿山甲，回家时便津津乐道其所见。说这只穿山甲不怕生，见到她们来时，仍在山路的黄土地间钻洞，挖得四近散落黄泥。这次，这只幼鹿也不怕生。它看见我的爱人来了，只以鼻子向近处嗅嗅，便继续蹲在那里取暖。我的爱人看到这情形，欢喜不迭，走近这只幼鹿，躬身抚慰它。幼鹿通

人性似的，在取暖中，静静地领受这种怜爱。

夜记

不知出于何人之意，当年下放干部亦称"毛泽东思想宣传队"。可能因此之故，我均能参加下放所在地的生产大队党支部及公社的一些会议。出席这些会议的都是不脱产的干部。念及他们在白天忙于田间生产，会议往往在夜间召开。我下放所在地为浦城县九牧公社杉坊大队，住处离大队部刚好一公里。此地在海拔八百米以上。据说这是闽北山区有名的高寒地带。冬夜会后返家，途中感到冷甚。

在杉坊时，冬日里，我都要穿上棉衣棉裤，才能御寒。这年冬天的某夜，我在大队参加会议以后，夜已深。当时，我从会议室出来，沿着一条通向浙江和江西的公路返回我的住处。只见高山暗蓝的夜空间，散落一颗一颗的星星，仿佛散落在那里的宝石。这些宝石既发亮，又仿佛在发出冷意。只见公路的一侧，堆放许多稻草垛。行经时，听见一草垛底层发出轻微响声，看见一只果子狸藏在中间，双目灼灼闪光，正在向外窥视。向前走了几步，又见一草垛有一果子狸藏身其间。这只小兽，似更怕冷。它藏在草垛内，尚在发抖。我又前行一段路，听见路旁草垛一一发出簌簌声，当是另一些小兽在其间取暖。

我想，天冷，山间小兽往往来到村里，寻找避寒之处。我自己也紧裹棉衣，在寒气中急行，以期尽快返回住处休息。

（首发于《新民晚报》2005 年 3 月 11 日）.

君子兰

我家阳台上种的一盆君子兰，记得已有八年了。刚种下时，只是一寸来长的两片幼芽，而后在花盆中不断成长，其长形的、有四个指头宽、厚实的叶子覆盖了整个大花盆的表层。我以为单是这些自然成长的叶子，就有一种引人注目的美感。今年3月间，这株长得兴旺的君子兰，叶间长出一枝花茎，顶上结出十一朵花蕾。这种未开放的花蕾，另有一种客观的美感，给人一种清新，一种潜在的、即将勃发生机的感受。

说来也有趣，我居然每天都来到花前，看望正在发育的花蕾。眼看这十一朵花蕾在相隔不长的时间内，向开花期发展，心中时时出现一种期待，一种期望。这也算是我对于花朵的一种情意吧。

4月初，这株君子兰开花了。花朵的色彩由大红和淡紫的和谐的搭配而形成一种和谐的自然融合。花为喇叭形，六片花瓣一起开放，花瓣中均有七支黄色花心，十分别致。

（收入《竹叶上的珍珠》）